李登輝執政告白實錄

李登輝 唯一受訪
鄒景雯 採訪記錄

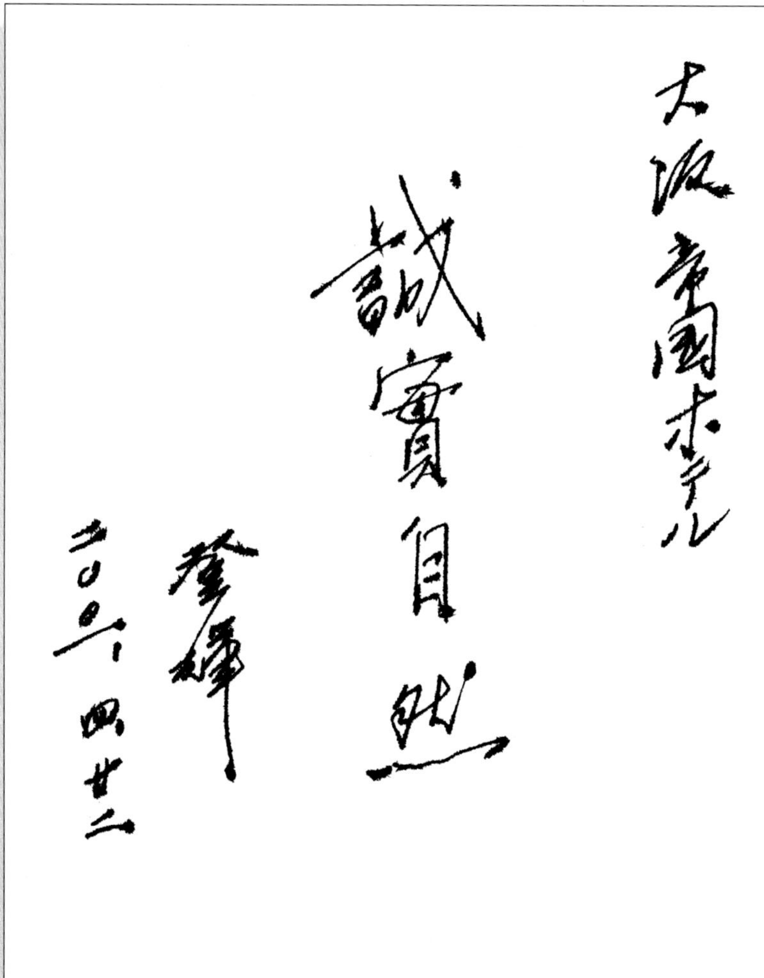

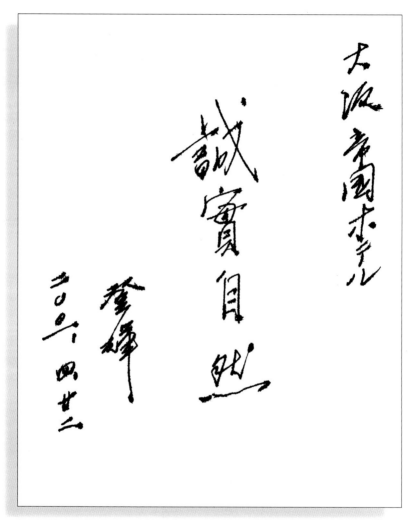

二〇〇一年四月二十二日，一償十六年宿願，李登輝順利訪問日本，旅日五天期間下榻大阪帝國飯店，受到國賓級的招待，特書「誠實自然」以爲紀念並致謝意。

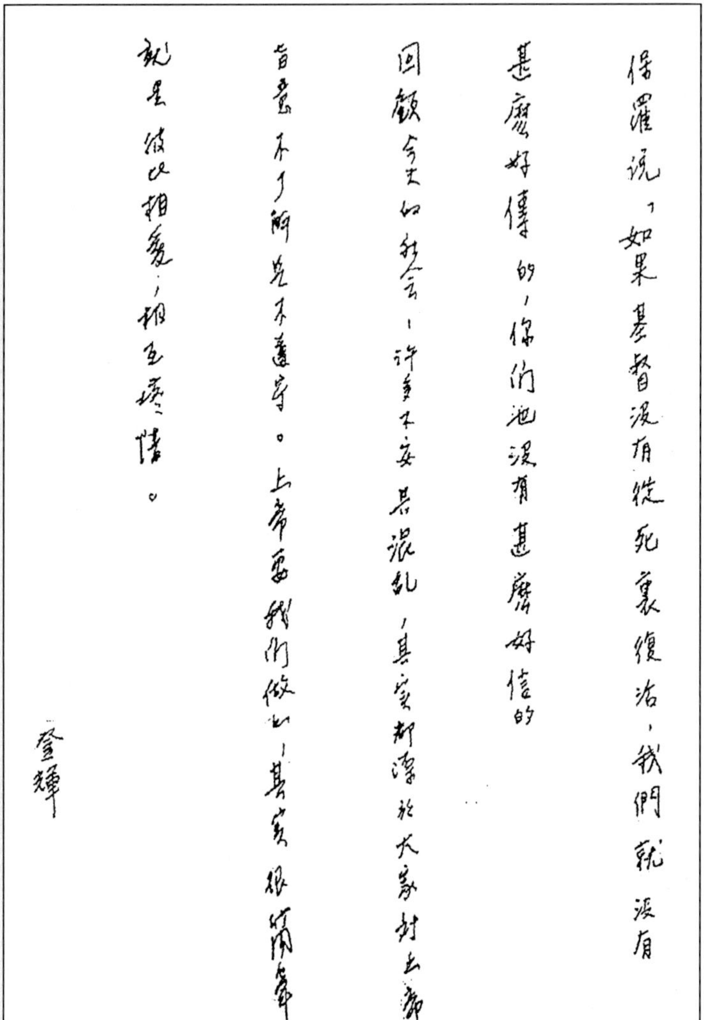

保羅說「如果基督沒有從死裏復活，我們就沒有
甚麼好傳的，你們也沒有甚麼好信的
回顧今天的社會，許多不安與混亂，其實都源於大家對上帝
旨意不了解也不遵守。上帝要我們做的，其實很簡單
就是彼此相愛，相互疼惜。

登輝

李登輝經常藉聖經的啓示，看待從政以來諸多紛擾與壓力，並從中獲得智慧。

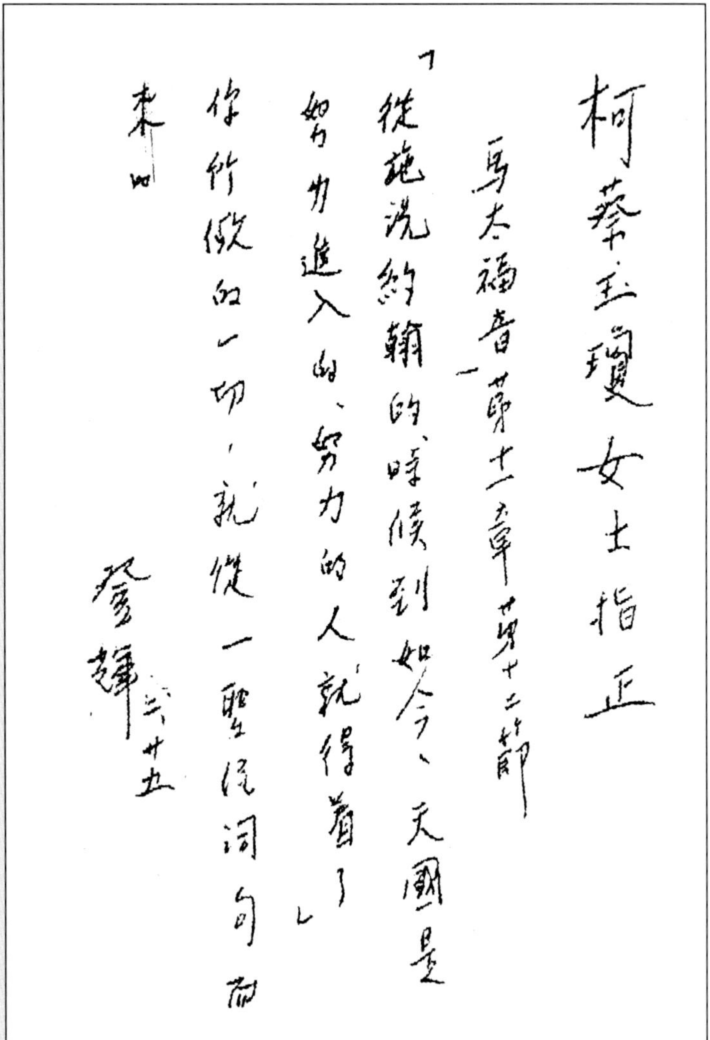
柯蔡玉瓊女士指正

馬太福音第十一章第十二節

「從施洗約翰的時候到如今，天國是努力進入的，努力的人就得着了」

你所做的一切，就從一聖經詞句而來的

登輝 六、廿五

爲立法強制第三責任險，多年奮鬥不懈的柯媽媽，將母愛發揮爲對人群的大愛，是聖潔心靈的最佳展現，同樣歷經過喪子之痛的李登輝親書聖經章句相贈，對柯媽媽的堅毅表示衷心的敬意。

李登輝二〇〇一年四月十五日復活節受邀到長老教會第一教會證道，事前李登輝親自伏案撰寫講稿，事主甚恭。卸下元首重擔後，李登輝的宗教生活充實豐美，眞正扮演耶穌的信徒。同一天下午四點半，李登輝在台綜院辦公室召開卸任後首次記者會，說明赴日就醫的單純理由，呼籲日本不要膽小如鼠，現實政治中的李登輝積極進取，正是得之於宗教的力量。

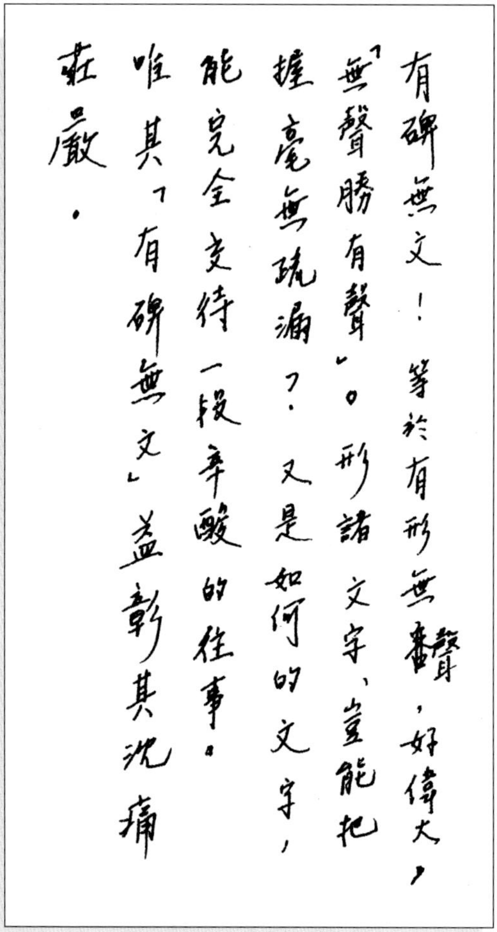

有碑無文！等於有形無聲，好偉大，
「無聲勝有聲」。形諸文字、豈能把
握毫無疏漏？又是如何的文字，
能完全交待一段辛酸的往事。
唯其「有碑無文」益彰其沈痛
莊嚴。

二二八事件的平反，在李登輝任內完成，二二八紀念碑於二二八紀念公園建碑時，由於碑文內容各方意見不同，無法取得受難家屬共識，建碑當天以「有碑無文」呈現。李登輝當時親筆寫下對此處置方式的感想，心情躍然紙上。

「國家安全會議」舉辦「向總統致敬茶會」，秘書長代表全體職員致贈李登輝紀念品（民國八十九年五月十日）

象徵威權的總統府，在李登輝任內，首次開放民眾參觀，首日李登輝親自在府內接待，充當導遊。
（民國八十五年八月四日）

李登輝於台北賓館接見西藏精神領袖達賴喇嘛
（民國八十六年三月二十七日）

李登輝接見法國視聽委員會主席卜吉賀
（民國八十七年十一月三日）

李登輝與總統醫療小組召集人連文彬合影

李登輝與日本友人原　富士男

李登輝擔任總統後，因公務繁忙，改在官邸舉行家庭禮拜，基督教長老教會翁修恭經常參與。

李登輝巡視宜蘭縣政府（民國八十六年四月三日）

李登輝蒞臨福隆綜合農場（民國八十八年三月二十七日）

李登輝巡視東引中柱港（民國八十五年八月三十一日）

李登輝蒞臨原住民運動大會（民國八十六年一月十八日）

李登輝巡視馬祖南竿九四據點（民國八十五年八月三十一日）

李登輝蒞臨幼稚園小朋友教學參觀活動，於總統府前廣場。（民國八十六年十月十三日）

李登輝巡視馬祖北竿鄉公所（民國八十五年八月三十一日）

李登輝巡視台南科學工業園區（民國八十六年七月十日）

李登輝蒞臨長春綜合服務中心（民國八十七年八月二十六日）

李登輝巡視嘉義東石天主教聖心教養院
（民國八十六年六月十三日）

李登輝在參謀總長湯曜明陪同下，巡視921埔里災區，一一就地方需要的重建支援加以協助。（民國八十八年十月二十二日）

921震災期間，李登輝一個月有21天在災區視察，軍方是當時救援與重建中不可或缺的尖兵。（民國八十八年十月二十二日）

李登輝與夫人曾文惠結婚照（民國三十八年）

第一張全家福（民國四十一年）

全家福（民國五十三年）

李登輝與長子李憲文父子情深。

李登輝第一次赴美留學前攝於陽明山（民國四十一年）

李登輝擔任行政院政務委員時，在美國田納西附近的湖邊，與家人遊湖踩遊艇時所攝。（民國六十二年）

李登輝與夫人和孫女李坤儀攝於花蓮太魯閣國家公園（民國八十二年）

李登輝與夫人、孫女分享讀書樂。（民國八十年）

李登輝接受波士頓大學榮譽法學博士學位
（民國八十六年一月二十日）

公餘時打高爾夫，以紓緩身心。

李登輝獲博士學位後，與夫人曾文惠在康乃爾校園合影。

李登輝與曾文雄早年合影

李登輝歡度爸爸節生日（民國八十年）

夫人曾文惠的姊妹群。

人民的力量勢不可擋

——爲「李登輝執政告白實錄」序

⊙陳水扁

歷史的發展，曲折反覆，變幻莫測，但歸根結底，始終有一股時代的主流，綜合支配著歷史前進的定向。一位卓越的國家領導人，就是能夠在特定的歷史階段，凝煉廣大人民的根本利益和共同願望，標舉時代的主流，以堅強的意志，靈活的策略，全力以赴，促其實現。

李前總統登輝先生，在我國邁進二十一世紀的前十二年當中，領導國家和人民，肆應內外變局，堅定推動改革和建設，特別是擘劃和主導民主化變革，使我們國家從威權傳統逐步走向民主體制，進而順利通過政權輪替的關鍵考驗，一舉攀登世界民主潮流的高峰。登輝先生的政治信念、領導素質，以至由此建立的卓越成就，爲我國民主發展的進步事業，譜寫了一頁波瀾壯闊的篇章。

登輝先生在國家歷史變局的重大關頭，發揮如此堅強的領導力，原因是多方面的，其中最主要的一點，就是人民的力量。

出生平民，來自民間，與廣大人民同呼吸、共成長；穿透紛繁複雜的表象，直接與人民的聲音對話，緊密連繫民眾的思想感情與理性願望；面對艱鉅嚴厲的挑戰，從人民的根本利益出發，從國家的長遠大局設想，堅持既定原則，不圖便宜行事，相信人民、依靠人民。

正是人民的力量，給予信念、智慧和勇氣。登輝先生在擔負國家領導責任的十二年期間，面對一幕幕沒有前例的新變局、一次次艱難沈重的新挑戰，總能一貫忠於國家、忠於人民，貫徹信念，絕不動搖，從而屢在千鈞一髮的關鍵時刻，繞過險灘與暗礁，化解危疑與震撼，不斷開拓了國家的新格局與新境界。

公元兩千年三月十八日，我國民主政治發展寫下了歷史的新頁。激烈競爭中的總統大選，以首次的政權和平轉移圓滿完成，這是台灣人民半世紀以來矢志推動民主改革的歷史性重大成就。

從大選揭曉的那一刻起，登輝先生以現任總統的身分，堅定秉持民主憲政的體制，服膺人民理性的選擇，迅即親自主持大計，確保國家大局，進而嚴肅交代妥善規劃政權移交，務求平順無誤。特別是多次與阿扁會晤，提示要項，傳承經驗，用心至誠，期待更深。我國首次政權輪替，能夠在不失秩序中順利完成，讓台灣的民主改革在世人屏息注視中百尺竿頭跨越關鍵一步，登輝先生無疑發揮了最重要的護衛作用。

阿扁作為登輝先生的繼任者，固然在政黨屬性上原有不同，歷次選舉都以鮮明的旗幟進行民主常態的政黨競爭，涇渭分明，從未模糊，但在國家基本立場上，登輝先生與阿扁，從來皆一本人民之大愛，國家之大忠，無論對民主改革的宏觀理念，或對國政經營的總體方略，本源一體，並無二致。

阿扁一貫認爲，政黨是爲人民而存在、爲國家而起作用的，政黨從來不應該有自己的利益，有的只是人民的利益、國家的利益。登輝先生在承擔國家責任期間，之所以總是能夠把國家元首的使命，擺在政黨主席角色的上面，堅持國家立場優於政黨本位，無非是出於同樣的思維與實踐。

去年五二〇以來，新政府承接國家大政，全民期盼殷殷，新局蓄勢開展，舉凡國家基本大政方針，如國家安全之部署、兩岸情勢之安定、對外關係之推動……等等，皆能循序規劃，穩當精進，有力確保了國家重大轉折關頭人民基本生活的安全與福祉，爲進一步推動國政興革奠定牢固的基礎。然而於此同時，面對首次政權輪替，各方尙須耐心調適，初期難免出現若干扞格，尤其政黨政治由此遽然進入全新的互動格局，又適逢全球經濟情勢驟然轉入低潮波段，導致政治生態時有激盪，國民信心難免受到衝擊。

這一切，宏觀看來，毋寧是我們國家跨越歷史門檻之後，所必然會面對的階段性試煉與考驗。只要廣大國人特別是所有的政治菁英們，從民主的眞義中，啓發出政黨政治的建設性思維，使政黨情緒讓位給愛國熱誠，以調和與合作替代杯葛與對立，從人民主體的立場開展新的團結協作機制，則一切無謂的紛擾與內耗，自然一掃而空，必定能夠集全民之智慧與力量，共同營造國家新階段新建設的新氣勢！

國家發展是永續的人民事業，領導人的使命是在特定階段完成責任，阿扁從人民的手中承繼歷史的責任，往後仍將新一代又一代的不斷傳承下去。因爲，只有永續的國家，沒有永續的領導人，人民才是國家眞正的主人。登輝先生秉持民主憲政信念，進退之間何其光明磊落，忠誠履行了對人民的莊嚴承諾，爲我國民主體制樹立不朽典範，國人同胞更應堅強承擔起國家主人的永續責任，爲民主的志業繼續奮鬥不懈。

阿扁在去年五二〇的就職演說中特別強調：「唯有服膺人民的意志，才能開拓歷史的道路、打造不朽的建築。」一個偉大國家的發展歷程，從來就是人民永續奮鬥的集體事業。人民，只有人民才是造就卓越領導人、創造偉大國家的根本動力。今天，站在新的歷史起點上，我們面對嚴峻的新挑戰，也迎來充滿希望的新機遇，我們無懼任何挑戰，也將把握一切寶貴的機遇。我們應當從前人先進的經驗中，啓發勇往直前的智慧，更應當從未來的願景中，蓄積奮發向上的蓬勃力量。通過這樣的認識與實踐，今天新的歷史起點，必將指向未來一個更加輝煌富強的國家新境界。

採訪現場

完整的記錄與傳承

⊙鄒景雯

兩千年六月下旬的某一天，是個晴朗熱意的午後，在淡水台綜院的辦公室，李登輝前總統和我談起一段因兩岸關係的見解不同因而引起國際論辯的原委，李前總統當時剛卸任一個月，他援引許多具體的事件來佐證他所敘述的眞相，也拿出不少書信一一解說當年的種種，衆多不爲外界所知的第一手決策內幕，鋪陳出一位國家領導人的抉擇、判斷與堅持。

李前總統講的不是旁人，正是新加坡資政李光耀與他的過往，當時李光耀的著作準備發行，書中有客觀的「事」，更有主觀的「人」，台灣一節出現了許多未盡公允的價值判斷，讓李前總統有話要說，他也確實說出了這些年來原本不願公開的細節。

作爲多年主跑總統府的記者，這是圈外看熱鬧所難以了解的，這樣的經驗應該被完整的紀錄與傳承，否則領導者將週而復始的自行從嘗試中累積視野，難以前人爲師減省摸索，我因此興起了請李前總統「說故事」的念頭；當天，李前總統辦公室的偌大落地窗斜映出夕陽的光影，反照著遠方觀音山的靈秀，空氣間似乎盡是散發著跳躍的音符，來自不知名的聲音告知，此事勢在必行。

再次來到台綜院，李前總統已經欣然了解我寫書的企圖與動機，尚未待我發問，他先就其個人的思想脈絡做了十分坦率的剖析，讓我確認「李登輝是什麼？」後，才娓娓進入回憶的長河，從八八年話說從頭。

李前總統很愛打一個比喻，想了解當總統的感覺，「一個人爬到觀音山頂往下看，就宰羊了」，孤獨、恐懼、蒼涼，基本上都是領導者的同義詞，而領袖魅力如何產生？應該是站立尖頂仍能咬牙苦撐，不能腳步猶疑退卻，不能使人看出害怕。這點正是李前總統之所以能繼蔣經國之後再度形塑出強人地位的原因吧！

開始較深入的訪談則是在李前總統桃園鴻禧官邸的地下室中進行的。這個地下室很特殊，也有一扇優美的落地窗，窗外藍天萬里，荷花池中錦鯉悠游無慮、瀑流涓涓，很容易讓人洗滌塵囂，澄靜心性。

難怪李前總統告訴我，他就是在落地窗旁這張六人座的書桌，完成了「台灣的主張」、「亞洲的智略」兩本書，而今我也是在同一張桌子聆聽李登輝的故事，沾染李前總統的澎湃氣魄。

李前總統本身就像一本厚重的線裝書，其中滿是豐富寫實的執政教材，隨便翻到哪一頁，都有令人驚艷的發現，想要透徹了解他，得要看功力如何，能不能翻遍每一處精采章節！慚愧的是，雖然這十二年我因記者的工作得以全程旁觀台灣這段歷史性的光榮時刻，卻始終未能以時間彌補個人的欠缺，以致無法盡閱李前總統俯首可拾的智慧光華。

這本書之所以以李前總統爲軸心，原因是國家元首站在制高點的眼界，有旁人無可取代的全面關照與戰略價值；同時本書也盡可能訪談曾經共同參與歷史的重要關鍵人士，作爲史實的再一次確認與見證，務求回歸當年的決策現場，還原李前總統的治國經緯與愛恨情仇。

這不是一本劇場手法的小說，而是一個新聞記者忠實的採訪與報導，力求不加延伸性的臆測；至於評論的部分，就交給廣大多元的讀者來參與。

目次

卷六／台美關係細周旋 263

卷七／決策憶往人和事

卷一／鞏固權力需步驟

毫無權力的繼承者

民國七十七年元月十三日下午，時任副總統的李登輝在總統府會客室接見外賓，忽然接到秘書蘇志誠推門進來報告：蔣經國總統的秘書王家驊剛才來電，請李副總統現在到七海官邸「開會」。過沒多久，國民黨副秘書長宋楚瑜也打了電話給蘇志誠，同樣轉達請李登輝到官邸的訊息。

李登輝的心中浮起一股不祥的預感，「七海官邸從不曾親自來電，是什麼樣的急事需要一再通知？」前一年的十二月二十五日，蔣經國坐著輪椅出席中山堂的國大憲政研討會，反對黨在台下拉白布條激烈抗議，對蔣經國造成極大的刺激，當時李登輝在第一排貴賓席看著蔣經國垂首不振的形影，已經發現他的身體狀態非常嚴重。

這段期間，蔣經國由於糖尿病痼疾導致健康惡化，「過去與我一周數次會面的頻率大減，經常兩、三週才見到一次面」，因此接到消息後，李登輝心中忐忑，迅即搭車往七海官邸飛馳而去。

車抵蔣經國官邸時，李登輝下車，瞧見幾位眼熟的七海侍衛氣定神閒的在聊天，絲毫察覺不出異常氣氛。究竟所為何事？直到雙腳踏入官邸大廳，李登輝才得知，蔣經國已經過世，他未及見到彌留前強人的最後一面。

為什麼不早點通知？李登輝非常懊惱。「沒有聽到蔣經國的交代，不知道是不是有什麼話要對我說？」李登輝十分難過。

當天，李登輝被引領到靈寢前鞠躬行禮，俞國華、郝柏村、沈昌煥、蔣孝勇已經在現場，宋楚瑜、王家驊則在旁協助打點事宜，蔣經國臨終前大量吐血的衣物被單已經更換清理。

在場的僚屬與家屬都確認蔣經國沒有留下隻字片語的遺囑，李登輝因此與衆員臨時在官邸討論撰寫遺囑的內容，匆忙間並由王家驊謄繕在十行紙上，以便數小時後對外公佈。五院院長則在稍後被通知前來後，進而商議副總統宣誓繼任，與國殤籌辦兩個重要事項。

「蔣經國遺囑的產生方式，事實上與蔣介石當年是完全相同的，國家領導人在任上做到死，在當年是天經地義之事，預知與預告身後事的安排，是政治禁忌，更有現實上的困難。」想起當年情景，李登輝如此解釋。

當時蔣經國的三子孝勇說，「我們做子女的，完全沒想到父親竟會比母親早走！」才不久前，蔣方良因血栓住院，蔣經國親自到醫院探望，包括家人們都毫無心理準備，蔣經國會走得這麼快。

不只蔣家家族沒有準備，依據憲法即將繼位的李登輝對於命運之神會作此安排更是意外，李登輝仔細思索，在蔣經國故去前的這一年，這位強人曾經陸陸續續叮嚀他注意各種人與事，每一句話他都詳細記載在筆記本上，但未曾想過這個時刻已經到來。

在李登輝原本的生涯規劃中，八四年他從黨內群雄脫穎而出，獲蔣經國提名爲副總統，已經是人生的頂峰，他一直認爲，在九〇年完成任期，就是他結束宦途的理想終點，因此從八七年開始，他開始逐步把幾個從省府帶進府內的幹部，一一安排到其他單位另謀發展，正是爲個人的退休預作準備。但是一月十三日這一刻，李登輝所有規劃的行事曆全被打亂了。

「我記得那天我沒有回家」，李登輝說。由七海直接回到總統府，李登輝低頭看著腳底輕鬆的便鞋，這才發現衣著不太得體。晚間七點，他交代隨員回官邸拿來一雙正式的黑色皮鞋，到辦公室更換，一切都在匆促中應變。

晚間八點零八分，副總統李登輝在總統府大禮堂宣誓，繼任第七任中華民國總統，由司法院長林洋港監誓。在這歷史性的一刻，李登輝高舉右手宣讀誓詞，同時接下了中華民國第一位台灣人總統的歷史重擔與責任。九點零八分，李登輝驅車離開總統府，在返家的途中，李登輝逐漸平復情緒，他望著窗外茫然的夜色思忖，「先把一切穩定下來再說」。

既是穩定壓倒一切，手中無一兵一卒的李登輝必須完全服膺「蔣規李隨」，以順利承接大統。一月十四日，這是「李總統」的第一天。八點多一進辦公室，李登輝即約見參謀總長郝柏村，聽取軍事報告，李登輝告訴郝柏村，「經國先生的改革將繼續推動，軍中人事以安定為原則，請你多負點責」。

國防部長鄭為元、參謀總長郝柏村隨後共同上電總統，表示三軍將銜哀報效，服從命令。這紙軍方效忠的電文，對初掌中樞的李登輝，具有平定民惑、提昇權力的重要意義。

行政院長俞國華則在李登輝就職後，很快就呈請辭職，以示對新總統人事權的尊重，李登輝並未批示，直接將公文退回行政院。隨後李登輝在十五日上午約見俞國華，當面懇切慰留。如此處置，避免了一場可能的權力爭議，因為李登輝未書面慰留，俞國華仍為三年前經立法院同意的院長，在法理上便不構成重新送請立法院同意的問題。

台灣的政權更迭，當時受到美國的全力協助，刻在渡假的在台協會台北辦事處長丁大衛，當時奉命立刻趕回台北，在十八日晉見了李登輝，帶來雷根政府堅定支持台灣安全與安定的保證。美國政府的態度，在當時等於為李登輝投下了信任票，美國政府擔心蔣經國身後，台灣會出現群龍無首或保守勢力反撲的局面。

李登輝接著分批約見五院院長、省市府會首長、各軍種司令，就各項國政進行簡報，讓所有官員明確了解李登輝維持人事安定的決心。在總統府內，李登輝僅調整了侍衛長與英文秘書兩個職務，自蔣經國的庶務總管——總統府秘書長沈昌煥以下，全部留用。

當時的台灣，政治權力由蔣家人轉移到台灣人手上，史無前例，不少知識份子對於既有勢力能否面對強人已逝的新局面，抱持相當疑惑，正在靜觀其變他們是否與如何接納新主。面對騷動的民心、詭譎的權力現況，李登輝採取勤勞、謙卑的方式來應對，顯然是有效的。

從第一天上任開始，李登輝每天一早固定先到設在士林榮民總醫院懷遠堂的蔣經國靈堂行禮，再返回總統府上班，持續長達十三天之久，對剛去世的元首表示深切的尊敬之情。

李登輝同時展開一連串的拜會行動，馬不停蹄會晤蔣夫人宋美齡、蔣方良女士、前總統嚴家淦、總統府資政張群、俞大維、陳立夫、谷正綱、徐慶鐘、孫運璿，戰略顧問劉安祺、王叔銘、黎玉璽、彭孟緝、于豪章，向他們徵詢國是。

李登輝跑遍了所有舊體制的象徵，目的在傳達一項訊息：「我追隨蔣經國多年，深切了解經國先生的治國理念，我讓大家清楚，李登輝會按照蔣經國的路線，訂定國家未來發展的方向，希望大家安心」。「李登輝政策」究竟是什麼？就職兩週後，李登輝藉著接見增額立委時又進一步說明，就任初期，將貫徹蔣經國遺訓，「因此沒有李登輝政策」。

在當年的黨政結構下，李登輝一九七一年才加入國民黨，七二年入閣擔任政務委員，資歷短淺即接掌大位，不少國民黨人在情緒上的冷眼觀望，李登輝心中非常了解，因此他必須完全放空自己，以取得舊勢力信賴。

爲了安撫四十年黨國一體的龐大體制，李登輝也接受幕僚建議，特意前往國父紀念館與中正紀念堂，分別向孫中山與蔣介石的銅像行禮，這個政治動作的用意在向講究論字排輩的國民黨所有資深政治人物昭告：李登輝已經繼承了法統與正朔，一切雜音應該到此爲止。

李登輝事後回想，「剛坐上總統位置，對於國家元首究竟該做什麼事，實在不清楚，也根本站不穩，最好的辦法就是儘量觀察，不必急，也不能急，因此最初兩年，我完全沒做什麼事」。

所謂沒做什麼事，較精確的定義是「多做少說」的低調行事哲學，當時李登輝在不動聲色的情況下，默默處理了諸多棘手難題，「第一件麻煩就是中科院張憲義叛逃事件」，他說。

這個事件爆發後，參謀總長郝柏村與總統府秘書長沈昌煥在某日的中午緊急求見李登輝，並帶來美國方面的來信，信中指台灣方面暗中進行核武生產，必須盡速將相關設備機組拆掉。

李登輝完全不了解箇中究竟是怎麼回事，就如同美國總統杜魯門剛接任時，臨時被告知有原子彈發展計劃一樣。李登輝當場決定，立刻把所有設施處理掉，避免誤會擴大。「過去的政策考慮，已經無法細究，但問題發生了，就得馬上善後，而且不能對外張揚。」李登輝描述。

此外，李登輝也花了相當心力在穩定財經情勢，接位初期，台灣經濟狀況並不佳，主要癥結在對美與對日貿易逆差實在太大，其中我對美貿易逆差即高達百分之七十幾，引起李登輝注意，而當時來自美國的壓力也希望台灣積極應對。

李登輝思考，若對美逆差無法有效調整，一旦當美國景氣下降時，台灣勢將受到相當波及。爲此，他親自召開經濟高層會議，並在中常會指示經建會提出加強對美貿易綱領，調整我對外貿易關係。之後美國在九〇年之後經濟出現衰退時，台灣受到的影響最小，李登輝認爲這與及早抓住問題的所在，有很大的關聯。

連續幾個月，李登輝經常下鄉巡視，並且透過座談與簡報分別與官方、民間、學術界各領域的菁英會面，慢慢的累積自己的影響力，並對各個權力系統形成壓力，以逐步成爲主導政局的中心點。

在強人的巨大陰影下接掌國政，李登輝內斂自藏，不輕示個人主張，當時看在不少國內外分析家眼中，對李登輝的前景並不表看好。不少評論認爲，蔣經國由於具有個人聲望，足以進行大規模的改革，李登輝並不擁有蔣經國的影響力。很多人相信，李登輝並非出身由大陸來台的國民黨權力中心，將會成爲不具實權的領袖。

《紐約時報》當年以李登輝爲星期人物的報導更直言，李登輝是學者從政，沒有廣泛的政治權力基礎，究竟能擔任總統多久尚難預料，說不定是一九九〇年中華民國現任總統任期屆滿的過渡時期領袖。

李登輝刻意的低姿態，是面對政治現實的不得不然，也是努力鞏固權力基礎的必經過程，他以鴨子滑水的沉潛與沉著，不斷朝目標前進，並且掌握順勢而為的道理，耐心等待田鵑啼叫。事實證明，李登輝確實讓所有政治對手與觀察家都跌破了眼鏡，他逐步鞏固了權力，朝往自己的想法前進。

平心靜氣論蔣經國

有人說，李登輝之於蔣經國，就像莎士比亞筆下的哈姆雷特與李爾王，既是殺父仇人，又是權力栽培的恩人，充滿著矛盾糾繞的複雜情結。

這個帶有淒美宮廷色彩的想像，確實十分動人，卻並非李登輝的切身眞實感受。從李登輝口中，講述的是另一段情義故事，就例如「你等會」的政治笑話，同樣失之主觀，李登輝說：「代誌不是如此」。

李登輝與蔣經國是怎麼認識的？「很少人能夠想像是出於王昇與李煥的推薦」，李登輝透露。政壇不少人穿鑿附會，將蔣彥士連上線，並不正確。

李登輝敘述，一九六八年，他在康乃爾大學獲得農經博士學位後，由美返國，在農復會擔任技正，同時也在台大任教，與在遠東經濟會任職的王作榮、台大經濟系楊鴻游，均是好友。王作榮當年從曼谷返國，李登輝在王作榮家作客時認識蔣經國的子弟兵王昇；經由楊鴻游介紹，也與時任國民黨省黨部主委的李煥相識。返國的第二年，李登輝有天突然被警總派人找出，連續約談一個星期，每天一早被叫去，到了晚上才放回來，「當時我已經稍有名氣，並未遭到羈押，但情況仍相當恐怖。」

據警總表示，由於李登輝年輕時熱衷馬克思主義並參加讀書會的記錄，必須加以調查，但為何會受到此一待遇，李登輝依舊百思不得其解。李登輝早年在讀書會的朋友，彼此感情甚篤，在他們的協助下，李登輝之後才能順利赴美求學，李登輝因此對有人曾指其因賣友而得以脫身，非常不以為然。

那個年代，台灣農業發生極為嚴重的問題，農業生產不足，農村人口大量移出，農地又過於便宜，農民面臨極大的困境。七〇年第十屆四中全會之前，時任行政院副院長的蔣經國十分意外的約見李登輝，表示要聽取他對農村問題的看法，這是兩人第一次見面，李登輝當天侃侃而談，對「肥料換穀」制度多所批判。李登輝並非國民黨員，隨後卻受邀參加四中全會，就加速農村建設為題參與分區座談，提出解決農村問題的方向。

此時，李登輝終於恍然大悟，「警總的約談，是蔣經國為了要用我所採取的洗清動作，唯有經過這個程序，蔣經國才能免於政敵的攻擊。」

與蔣經國結緣後，七一年，王作榮主動拿來入黨申請書，強拉著李登輝加入國民黨，「這個老朋友很熱心，非要我加入不可，他說若要做官，不能不是國民黨，我想好吧，不要再堅持了。過去我看到不少台灣人爲了仕途發展入黨，原先很有意見，這是我遲遲未入黨的原因，之所以改變初衷，王作榮夫婦是很大的關鍵」。次年，蔣經國接任行政院長，在「催台青」的人才本土化政策下，李登輝在六月一日被延攬爲政務委員，正式擔任公職。

政務委員是做什麼的？李登輝事先一點也不清楚。蔣經國不厭其煩，耳提面命的交代他三件事，「第一是加速農村建設：當年的米產量不夠，一年只有一百八十萬噸生產，肥料換穀制度極不合理，造成農民剝削，需要改革。第二件事是因應工業化的需要，推動職業訓練。第三件事則是督導十大建設中的石油化學工業。」

李登輝相當欣慰，關於農業問題，在他力拼擘劃之下，到職第二年就把食米產量提高到兩百五十萬噸，離任時並達兩百七十萬噸的空前記錄。

在六年政務委員任期中，李登輝非常認眞的學習爲政之道，「每一次開會，我總會私下試著做出結論，最後再比對與蔣經國做的裁示有何不同，默默的向蔣經國學習」，李登輝曾自述他是自「蔣經國學校」畢業，指的就是這段歷程。

在協助蔣經國推動農業改革的這段過程，李登輝提出了不少重要措施後來經過行政院核定實施，包括廢除肥料換穀制度，廢除田賦復徵教育捐，放寬農業貸款條件，改革農產運銷，成立各種農業生產專業區，設立農業專用預算，建立農村工業區等。

七八年，蔣經國當選總統，行政院由孫運璿接掌，蔣經國在下鄉時還是總帶著李登輝與總統府的副秘書長張祖詒一道前往，兩人有相當多機會交談，但李登輝從不記得，蔣經國曾與他講過有關

民國七十二年七月六日，蔣經國指示時任省主席的李登輝到國民黨中常會，就「省政向下紮根的做法」提出報告，當天蔣經國在會中的裁示，是由蔣經國親自口述再由張祖詒抄寫，這個少見的動作，李登輝認爲這是蔣經國在半年後對其不次拔擢的重要前兆。

其個人人事的任何安排。

沒多久，李登輝接到行政院長孫運璿打來的電話，詢問他出任台北市長的意願。李登輝感到非常奇怪，仔細回想與蔣經國的互動，才隱約憶及蔣經國似乎說過，「要眞正了解政治，當過縣市長才會清楚，具有地方經驗，有助於領導管理。」莫非即是暗示？後來李登輝聽說，蔣經國當時原本要直接派李登輝就任省主席，卻遭到黨內反對，有人質疑李登輝政治經驗不夠，面對省議會恐怕不妥。是誰反對？李登輝心中有數，也立定了自我鍛鍊的決心。

上任市長後，每一個禮拜平均有三、四天，蔣經國會在中午或傍晚，從總統府到市長官邸等李登輝下班，蔣經國自己總是到客廳安靜等候，經常連忙著在廚房做菜的曾文惠都未察覺。蔣經國見著李登輝，不外對台北市政問東問西，一直持續兩、三個月後，蔣經國才告訴李登輝，「下次我不來了，你做得不錯嘛！我很放心。」

李登輝這才了解，「蔣經國是擔心學者只會說話不會做事，因此親自來表示關心」，而蔣經國的這些肢體語言，卻讓李登輝內心極受衝擊，感受深刻。

李登輝於七一年入國民黨，蔣經國在七八年就要李登輝參選中央委員，中央委員只當了一年，又在任台北市長之時，安排他爲中常委，一連串特殊的待遇連李登輝自己都感到驚訝。當完三年半市長，蔣經國即指定李登輝出任台灣省省主席。李登輝回憶，省主席這項人事案，蔣經國在正式發表前一個月，就已經悄悄告知李登輝，當時蔣經國身體已經不佳，他在醫院裡多次私下約見，要李登輝提前做好準備。

中國國民黨中央委員會

提名李登輝同志為
中華民國第七任
副總統本黨候選人
蔣經國
七十三年二月十五日

李登輝同志為台灣省台北縣人，出身農家，少時即痛心邦國為日人侵凌，富有民族意識。迨台灣光復，即獻身國民革命。李同志先後獲國立台灣大學農學士、美國康乃爾大學哲學博士學位，曾任台灣大學教授、中國農村復興聯合委員會技正、組長、顧問等職，全力推行「耕者有其田」政策，對加速農村建設貢獻甚鉅。旋任行政院政務委員，主持職業訓練五年計畫之釐訂、十大建設中石化工業之推進等工作，卓樹

第一頁

中國國民黨中央委員會

績效。六十七年至七十年任台北市市長，倡導藝術、音樂等文化活動，積極致力文化建設。嗣轉任台灣省政府主席，厲行社會建設，增進民眾福祉，恪遵中央政令，維護公權力，無偏無私，深獲全省民眾之信賴。

李同志曾先後出席各項國際會議近三十次，折衝議席，辯才無礙，堅守國家立場，爭取國家榮譽，為國際人士所讚許。尤以好學不倦，著述甚勤，迄今已出版有關經濟之書籍五種，並在國內外報章雜誌發表論文一百餘篇，為國內外學術界所推重。

李同志為本黨第十一屆、第十二屆中央委員，並經第十二屆中央委員會第一次全體會議選為中央常務委員。三十年來，無論在文化、教育、農業、行政、黨務等工作崗位，均以國家民眾利益為前提，殫精竭慮，實行政令，忠貞勤慎，持正不阿，充分表現黨員革命志節與報國精誠。

主席提名李同志為副總統本黨候選人。謹報告其履歷如上。

第二頁

民國七十三年二月十五日，蔣經國提名李登輝爲副總統競選搭檔。這件提名書，改變了李登輝下半生的命運，也改變了中華民國日後的民主發展歷史。文中提及：「少時即痛心邦國爲日人侵凌，富有民族意識。」

當時政壇不乏有意角逐者，由於不知道蔣經國已經有內定人選，仍然在外動作頻頻，蔣經國則始終未動聲色。

八一年，李登輝受命到中興新村服務，兩年多之後，蔣經國指示李登輝到中常會提出省政報告，李登輝事後獲知，常會舉行的前一天，針對次日主席就從政同志報告應做的裁示，蔣經國特別要求，由他親自口述再交由張祖詒撰寫。這個愼重的態度，顯然有意抬高李登輝的身價，李登輝自己也已經察覺。

八四年，國民黨召開十一大一中全會，蔣經國將提名副總統，由於事前消息保密到家，副總統是誰？沒有人知道。謝東閔是現任副總統，也有連任的可能。李登輝一早到達陽明山中山樓會場，他安靜的坐在自己的位置上等著開會，孫運璿突然走到他身邊對他致賀，並且轉告，蔣經國待會將提名他爲副總統搭檔。

李登輝大爲意外，十分納悶孫運璿有沒有說錯，因爲蔣經國對他隻字未提，而孫運璿原也以爲蔣經國已經告知李登輝了，看到李登輝的反應，也覺得不解。

不久，侍衛長即前來通知李登輝，說蔣經國要約見。李登輝到了樓上，蔣經國才告訴他，「這次要提你的名」。李登輝坦率的說，這個位置很重要，他不知道自己可否勝任。蔣經國毫不遲疑的說，「沒問題的，一定要你負責」。

蔣經國在正式告知之前，除了約見孫運璿，也找了謝東閔，但事後謝東閔並沒有對李登輝提及這件事。

蔣經國提名李登輝擔任副總統，也把兩岸難解的問題交給了他。圖爲李登輝主持國統會（民國八十八年四月八日）

三年多擔任蔣經國副手的日子，李登輝每一次與蔣經國談話後，一定做筆記以爲備忘，幾件重要的政策考量，眞正的事實與當時的新聞報導有許多出入，都在李登輝的紀錄之中。蔣經國毫不避諱的對李登輝品評當朝人物，哪些人可以用，哪些人不能信，蔣經國都詳細的告訴了李登輝，「其中儘管有些個人主觀的成分，但是當一個領導者，總有他觀察爲人的角度，絕對具有參考的價值。」

十多年後的今日，李登輝提及蔣經國，言談中，情誼與恩義濃郁，未隨時間的流逝而淡忘。「不論在私人感情上，或在長官部屬的關係上，我對蔣經國有一份特殊的知遇之情，對於他的家族成員，我也從未出過一句惡言」。

李登輝始終認爲，台灣在四〇年代末期得以免於赤化，兩位蔣總統的因素不能抹煞；其中蔣經國更是對台灣這塊土地有所感情，以「也是台灣人」自詡，而這多少也影響並感動著他日後繼任總統後的作爲。因此不論他人如何看待蔣經國，李登輝說，「歷史歸歷史，我不願在回顧歷史的時候採取批判的角度。」

代理黨主席之爭

初掌國家機器的李登輝，如同一個駕駛新手，剛從蔣經國手上接下了方向盤，在即將開車上路前夕，他告訴所有乘客每個人都繼續坐在自己的位置上，別怕會被趕下車；目的地也完全相同，不會臨時轉向，讓大家回不了家。

因此，當外界用懷疑的放大鏡觀察李登輝究竟能做多久時，事實上，李登輝站在蔣經國生前鋪置的權力底盤上，雖然心理壓力極大，方向卻是相當的篤定。缺乏班底的他，自知要穩定局面，必須與既有體制銜接，藉以掌握國民黨雄厚的資源，以做爲領導的工具，才能從而行使影響力，其間是否接任黨主席則是重要關鍵。

能否順利兼任黨主席，原不是李登輝可控制的範圍，幸運的是，蔣經國所留下的國民黨核心結構，山頭林立：俞國華掌握政府行政權，郝柏村負責穩定軍方，李煥主持黨務系統，並無可服衆望的一方之霸，這些彼此利益衝突的人物無法獨力勝出，只能共同接受順理成章而上台的李登輝，之後再各憑本事，亟思操控。

在盱衡局勢後，李登輝將黨內山頭照單全收，順手獲致了一條防堵官邸勢力竄起的馬其諾防線，這些未來的政治對手，爲了等待李登輝即將釋放的紅蘿蔔，在國民黨臨中常會上，合力擊退蔣宋美齡的插手意圖。

當時在外部環境方面，社會上本土意識在解嚴後爆發，第一個台灣人當總統，已經激勵了士氣，如果國民黨又由台灣人當黨主席，這對本土運動具有重大意義，因此民間出現極爲高度的期盼。由於一般都體認李登輝依憲法繼任總統，繼而兼任黨主席，是政權和平轉移的重要象徵，黨秘書長李煥依據政局安定與社會氣氛所趨，在蔣經國辭世第三天即著手執行黨政一元領導的商議與準備。按照李煥的規劃，一月二十日中常會，由俞國華領銜提案，先通過李登輝代理黨主席，待七月的十三全大會再正式眞除主席，李登輝對此表示贊同。

一月十九日，蔣宋美齡寫了一封信給李煥，信中舉陳立夫的建議，以黨內並無強有力領導爲由，主張循總理孫中山逝世時的先例，由中常委輪流主持中常會。但是，國民黨從無集體領導的經驗，也缺乏集體領導的遊戲規則，此尤其爲當時的社會期待所不允許；李煥經與俞國華、沈昌煥商議後，向李登輝報告新的事態變化，基於事緩則圓，代理主席計劃決定展延一周至二十七日再進行，二十日中常會並因此取消。

代理主席案未能如期完成，政壇一陣譁然，蔣宋美齡介入的消息也漸次傳開，國民黨立委當時在立法院呼籲儘速完成代理主席案，多數民意十分的明顯，並不站在官邸這一邊。然而二十六日中常會前夕，蔣孝勇仍然自稱奉蔣宋美齡之命與俞國華聯繫，再次表達應該在蔣經國國喪期滿後，再討論代理主席的問題。

二十七日早上，俞國華、李煥與當天的輪值主席余紀忠在中央黨部會商，三人共同決定本案不能再拖延，中常會上將先討論四項預定議案，而後由俞國華提出臨時動議，通過代理主席案。

這天，李登輝在幕僚建議下，以當事人迴避的原則，並未出席中常會，留在總統府等待消息，李登輝不願意當衆表態，但深信代理主席的通過是情勢使然，也對俞國華領銜提案抱持充分信心。中常會結束後，答案果如李登輝推測，三十位中常委連署推舉李登輝出任代理主席案，扣除當天出國請假者，獲得二十七位常委一致起立通過。

但是，會中卻也出現了讓李登輝也愕然的「插曲」。僅具列席身分的黨副秘書長宋楚瑜尚未提案前，先行起身一陣慷慨激昂後憤而離席。宋楚瑜的「起義」，之後爲不少媒體形容爲「臨門一腳」，認爲若無宋楚瑜發言抗議，中常會可能繼續拖延代理案，而宋楚瑜「公然」對抗孔宋家族的形象，立刻被輿論貼上改革派標籤，也瞬間成爲國民黨內的明日之星，俞國華則被打爲屈於士林官邸壓力的保守派。

當天中午，宋楚瑜離開黨部後，黨部遍尋不著其蹤影，總統府事後得知，宋楚瑜是到了新聞界人士張繼高的家中休息。總統府同時了解，當天中午電視新聞播出後，宋楚瑜曾經詢問張繼高「過了沒有？」，當得知中常會業已通過代理主席案，宋楚瑜又說了一句「我就知道」，張繼高此時也忍不住勸戒宋楚瑜「應該先搞清楚情況再說」。

與宋楚瑜同爲黨副秘書長的馬英九，當時曾經對外籍記者澄清，「推舉李登輝總統爲黨主席是不可能改變的決定」，說明早已獲得全體中常委簽署同意的代理案是黨內大勢所趨，並不因某人做了什麼、或未做什麼而有所更改。

事後，李登輝了解俞國華對宋楚瑜極不諒解，其夫人董梅眞女士私下更以「小鬼」稱呼，認爲宋楚瑜經常使點子，心機太多。李登輝對俞國華的處境非常同情，他們有著多年公誼，「俞國華是君子，不是政治中人」，是李登輝對俞國華的評價與推崇。他知道俞國華一定會提案，當時在黨內輩分不高的宋楚瑜則是對他效忠表態，宋楚瑜這麼做，也確實達到突顯其個人的效果。

做爲黨政軍各方人脈幾無的領導者，不能拒絕屬下的靠攏，這是最基本的道理。中常會後，李登輝也讓宋楚瑜維持了過去他經常在蔣經國身邊週繞的地位。

不過歷史作弄人的是，一月二十七日這齣「臨門一腳」演出，揭開了之後宋楚瑜在李登輝民主改革過程中無可否認的階段性角色扮演，卻也因日後彼此的預期不同，走上決裂之途，並在兩千年的總統大選正面對決，至今依舊陌路。

黨內群雄競逐慘烈

八八年七月的十三全大會，是李登輝進行權力鞏固的第二步，李登輝在全場起立表決的方式之下，完成接任黨主席的法定程序。

在攸關黨內權力重新分配的中央委員選舉過程，黨務系統的李煥、宋楚瑜聯手全面主導，與行政系統相與抗衡，開票揭曉，李煥高票領先，俞國華位居閣揆卻遠落於三十五名。僅僅半年，蔣經國生前安排的佈局就開始內部傾軋。李煥不甘於蟄伏黨務系統，自我營造的聲勢不斷竄起，俞國華因民間形象吃虧，未待大會結束，要求內閣全面改組的意見已經在會場流傳。

十三全閉幕後，李登輝沒有按照若干人的主觀期待行事，他以次年將有七項選舉任務艱鉅爲由，提名李煥續任黨秘書長。同時基於政局安定，支持俞內閣繼續執政。而爲了回應民間求新求變的要求，李登輝在俞國華首肯下，強勢進行內閣的局部改組，一群李登輝色彩濃厚、資歷尚嫌生嫩的新閣員浮上檯面。許水德、蕭天讚等閣僚在首次就任記者會上自承「還在學習之中」，抓住麥克風侃侃而談新政抱負，政治見習生的上場，標示著權力交班已經進入實戰階段。

李登輝的力挺，爲俞國華爭取了時間，卻並未因此換得空間，黨大會上的緊張關係在會後轉入立法院持續對峙，立委吳春晴質詢涉及包庇酒家女的緋聞風波引爆，讓俞國華面臨前所未有的難堪之局，在聲望始終無法提振的自我壓力下，被迫於八九年五月主動向李登輝遞出辭呈。

在俞國華請辭之前，蔣彥士與王惕吾曾雙雙面見李登輝，建議把俞國華換下來，由李煥接掌行政院，這個「說客」的組合令人難免有所聯想，李登輝因此認爲，他不能做換閣揆的這件事，俞國華自己會有判斷。

然而經過了中間人的刻意傳話，俞國華以爲李登輝正等著他辭，因此知趣的向上表達辭意，但事實上李登輝接到辭呈後，並未批示，還在思考該如何妥善處理，不料俞國華已經先行一步對外公開宣佈請辭；當俞國華事後確認倒俞勢力出自何方時，已經爲時已晚，只有表明辭職是爲了黨內團結，他希望把棒子交給「下一代」，進行最後卻微弱的反擊；而俞董梅眞所說「政治太可怕了」的這句話，最爲入木三分。

俞國華離職已成定局，該由誰來接掌行政院？當外界紛紛鎖定李煥時，李登輝並不做如是觀，他心中的第一人選另有其人。李登輝首先徵詢意願的對象是蔣彥士。蔣彥士在國民黨內的資歷無可挑戰，又善於統合各種不同意見，雖然蔣經國晚年並未續用蔣彥士，但是對於尙須與既有勢力周旋的李登輝而言，蔣彥士是一著好棋。

一九五七年到六五年，李登輝在農復會擔任技正，蔣彥士是秘書長，兩人淵源一直未曾中斷。唯一困擾的是，蔣彥士與洪小姐之間的關係，在立法院勢必成爲焦點。

李登輝因此約見蔣彥士，當著他的面開門見山就拜託，希望他能先處理與洪小姐的問題。不過，蔣彥士思索了半晌說，「這樣我很爲難」。婉拒了出任閣揆的機會。

李登輝思考蔣彥士，在蔣經國剛離去的那個年代，有其脈絡可循，以蔣彥士人脈、手腕與份量，他壓得住各方，可以讓黨政軍各安其位，加以稍早曾替李煥前來關說，可以減少一些政治紛擾，可惜蔣彥士寧愛美人不要江山，未能成全李登輝的計劃。

當時，來自黨務系統的推舉似乎愈來愈聲勢高張，李登輝正值權力重整的關鍵時刻，若繼續再加以阻擋，無法預料黨內將出現何種狀況，李煥因此在六月一日終於如願出掌行政院，李煥並推薦宋楚瑜扶正爲秘書長。

不過，李煥的閣揆任期只有短短一年，上任未久，他與李登輝每週一下午三點在總統府的固定會面，時間就變得愈來愈短，「兩人到最後幾乎沒什麼話可聊，有時雙方草草結束，李煥擔心新聞界作文章，刻意繞到總統府其他辦公室打發時間，等到待得夠久了，才敢走出總統府。」當年經常接待李煥的邱進益如此描述。

李登輝爲何無法對李煥推心置腹？先前李煥爲大位而進行綿密的角逐過程固然是重要因素，更關鍵的是，李登輝覺得李煥有事總是不當面說清楚，事後再用盡各種方法迫人接受他的意見，這種行事風格，李登輝實在很難習慣。

有一次，兩人爲著交通部長的人選相商，李登輝主動詢問由蘇南成出任是否適宜，李煥當面稱是，沒有表示反對意見。但在事後，行政院方面卻釋放張建邦是交通部長熱門人選的消息，理由是「張建邦與李登輝關係良善」。李登輝因此不解，李煥若是屬意張建邦，兩人在商量時就可以直接提出來，他會加以尊重，何須拐彎抹角用這種方式表達。

過去在國民黨，即少有黨秘書長出任閣揆的例子，黨務工作在廣結善緣、面面俱到，行政院長卻是個做決斷的角色，必須貫徹得罪人的政策，這也讓李登輝對李煥的施政績效大有問號。

在行政體系，李登輝接受現實，同意由實力派人物掌政；在軍令系統，李登輝則不再妥協，全力貫徹制度，希望擺脫軍中長期由派系壟斷的沉痾，讓軍隊逐步走向國家化。

李登輝接任之初，顧及軍中穩定，已經在八八年留任郝柏村一年。參謀總長一任兩年，郝柏村卻已經做了八年，是極不正常的現象，必須即時調整。

八九年十二月，李登輝任命郝柏村出任國防部長，參謀總長按三軍輪替制，由陳燊齡出任，事前郝柏村出現了抗拒的態度。蔣宋美齡爲此專程請李登輝到士林官邸溝通，蔣宋美齡以英文夾雜上海話告訴李登輝，郝柏村不能換，否則國家將陷於危殆；李登輝以聽不懂爲由，請蔣宋美齡用筆寫下來，以免因言語問題會錯意，蔣宋美齡則請其在家中陪伴的親人簡單寫下種種，交給李登輝。

不料幾天後，蔣宋美齡爲示愼重，又請人送了一封信給李登輝，再度詳述她對郝柏村應當繼續留任參謀總長的理由。

這封以英文打字而成的信是這樣寫的：

「從報章得知，你考慮更換參謀總長與國防部長，我有責任提醒你，這個改變會對我們的國家安全造成危險，萬一鄧小平發生任何不測，共產黨的死硬派會佔上風，隨時可能對我發動軍事攻擊，因此我們絕對不能讓沒有經驗的人領導我們國家的軍隊。

從過去殘酷的經驗告訴我，軍隊的士氣需要有一個強而有力的領導者來維繫，否則可能在一夜之間瓦解，現在的國防部長與參謀總長是絕佳的組合，在這重要的時刻，應該讓他們至少再繼續作一年。

沒有強大國防，我們的經濟繁榮將會消失，沒有經濟的力量，外交不會有任何進展，我知道延長總長與國防部長的任期將會使你遭遇反對與爭議，而且會讓反對黨對你有所攻擊，或導致本黨流失選票等等。

但如你所知，反對黨一點都不在乎我們的國家，他們的唯一興趣是滿足他們的野心，當我們的國家都沒有的時候，還要這些立法委員幹什麼？

我必須提出我最嚴重的警告，身爲一個國家領導者，在非常的情況下要採取非常的手段，爲了我們的國家，許多時候你必須採取不受人民歡迎的決定，尤其是在下如此重大賭注的時候。」

李登輝事後沒有聽蔣宋美齡的話，如期更換了總長。李登輝認爲，「再優秀的人都不可以破壞制度，倘若整個軍方只籠罩在郝柏村一人的戰略思維下，未有更寬闊的治軍視野，這才是對國家安全的戕害。」

郝柏村擔任總長期間，軍中大至軍事採購，小到例行事務，李登輝完全尊重郝柏村的專業意見，一方面也是自己對此領域尚未進入狀況，因此凡是由郝柏村簽呈的公文，或提報到軍事會談的方案，李登輝幾乎皆予同意，極少過問第二句話。

信任參謀本部的建議，固然是治軍之道，但是郝柏村長期掌控軍隊、擁有龐大權力與財源，卻讓李登輝心中始終充滿著疑慮，不得不以貫徹人事升遷制度來防弊除害，同時活絡其他人才的進階管道。

八八年郝柏村建議葉昌桐出任海軍總司令，並兼中山科學研究院院長，即是讓李登輝有所警覺的明顯事例，「中科院當時每年都有無須正常報銷的巨額經費，這是連蔣經國在世時都不敢做的事，郝柏村卻這麼做，不是任用私人？又有什麼目的？」在慎重考慮下，李登輝堅持將郝柏村調離軍令系統，但也萌生了李登輝與郝柏村宿命上的敵對因素。

拂曉召集，破解權鬥

八九年底，李登輝依法繼任總統的任期即將屆滿，要不要參加競選？他做了一次慎重的思考。

當時會倉促之間當上總統，完全出於意外。而現在是否應該及時退休，還是爭取正式當選的機會？剛接任總統一職時，賡續蔣經國未竟的政治改革路線，「資深民代退職條例」、「人民團體法」，已經在立法院初步完成，民主改革的動力開啓，但民主化的工程卻尚未累積一磚一瓦。在強烈的使命感驅使下，李登輝決心放手一搏。

九〇年的總統選舉仍是由國民大會代表投票產生，依照國大的政治生態，以及省籍平衡的現實要求，李登輝明瞭他必須找個外省籍、爲國大代表接受、能夠合作的副手，最重要的是能夠協助他推動革新的搭檔。李登輝打從一開始，就沒有在國民黨權力漩渦中找人的念頭，報紙當時的揣測極多，各路逐鹿人馬施放消息，李煥也傳來有意更上層樓的訊息，李登輝皆不爲所動。

李登輝在八八年爲安排總統府秘書長人事，第一個念頭想到的就是李元簇，起初名字一時還想不起來，叫來幕僚詢問，以前當過法務部長、後來到政大當校長的那位先生叫什麼名字？李元簇於是在某日的清晨六點半接到總統府的電話，上午八點半與李登輝見面，敲定到總統府擔任幕僚長。經過相當時間的相處與互動，李登輝確認此人謹守份際，不多話，是個做事的人；更主要的是，李元簇在法學上的專業素養，對於台灣在政治轉型過程中憲政與法制奠基上給予襄助，應是遊刃有餘。

因此八九年底，李登輝由總統辦公室走到秘書長辦公室去找李元簇詳談，當面告知希望倚重的意思。對於李登輝親自前來的誠意，李元簇既感動又惶恐，遂應允效力。

當時，李登輝就與李元簇搭檔一事徵詢了幾位大老，並無明顯反對意見；李元簇也不動聲色的開始與幾個熟識的老代表聯繫接觸，李元簇將是「黑馬」的消息開始浮上政壇。但這項未按權力牌理出牌的人事安排，引起黨內李煥、郝柏村、蔣緯國等人比預期更爲強力的反彈，群起反對李登輝晉用「沒有聲音」的幕僚長當副總統。

李登輝希望今後六年能夠擺脫掣肘，貫徹意志，將改革的阻力降至最低，好有所作爲。試問他如何能夠接受一個不能同心、成天唱反調的副手？但是在其他國民黨人眼中，李登輝卻是一意孤行，企圖大權獨攬，根本沒有集體領導的誠意。

他們認爲，若不是蔣經國突然過世，總統大位才會讓李登輝暫時「端著」，沒想到一路走來，李登輝不僅吃將起來，居然還想整碗獨享，一場倒李的私密串連因此展開。

「當時，李煥與郝柏村幾乎天天聯繫商量。」李登輝敘述，但他始終並不知情，以爲一切似乎皆能按著計劃進行著，因此決定在二月十一日國民黨臨中全會上如期提出口袋中的人選。

沒想到，十日下午卻出現了驚心動魄的大事。國民黨副秘書長鄭心雄傳來消息說，他適才到行政院，看到當時任國防部長的郝柏村剛離開，行政院長李煥對他說：「我們是自己人，這是絕對機密的事，明天的提名要改變。」鄭心雄把這個不尋常的跡象機警的向李元簇報告，李登輝聽完李元簇神情凝重的轉述後，感到事有蹊蹺。同時，某警政首長也來電告知，有人向他串聯，明天的提名有變，到時候靜候通知。

當天是元宵節，李登輝的秘書蘇志誠預備五點半下班，經過大門口時，聽到警衛隨口提到行政院長在總統府內，蘇志誠頗爲奇怪，總統已經準時下班，又是節慶日，李煥到府中找誰？在好奇心驅使下，蘇志誠詢問警衛「院長有什麼事啊」警衛隨口答覆「院長去見郝部長」。此事非同小可，蘇志誠立即向李登輝報告，情況有問題。他也聯絡了黨部宋楚瑜，但黨秘書長與黨務主管都不知道有這回事，大夥因而分頭去打聽消息。

晚上八點多，一位黃復興黨部選出的中央民代一頭霧水的來電詢問，「好奇怪，許歷農告知明天開會時要大家等著聽候指示。」顯然對方已經展開了動員。經過連夜地毯式的一一去電清查，幾個特定的人都不在家，集會的人員輪廓逐步浮現。

在得知一場「政變」正在醞釀後，爲了穩定軍心，李登輝當晚把鄭爲元、陳燊齡叫到官邸，探詢軍中有無聽到風吹草動，他倆都說局面很好。李登輝確認軍中並未介入，當即指示參謀總長陳燊齡，「明天不論發生什麼事，部隊都不能出問題。」李登輝這麼做，是對第二天的發展做了最壞的打算，而無論如何，軍方都要扮演最重要的穩定力量。

李煥與郝柏村在半夜進行串連，對於李登輝來說，在「敵暗我明」的劣勢下，總統、副總統人選究竟會不會被翻牌，根本沒人可以掌握情況。蘇志誠因此心生一計，當晚他沒有回家，繼續留在辦公室打電話給幾個熟識的新聞界人士。蘇志誠告訴他們，明天提名李元簇的情況會有變，最好一早到中山樓會場圍堵這些當事人，即可得到答案。之所以提前透露給新聞界，一則可以製造出欺敵效果，掣肘這些主要的主導者，再則因消息曝光的壓力，也可使凝聚力原本並不強的這個臨時組合出現內部信心問題。當時，李登輝身旁只有這麼一個出主意的人，一老一小開始應付自繼任以來最險峻的考驗。

第二天，主要媒體果然刊出了國民黨內計劃以黨內民主爲由計劃另立人選的報導，政壇一時爲之沸騰。林洋港在會場門口被記者包圍時，有些動氣的說：「是誰說的！」李煥則當著衆人的面指著蘇志誠怒斥：「你究竟給主席亂報告了什麼！」

一夜沒睡好的李登輝，提早趕赴中山樓，開始陸續約見多位黨內幹部，一一交代每個人的責任區，全力把票固好。李登輝也直接把李煥找來，不客氣的直言，李元簇的案子不可能改變，等會兒若有情況發生，李煥必須負責。

臨中全會開議，李煥、林洋港上台暢言主張票選正副總統提名人，黨內分裂至此檯面化，宋楚瑜起身反制，「黨內這幾天有一些令人憂慮的動作，和破壞黨內團結的運作」。宋楚瑜並揚言若大家對推舉方式有意見，他秘書長的位子可以不要做，今天就遞出辭呈。企圖震懾來勢洶洶的對手。

整個過程，另一串聯的要角郝柏村，則坐在台下絲毫不動聲色，兩邊都在注意他的動向，但他未做公開表態。大會最後經過兩次表決，票選派以七十不敵九十九，仍維持以起立方式決定總統候選人，非主流人馬連日部署終告功敗垂成。

事後李登輝曾經告訴日本好友中嶋嶺雄，台灣的政治與大陸的權力鬥爭毫無二致，二月十一日清晨，他發動「拂曉召集」，制止了一件企圖改變總統副總統人選的計劃，所指的就是這段歷程。

雖然李登輝當天有驚無險通過成爲國民黨總統候選人，但是會後，宋楚瑜仍然向李登輝遞出了辭呈。李登輝的親信蘇志誠爲此主動與宋楚瑜接觸，探詢宋楚瑜對未來有何打算。

當時，宋楚瑜與蘇志誠相約在「蘿曼蒂」見面，這是一家位在復興北路的老牌法式餐廳。宋楚瑜對前來緩頰的蘇志誠說，他不一定要在政壇發展，他決定要到美國去，連機票都已經買好了。

聽到宋楚瑜在語意間似乎對離開黨職意向絕決，蘇志誠因而善意提議，未來的兩岸事務最為重要，擔任政府白手套的海基會勢必將由李總統直接主導，宋或可考慮接任副董事長兼海基會秘書長一職，必將有所發揮。但是，宋楚瑜當場表明他志不在此，這時，蘇志誠才察覺宋楚瑜並不是眞的要退下政壇，才放心中石頭。

不過，臨中全會只是揭開號角，隨後的激烈戰役轉到國民大會正式開打，另一組候選人「林蔣配」在老國代間進行連署。

二月十二日開始到三月三日，在這關鍵性的半個月中，李登輝依序分別約見郝柏村、蔣緯國、陳履安、林洋港、李煥，表達善意進行疏通，並示將繼續借重、不會秋後算帳之意，來穩定政局，但這些人未輕示意向。

李登輝事後回憶，九〇年春節前後的這段時間，他的精神壓力非常大，連續許多晚上都因無法安心而睡不著覺，他就起身與太太共同跪在床沿，把放在面前的聖經隨手一翻，看翻到第幾頁，就照該頁的經文進行禱告，也當作是神對他的啓示。

他記憶深刻，經文中「因我為自己的緣故，必保護拯救這個城」，讓李登輝可以安心就寢，而「在該戰的時候，必須殲滅敵人」，則讓他去除了恐懼，獲得了必須決不妥協退縮的信心。

對於自己的處境，李登輝也想起埃及的沙達特，沙達特當年由納瑟總統壽終繼承了政權，就任之初也經常睡不著，三更半夜仍在寢室裡走來走去，他的太太看了覺得奇怪，就問他「你怎麼了？」沙達特回答「我想起納瑟這二十年所發生的事睡不著」。沙達特太太告訴他「忘掉納瑟吧，想想你自己的事。」這種走出新局必經的痛苦過程正是李登輝當時的心境。

除了依賴著信仰支撐，在同一時期，李登輝也透過國大核心人士對國大進行精密的估票，在六百多位國代中，悄悄完成四百多人的支持連署。國大黨部同時也以人脈進入對手陣營取得「林蔣配」的連署書，經過比對與「雙李配」的連署名單有若干重複，經過剔除後，發現對方並無法形成局面。

李登輝在三月初也同時掌握到，「林蔣配」事實上的鐵票遠低於外界想像，林洋港約爲四十票，蔣緯國也只有七十六票，不僅未及一百多人的提案門檻，估計要在三月二十一日投票日之前累積「變天」的實力，並不容易。

在洞悉確實敵情後，三月二日，蔣彥士帶來委請黨內大老進行整合的建議時，李登輝一口答應，並認爲是讓對手能夠取得面子的不錯下台階。

三月三日下午，李登輝於官邸首度與「八大老」見面，這八位是經過雙方同意的黃少谷、袁守謙、陳立夫、辜振甫、李國鼎、倪文亞、謝東閔及蔣彥士。李登輝回憶，在與八大老的對話中，對於安定政局並無具體建議，全場批評之聲不斷，陳立夫並當衆指責蔣經國的不是，他靜靜的聽完這群平均九十歲國民黨元老的「指教」。

結束與八大老的晤面，李登輝一送完客當下就決定，「不能照他們的想法做」，台灣的民主化推動若要由「八老治國」開始，豈不成了國際笑話。

確知八大老的不具作用，李登輝反求諸己，認眞的勤跑到每一位代表家中拜票，動之以情、說之以理，積極鞏固票源。對於這些事後用高票回應他的選民，李登輝在九一年要請他們退職時，心情即非常複雜，思及這些老代表們，李登輝眞心感激。

三月四日，老代表滕傑在三軍軍官俱樂部舉辦推舉「林蔣配」的餐會，林洋港到場，蔣緯國卻並未出席，當天媒體蜂擁而至，對於林洋港的「候而不選」揣測紛紛，李登輝則是冷眼觀察林洋港。在李登輝看來，林洋港只是李煥與郝柏村奪權鬥爭的棋子，反撲的保守勢力要一個虛位的本省籍人士當樣板，不會眞把權力交到台灣人手上。

三月五日，「八大老」接著在台北賓館與李煥、郝柏村、林洋港與蔣緯國見面。蔣彥士事後向李登輝報告，雙方同意由李登輝在三月七日中常會發表一篇平息政爭的講話後，再由林蔣二人宣佈退選。

當天另外傳出李、郝等人要求撤換「兩宋一蘇」的消息，但根據蔣彥士的轉述，與會者確實抱怨宋楚瑜與國安局長宋心濂的角色，並未提及蘇志誠。一位與會大老事後也納悶的問，「蘇」是誰？在得知是指李登輝身邊僅三十五歲、還是「小孩子」的秘書時，當場直呼「這開什麼玩笑！」

林郝等人將臨中全會翻案的消息走漏，歸咎於宋心濂的監聽，李登輝事後感到非常好笑，站在李登輝的角度，當時他對軍情系統的動向極無把握，宋心濂事前根本沒有提供任何有價值的情報，更遑論監聽，臨中全會之所以得知情況，全出於鄭心雄與黃復興內部的提醒。在那段政爭期間，因郝柏村與蔣緯國的背景，李登輝甚至「擔心情治系統選邊站，還曾小心謹愼避免自己被監控，不料對方竟先懷疑起國安局。」

雙方同意的中常會聲明文字在三月六日一切準備就續，但是蔣彥士卻在七日清早七點二十分趕到李登輝官邸，轉述李煥認為聲明內容並不實際，要求李登輝必須公開表示讓出黨主席，林蔣才不再「候而不選」。蔣彥士並且氣憤的表示，「他們沒信用，臨時變卦，我不幹了」。

李登輝此時也動了怒，既然有台階不下，國大的票源又早已胸有成竹，大家只有看著辦，他絕不對聲明做任何更動。九點鐘，中常會開議，李登輝以感冒喉嚨不舒服為由，請中央黨部秘書處副主任夏正祺代為宣讀聲明，這份談話稿有兩個重點，首先，國民黨的組織，屬性，決策過程，無一不可調整，但是每一位黨員都有支持黨政策，貫徹黨決議的義務。第二，個人無時無刻不以光復大陸完成統一大業為職志，凡有分裂國土的陰謀，都將依法嚴懲。其中第二點是回應黨內反對者指他為台獨而來。夏正祺宣讀完畢，李登輝看林洋港等人未做表示，當即宣佈散會，絲毫未假辭色。

李登輝認為，「八大老根本就沒有起作用」，同意八大老的出現，是讓大家有講話的宣洩管道，眞正有心調和鼎鼐的，在他眼中則屬省議會議長蔡鴻文，蔡鴻文當年多番穿梭奔走，確實發揮了實效。

三月八日，蔡鴻文主動找林洋港再次懇談，蔡鴻文表示，南部鄉親對林洋港與外省人合作打擊李登輝非常不諒解，也不了解台北人為什麼要這麼鬧下去。這段談話給了林洋港極大衝擊，林洋港也深知國大情勢懸殊，隨後在三月九日下午在台北賓館辭謝國代的推舉。

當天，李登輝立即聯繫要到林洋港的宿舍當面致意，林洋港以承擔不起而婉辭，最後敲定傍晚在司法院辦公室公開見面，由李登輝親自表示感謝。國安會秘書長蔣緯國接著也在十日宣佈退選，政爭危機正式解除。

林洋港方面後來曾經傳出，蔡鴻文向他表示，李登輝說他只當一任，下一任不再參選，屆時會幫林洋港的忙。對於這段隱含談判交換條件的說法，李登輝說他不了解蔡鴻文是怎麼對林洋港說的，但是他絕對沒有請蔡鴻文帶這些話，「我已經知道林洋港在國大的票數根本有限了，何必還需要如此。」

執政初期，彭明敏支持

李登輝在舊體制摸索前進的最初兩年，反對黨的異議人士對他由上任時的高度期待，轉為極度失望。黨外紛紛以發表言論或印行刊物，對李登輝不斷向現實妥協，未讓改革局面有任何起色，痛加批評。九〇年二月，當李登輝正為黨內勢力反噬所困之際，彭明敏在紐約召開記者會，呼籲大家支持李登輝，讓他有機會推動理想，這個舉動不僅在國內引起注意，在海外僑界更出現正反不同的評價。

部分反對人士對彭明敏十分不諒解，他們認為一生為對抗國民黨、打倒統治階層而奮鬥，如今怎可背離反對的精神，去對一個國民黨的主席輸誠。但是，彭明敏仍為李登輝公開辯護，他堅持，

李登輝與彭明敏（前排右三、右二）相交四十年，當年李登輝在日本部隊一起受訓的同袍們（後排）相聚，昔日青青子矜，今日白髮老翁，令人有時光倒流的感覺。

「現在在台灣，除了李登輝，沒有選擇的餘地，李登輝的本錢是人民對他的肯定，不選他當總統，也沒有別人。」當時罵彭明敏的不少海外人士，在若干年後卻比彭明敏還支持李登輝，彭明敏笑說。

在台灣民主改革的關鍵時刻，彭明敏人在國外，並無任實際著力點，但是他對李登輝孤軍奮鬥的處境感同身受，經常透過管道了解李登輝的近況，希望他突破困難銳意革新。彭明敏當時獲得李登輝私下傳來訊息，「這個總統是任期內接下去做的，不是眞正的總統，因此不能放手去做，一旦將來選出來時，即使是冒著生命危險也沒關係，一定要大力改革。」由於視李登輝的自白爲承諾，當李登輝九○年三月於國民大會當

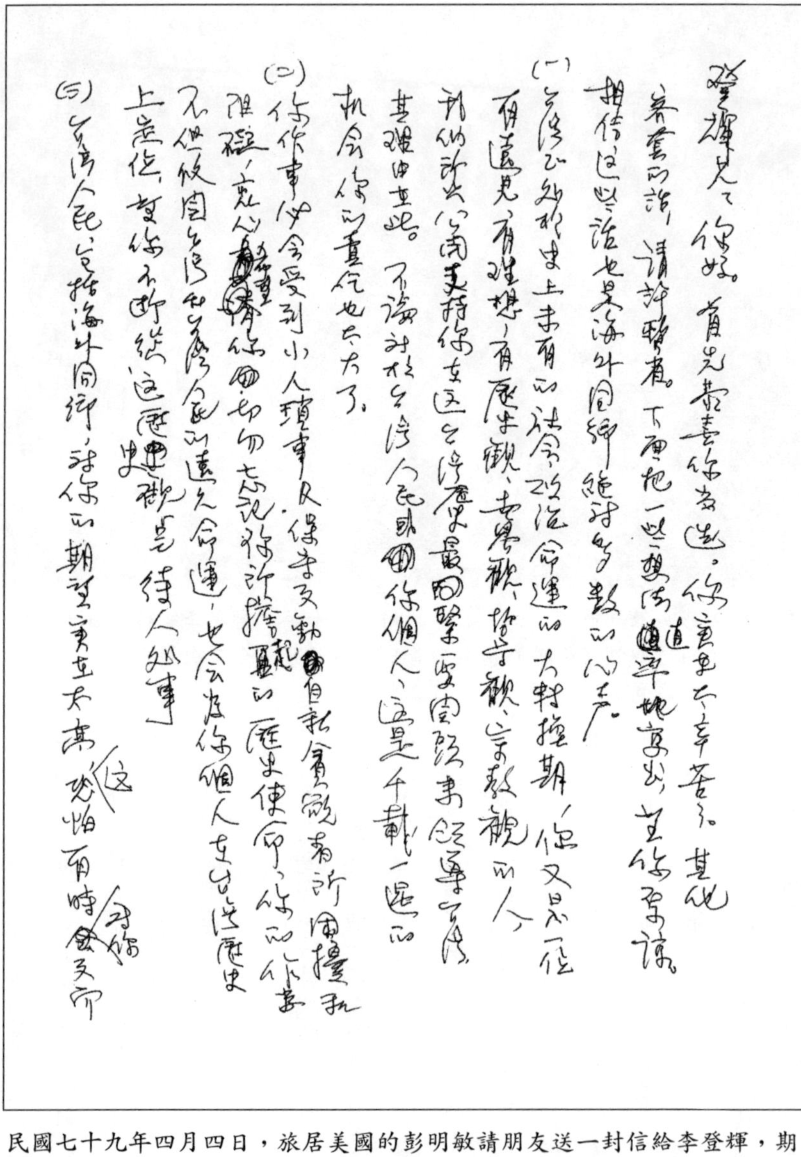

登輝兄：你好。首先恭喜你當選。你應當不辛苦了。其他
希望的話，請許轉看。下面把一些想法直率地寫出，並作爲諒
相信這些話也是海外同鄉絕對多數的心聲。
(一) 台灣已處於歷史上未有的決定政治命運的大轉捩期，你又是一位
有遠見，有理想，有歷史觀、世界觀、哲學觀、宗教觀的人，今
我們所以同情支持你在這台灣歷史最關鍵一要處領導台灣
其理由在此。不論對於台灣人民或對你個人，這是千載一遇的
機會，你的責任也太大了。
(二) 你作事必會受到小人搗亂，保守反動自私貪婪者許用權勢
阻礙，或以…請你切切勿忘記你所擔起的歷史使命，你的作爲
不但決定台灣和台灣人民的遠久命運，也會決定你個人在台灣歷史
上的定位，望你不斷從這歷史觀點去待人處事
(三) 台灣人民，包括海外同鄉，對你的期望實在太高，這恐怕有時會給你更

民國七十九年四月四日，旅居美國的彭明敏請朋友送一封信給李登輝，期許他承擔起歷史的使命，由於仍具通緝背景，彭明敏擔心李登輝受累，信中未敢直接署名，而以彭的英文拼音P爲兩人之間的暗號。

③

會權力相當的直接。但請勿太公開，人民對你的肯定和支持是你最大的（亦就是唯一的）政治資本，你應該以此為後盾積極大膽去推行改革。他們建議你於就任新職時，將你在任期內要達成的改革項目，明確具體地一一列舉出來，並設定其重視的時間表（例如：國會全面改選、總統直接民選、省長直轄市長民選、釋放政治犯及其復權等等），同時宣佈你決心排除萬難，不惜任何犧牲（包括辭職）來推行此改革的意願。其後，若阻力太大，可以（做美國或蘇聯總統）用電視等大眾媒體，直接訴諸大眾輿論，要求人民支持，藉此削減你周圍的保守反動勢力（如民進黨學生示威，對於強大反動力量構成極大壓力，對你是有利的）。今後應多多運用民間力量。切勿給人一種印象，以為你為了保持職位，放棄原則和改革理想，事事與保守反動勢力妥協（這是無法推行改革的，寧可玉碎不求瓦全，修建你在歷史上的定位，也是重要的）。

（四）五月新就任時的文告，應將上述改革項目及時間表，具體明確的說出來，務使人民有面目一新的感覺，此重要文告請勿再請那些政府和黨裡的職業文字「文官」（那些寫八股）人員撰寫，應儘量 reach out，在外面找一些

（3）

學界人士，也平易但活潑且有力而 fresh 的文章（如美國[redacted]張弘等，由張茂

張旭成、高英茂等教授，找可以寫的人選）

~~（4）總統新任~~，

（5）你新就任時，最重要的，是要給人民有「新的時代開始了」的感覺。

在此須有一些 Dramatic 的作法，例如在文書中總統公佈私人財產，並要求內閣人員及

黨政要員自動公佈私有財產（也不必通過法律，以自願方式為之），以及

其他一些富有想像力，打動民心的事情。

（6）就職以後，最好每月一、二次由總統親自舉行文化晚會（如美國總統所作），

邀請音樂家、作曲家、詩人、畫家等表演或講演，偶而甚至到山地那些

老百姓政要，並請政要老百姓學生（可從言語演講或街上隨便找），

這可以表示你親民，也注重文化活動。

（7）不少人強調「基督教信仰」，以免引起反感，在研究是非基督教國，

而蔣介石、李登輝等也自稱基督教徒，並甚督教的形象已模糊不好。

④

(八)絕對多數人民都信任你、尊重你，支持你，但你卻由[illegible]違背民意之老國代選出，這對你的political and moral authority損害極大，須予以建立起你的political and moral legitimacy，你就職以後儘快（一二年之內）想方法，使人民有機會直接表達對你的支持，以確認你地位的合法性Legitimacy。這可以增強你的權威和尊重，也可作將來總統直接民選的先驅。

P.

一九九〇．四．四．

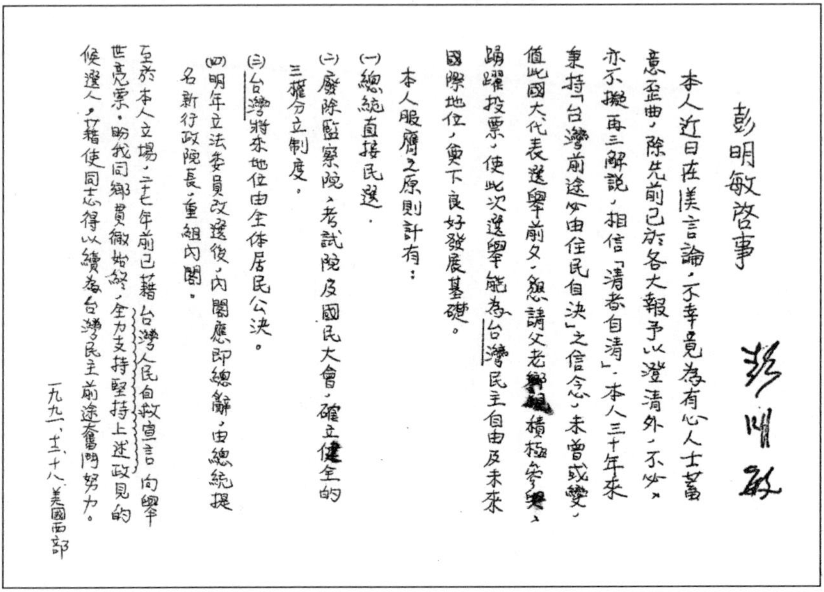

彭明敏啓事　彭明敏

本人近日在美言論，不幸竟為有心人士蓄意歪曲，除先前已於各大報予以澄清外，不少，亦不擬再三解說，相信「清者自清」。本人三十年來秉持「台灣前途由住民自決」之信念，未曾或變，值此國大代表選舉前夕，懇請父老鄉親積極參與、踴躍投票，使此次選舉能為台灣民主自由及未來國際地位，奠下良好發展基礎。

本人服膺之原則計有：

(一)總統直接民選。

(二)廢除監察院、考試院及國民大會，確立健全的三權分立制度。

(三)台灣將來地位由全体居民公決。

(四)明年立法委員改選後，內閣應即總辭，由總統提名新行政院長，重組內閣。

至於本人立場，二十七年前已藉台灣人民自救宣言向舉世昭示。盼我同鄉貫徹始終，全力支持堅持上述政見的候選人，藉使同志得以續為台灣民主前途奮鬥努力。

一九九一、十二、十八、美國西部

李登輝主政初期，彭明敏在海外不斷發表支持李登輝的言論，受到反對陣營極大的質疑，彭明敏爲示清白，只好在報紙刊登廣告，以表初衷，這是當時的廣告文稿原本。

選後，彭明敏判定台灣的機會已經出現，立刻從太平洋的彼岸寫了一封信請人轉交給李登輝，友人事後告訴彭明敏，李登輝接到這封信時，一看是彭明敏的來信，立刻就收進了口袋。

李登輝、彭明敏、楊鴻游，早年在台大是三個最好的朋友，其中楊鴻游是前台北市長周百鍊的女婿，當年三人每個禮拜都會一起吃飯，共敘心情和抱負。彭明敏描述，李登輝在席間論及時政時，對農業政策非常有意見，特別是農民以米換肥料的比例，被李登輝指爲是對農民的剝削，以特別照顧公教人員，可說是嚴重的社會不公。一九六四年，彭明敏因「台灣人民自救宣言」被捕，事發的前一天，三個人才在楊鴻游的家中吃飯，彭明敏沒將撰寫自救宣言

民國八十九年十月完成心導管手術後，李登輝逢人便說不能喝酒了，但是遇到老友彭明敏，李登輝還是忍不住多喝了兩杯，滿臉通紅。

的事告訴李登輝，李登輝也從未向彭明敏提及過有關加入讀書會的經過。談起彭明敏，李登輝認爲若不是政治環境如此，導致被迫逃亡海外，彭明敏的成就恐怕不在話下。

彭明敏當時在信中誠懇的勸告李登輝，他是第一位出生於本地的台灣領導人，站在台灣歷史的轉捩點上，希望他能了解自己的歷史角色，雖然四周保守勢力包圍，但他最大的資本來自於人民對他的期望，因此李登輝應該對民主改革積極推動，不要再陷於宮廷鬥爭的那一套，而無法做事。

彭明敏建議，爲了昭示新的時代已經來臨，李登輝在就職典禮上的演說，請務必讓人耳目一新，可以找些學者專家好好構思，以平易的話直接向人民訴求，不要再用一些老八股的文告，否則人民將會失望。

其次，彭明敏也指出，總統府今後形象應該改變，過去在日據與兩蔣時代，總統府都是威權恐怖的象徵，今後應該對外開放，每個月請藝術家前來進行有品質的演出，與人民直接互動，參與欣賞的人不要只找大官，應該在馬路上找人，做徹底的開放。

對於李登輝爲保守勢力圍困的處境，彭明敏更在信中表示，李登輝應該利用電視直接訴諸民衆，把自己的理想與計劃進行的改革是什麼，完整的說清楚，人民自然會支持，連帶的也將對立法院產生壓力。彭明敏以美國之例指出，美國總統所提的法案，在國會未必都會同意，因此美國總統就經常上電視向民衆訴求，這是唯一的辦法，也才能進一步改革。

這封信送出後，彭明敏擔心李登輝收不到，同樣的內容又請人再送了一次，確定李登輝已經收到了才放心。在時隔二十六年後，彭明敏突然來信，儘管已經成爲總統，但在政爭方歇的政治氛圍下，也不免心存戒愼，在下意識做出了立刻收信的舉動。

九〇年五月二十日的就職演說，李登輝的確打破過往的窠臼，花了相當心思，希望給台灣民衆不同的感受，彭明敏的這封信，應該有非常重要的鼓勵與提醒作用。之後李登輝也著手在總統府籌辦音樂會，固定每個月廣邀國內外演奏者到府內演出，不過李登輝折衷了彭明敏的意見，沒有到馬路上隨意找人出席晚會，受邀的來賓仍然經過仔細篩選，但也是總統府前所未有的盛況。至於直接上電視說明政策，則限於國情與憲政體制，並不適宜過於正式的採用，但李登輝日後經常在關鍵時刻藉下鄉或巡視時，對媒體表達對特定問題的看法，目的即是訴諸於民，援民意爲後盾。

結束二十二年流亡海外的生涯，彭明敏於九二年十一月返國，直到九六年參加總統競選時，才在公辦電視政見會的後台與李登輝相遇，當時兩人只有握手示意，並未做任何交談，顧忌仍相當多。事實上，早在九〇年三月國是會議召開時，李登輝就曾邀請彭明敏與會，但是彭明敏並未返台參加，直到九一年六月台灣高檢署因懲治叛亂條例廢止撤銷其叛亂犯通緝後，彭明敏才未有忌諱。

九六年這場選戰中，外界有諸多傳言，不少人在李登輝與彭明敏兩人的關係上做文章，指彭明敏的參選是雙方的默契，這純粹是無稽之談。選舉過程，彭明敏只對國民黨的政策進行批評，但絕不對李登輝做人身攻擊，爲了選舉必要的開銷，彭明敏一輩子首度向外舉債兩千八百萬元，將整個參選當成是運動，不計較勝敗。

選後，李登輝曾經差人秘密與彭明敏聯絡，多次懇請他出任總統府資政，彭明敏幾番猶豫後，仍然決定婉拒在國民黨政府當「官」。李登輝當年希望延聘彭明敏入府，固然有私誼的成分，但主要是選後政黨和解、由跨黨派組成全民政府的意義，不過，要等到台灣政黨輪替後，彭明敏才受陳水扁總統之邀到總統府上班，成爲資政。

對於在位時的李登輝，彭明敏將之與年輕時熟識的學者李登輝對比，「總感覺李登輝常在台灣人總統與國民黨主席兩角色中交戰，以致前後矛盾，身分衝突，必須見人說人話，見鬼說鬼話，直到卸任後，李登輝才眞正還原自我。」現在，兩人經常相約就時局交換意見。立論點是否盡同並不重要，在褪盡一切現實與世俗羈絆後，卻是一段長達數十年交誼的重續。

「有人說，當時的李登輝，就像走鋼索一樣，十分危險。這就像在花蓮秀姑巒溪划船，在急流中，許多障礙必須一個一個排除，使船能順利平衡通過。這和走鋼索的道理相同，雖然很普通，但是可以應用到領導上來。」李登輝認爲，一位領導者，要針對將來追求進步，在現在更要維持穩定，不能失敗，有如行船過程中，要保持船身平衡，並且面對現實，順應變化來處理問題，因此不可能像過去當學者時什麼事都盡其在我，這確實是角色需要的不同。

卷二／權力分配大棋盤

「李下郝上」的實際過程

九○年三月二十一、二十二日，李登輝與李元簇在國民大會以近九成選票當選為第八任總統、副總統。「回想最初這兩年來，受到制度束縛，沒辦法做什麼，只能慢慢看，光是選個副總統意見就一大堆」李登輝回憶著。因此在度過了重重險阻後，為了呼應民間已嫌不耐的改革要求，李登輝希望在五二○就職演說向全民提出新願景。他邀了王作榮、宋楚瑜、焦仁和與蘇志誠，一同到惠蓀農場渡假，討論就職演說稿的內容，之後焦仁和負責擔綱撰寫，完成最後定稿。

李登輝在就職演說中鄭重宣告將在最短期間內宣佈終止動員戡亂時期，並且經由法定程序推動憲政體制的改革，在大陸政策方面，他希望以對等地位建立溝通管道，全面開放文化、經濟，和科技的交流，進而研討國家的統一。李登輝像換了一個人似的，一改前兩年的低調，李登輝開始大刀闊斧推動內政與大陸政策的革新。

李登輝自訂了一個時間表，半年內使社會治安收效，一年內終止動戡，兩年內完成國會全面改選，六年後和李元簇一起退休，另一方面，李登輝也默默的思考如何收拾政爭留下的後遺症。李登輝先前曾經在三月三日約見李煥，表示願意繼續留用他為行政院長，但是三月七日早晨李煥對黨主席一職的在意，無法不讓人聯想他的意圖。

無法再與李煥共事，則應該由誰來出任？當時，不少人向李登輝提出建議名單，也不乏推薦人選，李登輝總是笑而不答，未露半點口風。李登輝琢磨，如果要提前由中生代接班，外交部長連戰是不二人選，唯一斟酌的是時機是否已經成熟？以資深立委為主體的立法院是否再度成為流派反撲的戰場？

四月間，他在家裡想著想著，二月的奪權過程歷歷在目，李登輝毅然決定由郝柏村來取代李煥。李登輝的想法讓曾文惠非常憂心，反覆詢問：「這樣是否妥當？」李登輝將個人大膽的想法告訴了左右親近，親近聽聞後無不大感吃驚，但是細細思維後，不得不佩服這確實高明。

李登輝不諱言，「郝柏村若擔任閣揆，李煥不得不退，難有再杯葛的餘地，昔日的結盟也將因此瓦解。接掌了行政權，郝柏村勢必辦理退役、交出軍權，有利於軍中脫離人治，建立制度。在軍人干政的陰影下，反對黨與知識界將引爆爭議，或可讓郝柏村走出封閉的權力圈，直接接受民意洗禮，未嘗不是壞事。而一旦郝柏村成為行政院長，接下來就是立法院的問題，不再只是李登輝一個人的問題，情況應該不會更糟。至少，郝柏村是個願意做事的人，將來如果做的好，對於推動國政也有幫助。」

但是黨部的宋楚瑜聽聞後，則期期以為不可，「眞的要這樣嗎？」他大為猶疑，建議李登輝應該再三思。宋楚瑜曾是蔣經國的秘書，十分了解即使是蔣經國在世，對於蔣經國交代的事，郝柏村也未必全數照辦，當時不僅華視高層人事遲遲未予處理，並曾經力主中央日報與中華日報應該合併，並由軍方來經營，行事風格非常霸氣。因此，宋楚瑜認為，若把行政大權交給郝柏村，未來鐵定無法駕馭。

在知情者未全面看好的情況下，四月二十九日，李登輝依舊照著自己的想法在總統府約見郝柏村，正式告知請其接任行政院長，「郝柏村當場嚇了一跳」；李登輝想，郝柏村進門時搞不好以爲是要談國防部長是否保得住的問題。李登輝不待郝柏村的臉色恢復，繼續說明，他希望郝柏村上任後能夠一起合作，把國政推上正軌，「你敢不敢做？」。郝柏村此時回答，他需要三天的時間考慮，到時一定向總統報告。

當天，郝柏村神情愉悅的走出總統辦公室。五月二日，郝柏村在中常會召開前主動求見，向李登輝報告了他決定受命。李登輝非常的高興，他提醒郝柏村立法院是一重要關卡，一定要盡全力去面對與處理。下午，郝柏村受命組閣的消息傳出，國防部立即對外證實了相關消息，輿情立刻爲之沸騰，而國防部罕見的快速動作，也被政壇解讀爲郝柏村擔心李登輝反悔，因此以公開宣佈的方式促請定案。

第二天，幾個本土派報紙前所未有以頭版頭題全黑處理，表達對此政治妥協決定的悲慟與憤怒，台北街頭出現了反對軍人干政的大遊行。雖然李登輝預期社會將出現兩極化反應，但是對於郝柏村所激起的八尺高浪，卻也覺得似乎有些過了頭，而心有未忍。

在郝柏村正爲通過同意權奮戰之際，有天李登輝在府內接見十來位訪賓，美國臨時來了一封電報，幕僚以爲緊急，打斷會客進來呈報，李登輝一看內容，原來是美方高度推崇郝柏村，認爲李登輝決定由其出任閣揆是個絕佳的安排。李登輝不假思索的隨手把電報交給在旁作陪的副秘書長邱進益，要他當場把內容翻譯給大家聽，看看美國友人是怎麼說的！他要大家「給郝柏村一個機會，不要太早下定論。」

這段期間，李登輝爲消弭反彈，講了不少「名言」，例如主動表示他與郝柏村是「肝膽相照」，另引曾國藩的「亂世要用忠實誠懇的人」，種種都爲了說明擇人的理由。此外，「治安內閣」也是總統府臨時想出來的文宣訴求，希望提醒大衆注意當時社會犯罪率上升，需要郝柏村雷厲風行、強勢作爲。

不過，李登輝也未曾大意，也即刻採取主動，提出他與郝柏村分工的架構，以規範遊戲規則。他藉由諸多場合，一再明確指出，「未來軍事、外交與大陸政策歸我管，提名郝柏村是爲解決政局不安、治安不好，民心不定」，並且釋出未來國防部長宜由文人擔任的訊號，政治意義非常明顯。他也在五月二十六日批准郝柏村的除役申請，讓郝柏村脫下了一級上將的軍服。

五月二十九日，郝柏村順利通過立法院的考驗，接任行政院長。國防部長正是接續的內閣改組過程中，李登輝與郝柏村相互使力的目標，總統府秘書長蔣彥士居中穿梭傳話，陳履安最後在郝柏村堅持下出線。

陳履安是「二月政爭」的參與者，李登輝當然心懷戒心，不過郝柏村與陳履安的蜜月期未維持多久，陳履安就開始向李登輝提出郝柏村召開軍事座談的抱怨。

郝柏村主動到國防部召開軍事座談，事前曾向李登輝報備，郝柏村認爲在軍政的範圍，他可以提供專業上意見，並非全無理由，李登輝雖感不妥，但未強加制止。但是陳履安身爲部長、卻備受干擾，心裡並不是滋味；當時，參謀總長也經常反映，總是被郝院長叫到行政院去聽指示，感到苦不堪言，但李登輝仍未採取行動。

九一年七月，立委葉菊蘭在立法院公開質詢郝柏村召開軍事會議之事，民進黨並醞釀提出不信任案，要求撤換郝柏村，行政院與在野黨的關係頓時劍拔弩張。同情郝柏村的人當時懷疑葉菊蘭的資料是由蘇志誠所提供，是李登輝打擊郝柏村的例證，這與實際的情況完全不符。

蘇志誠與葉菊蘭並不熟悉，以葉菊蘭公佈的內容看來，應是由國防部所流出，總統府儘管已經知道有「軍事座談」之事，但會議確切召開的時間與內容，了解的並不詳盡，因此無從供給資料，但這不表示李登輝對此沒意見。

八月九日，總統府發言人邱進益召開例行記者會，邱進益直言，「每一個人都應該對國家效忠，這是一個新方向，我們做任何事情不要看個人，而要看國家」，這段談話公佈後，府院關係頓時白熱化，郝柏村頗不諒解，認爲邱進益發言不當。其實，在記者會舉行前，邱進益曾經特別請示李登輝應如何處理軍事會議的提問，李登輝說，「你就照我在八月一日接見軍事將領的談話講好了」，邱進益才做出上述表述，目的在提醒郝柏村，既然立法院已經質疑此舉違反憲法，就當知所節制。

邱進益與邵玉銘兩位府院發言人，有次在談及彼此老闆的觀念時，邵玉銘表示，「郝柏村經常不解的認爲，以前蔣經國當院長時可以做的事，爲什麼他做院長就不行？」邱進益則回答，「問題是李登輝也可以想，爲什麼蔣經國以前當總統時可以做的事，換成他就什麼都不行？」一問一答，實道盡箇中三昧。

李登輝未拔擢海軍總司令葉昌桐爲參謀總長，反由已退役的劉和謙出任；以及李登輝兩度欲將蔣仲苓晉升一級上將，卻遭郝柏村拒絕副署，並不惜以辭職抵制，兩人互動至此出現嚴重裂痕，難以挽回。由於身受副署權所限，國民黨後來並在總統民選的配套上，同時修憲取消閣揆副署權，可見李登輝對此的在意。

李登輝當年為何捨葉昌桐就劉和謙？在李登輝的考慮，當時總長輪到海軍出任，一個選擇是接受葉昌桐，不然就要在海軍中另外找人。李登輝對於葉昌桐的能力毫無意見，但是海軍內部有人反映，葉昌桐對於海軍的發展，與實際指揮作戰階層有著嚴重脫節，由於長年追隨郝柏村，在大陸軍主義的影響下，其建軍思想始終不敢提出突破性的構想，李登輝因而有所猶疑。

劉和謙當時任戰略顧問，在海軍的輩分最高，雖然形同退休，但一直未停頓現代戰略的研究，郝柏村與劉和謙的關係不善，不是李登輝考慮的重點，要緊的是軍中戰略觀應該多元化，不能一言堂。

蔣仲苓任參軍長時期，對於參謀本部的建議，他皆會詳細的向李登輝簽註本案的來龍去脈及其看法，令李登輝極為欣賞，因此在蔣仲苓即將屆齡除役時，希望藉升任一級上將加以留用，卻為郝柏村揚言辭職所阻。郝柏村或許對蔣仲苓有其觀察，但李登輝不排除其中是個人恩怨造成，因此待郝柏村卸任後，九四年國防部歷任兩任文人部長，在軍中長期文化與生態使然下，對建軍未見積極效果，李登輝再次回過頭尋找在軍中具有相當資歷、思想並能跟上新時代的人出任，蔣仲苓終於順利雀屏中選。

李登輝回憶，「在郝柏村掌行政院期間，總統府運作得非常辛苦，蔣彥士每週都要親自跑一趟行政院，透過行政院秘書長王昭明與郝柏村溝通。」

「郝柏村參加了總統府的高層會議後，對於會中的共識經常不予執行，回到行政院後採取的是自己的一套。」讓李登輝相當苦惱。在李登輝看來，「郝柏村是強勢軍人性格使然，極難以溝通」，當年的肝膽相照不得不成了「肝膽俱裂」。

同時，郝柏村的軍人長期養成使然，任上對民進黨的台獨主張一向迎面痛擊，因此在國會屢屢成爲與民進黨交鋒的對象。九二年底，立法院全面改選，國民黨受到嚴重挫敗，席次下滑，新國會產生的新民意對郝柏村爭取續任極爲不利，加以李登輝認爲順應民意，中生代接棒的時機已經到來，因此希望郝柏村建立行政院在國會改選後總辭的憲政慣例，這使得國民黨兩派人馬再度激烈攻防。

郝柏村先就是否應提出總辭的問題有所質疑，認爲在程序上應由中常會討論確立制度後，他才能辦理。之後，李登輝提出由其擔任政策指導小組召集人，並在十四大出任副主席的交換條件，郝柏村立場鬆動，但又提出由林洋港當閣揆，邱創煥任黨秘書長，宋楚瑜必須下台的要求。

九三年元月二十五日，郝柏村主動到李登輝官邸會面，在此之前兩人就總辭問題至少已經談過兩次，但純粹就憲政制度討論，李登輝始終刻意不談及後繼人選的問題。這天是大年初三的下午，郝柏村推翻原先說法，表示總辭與留任是兩回事，他願意留任。「說要辭的是他，說不辭的也是他。」

郝柏村不避諱的問起提名之事，李登輝直率的告訴郝柏村，希望提名年輕一點的人，意即不會再提名他，李登輝沒有透露這個年輕一點的人是誰。李登輝也表示，黨秘書長他將安排許水德，郝柏村不表同意。

至此，李登輝發了脾氣，閣揆與黨秘書長都是他的提名權，郝柏村跑來詢問，本身就不對，這是一個不友善的行爲。郝柏村也重新再堅持他的總辭應該經過中常會通過，李登輝認爲，閣揆的新人選才應經中常會通過，豈有辭職案須中常會討論者，因此拍桌一聲：「沒有這回事！」由於突如其來，加上聲響太大，郝柏村當場愕然，也驚動了在二樓的夫人，曾文惠驚訝的不知道樓下發生了什麼事。

元月三十日，國民大會第二次臨時會閉幕，朝野國代當著郝揆的面高喊「郝柏村下台！」，場面爲之混亂；一生軍旅的郝柏村不願受辱，中午回到行政院即正式發表不再續任閣揆的聲明，同時也將辭呈送到李登輝手中。二月二日，國民黨中常會通過郝內閣總辭案。

幾個月後，郝柏村與林洋港在國民黨十四全大會上共同被發表爲副主席；但也在九六年逕行競選總統、副總統，與李登輝、連戰這一組正面交鋒，最後雙雙被註銷了黨籍，至今尚未恢復。

當時，被郝柏村等人點名的宋楚瑜，不僅不見容於非主流，由於高額提名的爭議，集思會紛紛落馬，黨內新國民黨連線趙少康、李勝峰等人也主張其應爲敗選負責的聲浪高張，遭到圍剿的宋楚瑜向李登輝遞出了辭呈。當時的李登輝認爲宋楚瑜春秋鼎盛，即使大選挫敗，仍不宜就此懷憂喪志，故積極爲其思考適當的安排，以便其徐圖以進。

九三年元月，李登輝約見宋楚瑜，探詢其轉任國防部長的意願，李登輝思考，陳履安當時以文人部長的身分在軍中施展不開，以宋楚瑜的背景，前去國防部歷練，或可開拓新局。不過這個構想宋楚瑜予以婉拒。

李登輝的接班部署，當時已經決定由連戰北上接替郝柏村出任行政院長，而連戰的省主席遺缺應由誰來擔任？李登輝最早慎重思考的是駐日代表許水德與內政部長吳伯雄兩個人選。

不過，李登輝約詢連戰的意見時，連戰則提出由宋楚瑜到中興新村的構想。李登輝因而轉念長考，「在蔣經國時代，向來的不成文慣例是外省籍任閣揆，本省籍當省主席，如今閣揆既由本省籍的連戰出任，省主席若由外省籍的宋楚瑜接掌，確實有助於弭平政壇因郝柏村下台的省籍衝擊，可化解族群問題。」

李登輝於是圈選宋楚瑜出線，宋楚瑜一改原先去意，立即欣然接受，吳伯雄失之交臂，許水德則轉任黨秘書長。不過這個決策轉折則讓黨內中生代對宋楚瑜敗選竟然高升，私下怨懟四起，從此種下宋楚瑜四面樹敵的隱憂。

中生代開始騷動不安

九六年對於李登輝的權力鞏固而言，是一個重要的分水嶺，在此之前的八年，李登輝為穩定個人的執政基盤奮戰不懈，並且在當選首任民選總統後，達到最顛峰。但是這個政治生命的最高點剛剛達及之際，李登輝馬上就面臨黨內中生代權力分配的索求，直到李登輝四年後卸任方止。

三月二十三日選舉過後沒幾天，帶著五十四%高票當選的快意，李登輝心情輕鬆的把輔選有功的宋楚瑜找到官邸暢談國是。這場選戰，雖然沒有威脅性的對手，但是在中共打飛彈的壓力下，想辦法全力衝高選票，確具有政治宣示作用，宋楚瑜確實非常賣力的全程站台。

在勝選愉快的對談氣氛中，宋楚瑜對李登輝提起，他很清楚在當前的政治環境下，作爲一個外省人怎麼可能選總統，副總統是備位，沒有什麼事情可做，而他是個做事的人，因此他最大的心願是當行政院長。宋楚瑜坦露心跡，在李登輝看來有些意外，在他的觀念裡，他會對政策、路線、理念有所堅持，從沒有狹隘的省籍成見，只要獲得多數選民支持，外省籍爲何不能當台灣總統？

在李登輝對中生代的主觀認知，他自訂了一個排序，連戰論資歷與歷練都是黨內第一，隨之就是宋楚瑜。但是未來之事，現在實在言之過早。李登輝因此很直率的回答，「這個問題，我現在沒有辦法立刻答覆，連戰兼任閣揆究竟會到什麼時候，要看立法院的情況，這個局面很複雜，無法預料。」

李登輝同時提及，「你省長好好做，將來召開黨大會時，也許可以先安排一個副主席」，談話及此，李登輝感覺，宋楚瑜隨即臉色一沉，顯然並不滿意。當天李登輝原要留宋楚瑜一起在家中吃飯，宋楚瑜卻以「我還有事」爲由，即起身告退。

李登輝心中很納悶，難道自己哪句話說錯了嗎？這才會意過來，宋楚瑜可能是抬完轎後要求論功行賞，而他沒有明確承諾，傷了他的自尊。

宋楚瑜的現象，並不是單例。

第二個顯露意願的是蕭萬長，蕭萬長在競選期間擔任競選總部總幹事，同樣輔選辛勞，他曾與李登輝的身邊人談論起對閣揆的抱負。當時總統提名行政院長尚須經過立法院同意，與李登輝親近的人士擔心，立法院這一關是個變數，蕭萬長的反應是：這是片面之詞，不表認同。

中生代的騷動不安，大出李登輝預料，雖然這是遲早的事，但是沒想到來得這麼快。

決定參選首任民選總統前，他並無「非己不可」的想法，當初與李元簇一同競選時，也早說過「六年後帶著李元簇一同退休」的話。後來司馬遼太郎來台灣訪問，李登輝也曾經告訴這位日本友人他不打算再選了。

因此在提名前，李登輝曾經個別把連戰、宋楚瑜、許水德、吳伯雄等中生代找來，一一詢問過每個人要推誰出來參選？最後也把大家集合起來，當眾表明他已無意參選，請大家當面公推人選，但是中生代們當天面面相覷，還是找不出共主。

李登輝當時的想法是，退下來專心當黨主席，仍然可以在旁加以協助，不需要賣老命打選戰，但是卻找不到願意接手的人，中生代們各自都不服對方。之後，中共壓力紛至，不服輸的個性，加以個人使命感一出，李登輝自是再披戰袍出征。

後來李登輝決定參選舉第一任民選總統，司馬遼太郎已經過世，其中的理由沒來得及告訴司馬遼太郎，李登輝一直耿耿於懷。直到九九年日本文藝春秋預備出版司馬遼太郎的紀念全集，特別來信請李登輝寫一篇文章，他才得以在文中說明，「以當時的情況確實最好不要再選了，但是出於愛台灣，希望為台灣再做一些事，所以改變初衷又出來參選。」

成為民選總統，權力來之於全民，李登輝分析了他獲票的結構，不只國民黨，超越黨派的選民給了他掌聲，想必也正在等待他拿出耳目一新的施政陣容與政績。李登輝把這個念頭放進了五二〇的就職演說之中，在桃園巨蛋體育館快樂頌的樂聲中，李登輝宣示他將不分黨派，延攬各界菁英進入政府服務，組成全民政府。

李登輝的演說內容，讓不少知識界目光一亮。長久以來，政治似乎總是在少數幾個老面孔換湯不換藥的輪替，弄不出新局面，從政也成了終身事業，一做可到退休。

為了兌現理想，李登輝打算從國民黨的權力窠臼中走出，他想找中央研究院院長李遠哲出來組閣。李遠哲組閣的傳聞最早在九六年一月就見了報，但是李登輝對於幫李遠哲遊說的一群學界人士並未允諾，直到勝選後也只是動念，尚未向李遠哲正式提出，然宋楚瑜在獲知後，立刻不避諱的向李登輝表示了保留的態度。

李登輝接著找了連戰來，想聽聽他的想法，連戰已是副總統，未來若準備接班，只當個陽春的副總統，中斷行政歷練與資源，對於四年後參選，確實並非正數。連戰表達了願意繼續兼任的意願，李登輝認為言之成理，由連戰維持一段時間，可以避免黨內生態的不安定，他決定不再為閣揆人選傷腦筋，就由連戰連下去。

宋楚瑜對連戰續兼果然沒有反對，他的省長任期必須任滿三年，才能解決不必改選的問題，連戰做下去在另一形式上正是爲他卡位。

不料，這個照顧現實的安排，在六月五日對外宣佈後，由於與民間期待落差太大，加以李登輝在大選前二月二十三日的記者會曾經公開表示連戰在當選後不會再做院長，如今卻爲政治情勢有所權宜，立法院因此出現強烈質疑。

民進黨當時發動「六月政改」，並提出大法官釋憲聲請，拒絕連戰到院總質詢，兩院互動爲之癱瘓。立法院並要求重新行使閣揆的同意權，但爲李登輝以「著毋庸議」退回，李登輝自比法國的戴高樂，認爲自己擁有五百八十萬票的最新民意，沒有必要受制於舊民意的立法院。

在不平靜的政治氣氛下，李登輝在連續一個月內進行行政院、考試院、國民黨三波極大幅度的黨政改組，希望以新陣容拉近與民間的距離，但是中生代的競逐卻更加激烈，爲了幾個人事的意見不同甚至隔空叫罵。其中，連戰延攬林豐正入閣擔任內政部長，以及關中升任考試院任副院長，在在引起宋楚瑜高度疑慮。

宋楚瑜與關中的瑜亮情結由來已久，八九年兩人即因「精英政黨」與「群衆政黨」的路線分歧，在黨務系統分庭抗禮，當年關中爲選舉結果不佳免兼組工會主任，宋楚瑜即迅速安排蕭萬長轉進，關中當了光桿副秘書長，宋楚瑜一度運作關中外放巴拉圭，爲關中所拒，較勁非常激烈。

因此，宋楚瑜視連戰之舉，是刻意斷了他的臂膀，極不友善。當時，宋楚瑜每日勤跑地方，省府業務全由林豐正坐鎮打點，在新聞界有「地下省長」之稱，林豐正離開中興新村選擇他效，對宋楚瑜確是打擊。

有關關中的人事案，是由李登輝主動提議。有天他邀中生代到官邸，主要是就許水德出掌考試院之事進行商談，席間李登輝順道詢問許水德：「乾脆關中來當副院長好不好？」

許水德當即回答「好啊」！連戰接著也說「很好」，現場反應不惡，因此定案。李登輝知道宋、關過往，看同時在座的宋楚瑜未搭腔，當場還特別詢問了宋楚瑜的看法，宋楚瑜表示「沒有意見」。

宋楚瑜的不便置喙，並不等於贊同，圍堵的陰影或許隨之而生。新閣成立未久，處於中台灣的宋楚瑜開始砲聲愈烈，連連瞄準司令部攻擊，絕大的大動作，令台北震動與側目！當時AIT處長貝霖將卸職返美，李登輝安排了一場高爾夫球敘作爲送別，藉此場合他特地邀來衆中生代們一同作陪，希望大家「一球泯恩仇」。結果打完球後，宋楚瑜聲量卻越來越大，在省議會接受質詢時多目標的流彈四射，對象從行政院、立法院，到以諫臣魏徵自許，儼然話中有話。

對於宋楚瑜的大動作，除了個人的政治表態，當時外界也出現了「項莊舞劍」的解讀，仍然陷入膠著的國民黨秘書長人選被認爲是他鎖定焦點。

黨秘書長將掌握十五全黨代表選舉，在黨章未修改前，黨代表又是下屆總統黨內提名的選舉人，黨秘書長等於是直接操盤的關鍵樞紐，因此成爲兵家必爭之地。

六月二十六日，剛從歐洲返國的立委蕭萬長主動求見李登輝，希望向李登輝報告所見所聞，這次在中央黨部的極短暫會晤，李登輝並沒有對蕭萬長觸及一句有關職務安排的話題。

即使進入了民選時代，政治人物的政治行情如何，其與「今上」的互動頻率高低，依舊是一個觀測的重要指標。因此，一直是國民黨秘書長熱門人選之一的蕭萬長，當天一走出黨部立刻被記者包圍詢問新職意願，而微笑老蕭則「鬆口」表達了肯定的態度。

謹言愼行是蕭萬長從政多年的正字標記，因此蕭萬長違反性情的直言，立即引起了總統府的注意！他是拗不過媒體纏問？或是有意易守爲攻？還是在卡位戰中連老蕭也急了？黨秘書長的人選最後發表，李登輝決定由另一位自動請見主動表達意願的吳伯雄由總統府秘書長轉任。

透過這一連串的人事佈局，不難歸納出李登輝爲連戰接班做準備的鋪陳已經展開，李登輝認爲，「這麼做是站在黨領導人的立場，必須扮演交通警察的角色，維持黨內的秩序，有人若意圖要插隊，我不得不吹哨警告，否則必然局面大亂。」

連戰爲何一定要排在宋楚瑜的前面？這是擁有豐富民意支持的宋楚瑜最感不服之處，李登輝的看法是，黨內倫理很重要，連戰書讀得好，具備國際觀，行政經驗歷練完整；宋楚瑜雖然人聰明，但是沒做過一天的中央部會首長，未來主持國政的基礎並不紮實，應該等未來做過行政院長後再說。

李登輝眞正的心思並未說出口，但是熟知他的人都相信，連戰看來老實聽話，絕對是關鍵因素之一，這就如同鄧小平爲何圈選江澤民是同樣的問題，差別是鄧小平的決定不需要經過人民同意，宋楚瑜形同脫韁野馬的不受約制，任何一個指導型的領導人都不會對他放心。

凍省與中生代權力恩怨

邀集朝野人士召開國家發展會議，是李登輝九六年就職演說的重要承諾，總統府秘書長黃昆輝在到任新職後，八月間就開始積極籌辦，規劃在當年底如期舉行，以爲次年的國大修憲鋪路。

繼總統完成直選，簡化行政層級已是朝野共識所趨，那段期間，國發會籌備會在地方舉辦的一系列巡迴座談會，主張精省或凍省的意見幾乎一面倒獲得基層人士的支持，成爲十分清楚的社會主流意見。

十一月四日，宋楚瑜方面終於以記者會正式提出反擊，省府發言人說，台灣省存在五十年，創造了經濟奇蹟，怎麼會突然一夕間成爲阻礙進步的「代罪羔羊」！

當時不少知識界人士以台灣與日本同時於戰後尋求復甦，日本背負戰敗國的包袱，經過五十年的競跑，台、日的經濟國力卻出現差距爲例，而積極鼓吹凍省。省府則認爲不該老拿日本的二級制作爲行政效率提昇的必然，並指美國有四、五級制，同樣效率快速，作爲反證。

但事實上，廢省或省虛級之議，並非出於今日，早在兩蔣時代就已經搬上台面研究，但因涉及統獨意識型態的時代牽絆，以致懸而未決，過去爲維護虛幻圖騰，勉強維持著疊床架屋的架構，並不代表就適合台灣。同時，我國憲法按照大陸量身設計的四級制受到檢討，不是制度好壞的問題，而是能否因地制宜適用的問題，省府拿台灣和國土不成比例的美國相較，說服不了國人。省方當時則更嚴詞批判，主張省縣自治通則在兩年前通過的「同一批人」，現在又草率輕易的改弦易轍。

十二月十八日，國發會前夕，國民黨召開高層會議，李登輝第一次公開對省級問題表態，他未如外界預期，竟作出「廢省」與「省虛級化」不宜討論的共識裁決。當天會議舉行的目的原是要藉黨內多數發言，使受邀前來的省長宋楚瑜了解此一民意趨向，但是無奈的，會中其他中生代卻觀望大於行動，有備而來的宋楚瑜，則一人舌戰群雄，讓李登輝當場吞下了心中的定見。

宋楚瑜所代表的省方立場，之所以令李登輝必須正視，因素甚廣，其中包括國民黨次年縣市長選舉是否會受到牽連等政治效應，此外更有情感層次，當天李登輝在會議總結時，特別問了宋楚瑜一句「你還有沒有問題？」道盡箇中意味。

十二月二十三日，國發會揭幕，李登輝以貴賓身分於開幕典禮致詞，也僅點到爲止的指出，全體國人所熱切盼望的，是政府效能再進一步加強，是國家總體資源的堅強整合，絕不是國家建設力量的相互耗損和抵消。這時的李登輝希望事緩則圓，如同當年的國是會議一般，也能經由國發會得到外來的改革助力，他十分清楚民進黨將會強烈呼籲，再次扮演臨門一腳的角色。

透過國發會的烘托，朝野在議場不斷協商，將凍省的氣氛推上了高點，在等待國民黨最後攤牌的時刻，二十六日深夜，李登輝再次召集連戰、蕭萬長等國發會的幹部磋商，基於提昇國家競爭力、提高政府效能，會中終於一致確認省府業務應該精簡調整。這次李登輝忠於自己的判斷，對凍結省級選舉等憲政問題作出突破性的決策。這場會議，宋楚瑜是受邀出席人員，當天卻未到場。

李登輝的放手作爲，很多親近他的人坦承有些意外，尤其在國民黨的架構下，能由原本的簡化省府業務跨步到凍結選舉，實較預期的更爲前瞻明確。李登輝自己也證實，他是下了很大的決心！一名人士事後解讀，「深切感覺到這次不做，以後可能就沒機會了」，是李登輝點頭同意的關鍵。只剩三年任期，「最後寫歷史」的時間壓力如此迫人，日後接棒者可能再無同樣條件可以掃除阻力貫徹改革。同時，國發會好不容易把社會各界人士找來，如果這次結果不如外界期待，不被界定爲成功，下次要再召集大家匯聚共識，將一衰二竭，可遇不可求，社會力一旦渙散，將付出不可計算的成本代價。

十二月二十八日，國發會閉幕，會中終於達成精簡省府層級的朝野共識。宋楚瑜立刻於三十一日在省議會宣佈辭職，並且隨即向行政院遞出辭呈，政局爲之震盪。

當天下午，省北辦處主任楊雲黛與蘇志誠聯繫，表示要將辭呈送給李登輝，待蘇志誠將辭呈呈給李登輝時，李登輝交代聯繫宋楚瑜晚上到官邸一趟，見面再談。

經過與楊雲黛通電，楊雲黛回話表示，「宋楚瑜人在省議會不方便，現在去官邸，也會惹老人家不高興」。第二天剛好是李登輝農曆生日，晚上計劃與家人會餐，李登輝得悉宋的態度後依舊說，「沒有關係，讓他晚上來陪我吃飯」，蘇志誠再通知楊雲黛，請宋楚瑜若時間無法配合，可以早一點來或晚一點來。楊雲黛之後又來電話，「沒辦法，我已經找不到他了，所有的電話都聯絡不上。」

李登輝當晚在官邸等到八點多，未見宋楚瑜蹤影，蘇志誠打了宋楚瑜、馬傑明、隨扈警官的手機，都無法連絡上宋楚瑜。蘇志誠因此勸李登輝，宋楚瑜可能不會來了，等明天再說吧！

李登輝還是說，「不會，他會來的啦！」李登輝認爲，這就像小孩子在鬧情緒，等一下就會自己回家的。不過，當天李登輝吃完晚飯，等到晚上十一點，並沒有看到宋楚瑜的蹤影，宋只由隨員送來一張由幕僚代書的名片，祝賀李登輝生日快樂。隨後幾天元旦假期，宋楚瑜避不見面，新聞界也找不到他。

今日，李登輝回想當年凍省，眞的一點點「人」的因素都沒有，他認爲，是不是宋楚瑜向他表露有朝一日擔任閣揆，他一直沒有默許，才導致宋楚瑜將凍省錯誤解讀爲「削藩」與「釋兵權」。

決定凍省，李登輝確實有政治考量，「中華民國雖然曾經擁有三十五個省，但是現在只剩下台灣，還要省幹什麼？同時，中央政府與台灣政府已經形同兩個政府，人民服務事項要經過一層層的冗長流程，實在沒有必要。」

李登輝也自省，九四年底省長民選時，宋楚瑜到了台北縣大票倉，他首先提出「新台灣人」的口號替宋站台拉票，馬英九還是之後的事。甚至更早，宋楚瑜九三年由黨秘書長前往擔任省主席時，才剛上任他就已經親口交代宋楚瑜要好好經營，勤跑地方，將來要準備選省長，這些宋楚瑜應該記憶猶新才對。

在宋楚瑜接受慰留重新上班後，李登輝曾親自再與宋楚瑜溝通。先前政壇傳出宋楚瑜因凍省政策事前未被告知才反彈的片面說法，李登輝不以爲然的說，「這麼重要的事，怎麼可能如同辦家家酒，不讓宋楚瑜知道。」

李登輝極爲關心的詢問宋楚瑜，「那天你應該來，大家說好的，你爲什麼不來？」李登輝希望宋楚瑜身爲省長能全力配合，促成進一步革新。事後，李登輝以爲溝通的效果不壞，曾經告訴僚屬：「宋楚瑜沒問題，事情都解決了。」

但是，事與願違，宋楚瑜在九七年國大修憲期間，帶領省府員工展開最激烈的反撲，省府委員兼國代林淵源並成爲反凍省的指標。中央與省府對峙白熱化。

爲李登輝指定爲憲改小組副召集人的蕭萬長，當時肩負就國民黨修憲版本與在野黨溝通的大任，一旦完成憲改任務，蕭萬長將在宋楚瑜之前接任閣揆，是李登輝心中的腹案。

不料這個極少數人才知道的構想傳到宋楚瑜耳中，造成宋楚瑜更認定中央擺明敷衍他，蕭萬長則是「賣友求榮」，問題更加不可收拾。根據總統府當時私下的調查，高度懷疑與蕭萬長及宋楚瑜皆私交甚篤的學者田弘茂，可能向宋楚瑜通報了消息。

幾個月後，李登輝確實公佈連戰專任副總統免兼閣揆，蕭萬長出掌行政院。當初決定連戰兼任，主要考量延續行政資歷，以爲未來參選奠基，但是一年多下來，擁有行政權反而成爲負債，政治對手在立法院伺機圍剿，劉邦友血案、白曉燕命案等重大社會案件接續發生，並且演成台北街頭多年未有的倒閣大遊行，情勢發展完全不是當初所想像。因此，連戰若不再爲繁重的公務羈絆，可以副總統身分開始下鄉耕耘，提早投入選舉準備。

提拔蕭萬長，主要是財經歷練切合國政需要，李登輝也特別注意到，蕭萬長當初受命到嘉義參選立委時，雖然是政務官下鄉，但是面對基層時頗有親合力與架勢，不乏政治細胞，是值得培養的人才。李登輝認爲，「宋楚瑜已是民選省長，讓蕭萬長來試試看並無不妥，尤其蕭萬長有經濟部、經建會、陸委會完整的中央部會歷練，這是宋楚瑜所缺乏的。」

不過，這當然與宋楚瑜的主觀期待不符。九七年九月，李登輝出訪中南美四邦交國訪問，副總統連戰爲化解黨內衝擊，在總統府秘書長黃昆輝陪同下在總統府約見宋楚瑜，宋楚瑜再次表達了對於行政院長的意願。當時，蕭萬長才剛接任閣揆不到一個月。

據黃昆輝的轉述，宋楚瑜對連戰表示，他了解現在要閣揆的位子，黨由於省長補選的問題會有困難。在座者都認爲宋楚瑜的言下之意應是，現在的時機不對，但是等到時機對的時候，即所餘任期不足一年時，黨應該對他有所安排。

李登輝返國後，聽取連戰的報告，有些不太高興，李登輝認爲，如果宋楚瑜配合推動省級精簡的行政改革，他不好好安排宋楚瑜的後路都不行，現在宋楚瑜百般阻礙精省，又不斷炮打中央，他豈可受其挾制，應該先看宋楚瑜今後如何表現再說。

但是，宋楚瑜先是拒絕出席行政院會，接著以地方補助款問題叫陣，之後對於修憲後的精省落實，不斷企圖延宕蕭內閣的政策推動時程，藩鎮割據、另立門戶的態勢逐漸成型。

李登輝知道宋楚瑜在鬧脾氣，目的在向他展現實力，爲了安撫他，有次宋楚瑜又在中常會發難，李登輝刻意在裁示時加以褒獎，要求中央多注意地方的問題。李登輝處理的方式，典型還是家長哄弄小孩的心態，小孩子撒野不乖，摸摸頭給個糖吃，希望就此停止哭鬧。那次中常會後，宋楚瑜是安靜了幾天，但是持續沒有多久，行政院又面臨槍林彈雨，宋楚瑜與李登輝幾乎斷絕了互動。

「這點，我的個性很像蔣經國，硬要是要不到的。」李登輝當然也動了氣。

直到九八年十二月，宋楚瑜的省長任期屆滿，在其即將赴美的前夕，李登輝才在總統府約見宋楚瑜，並特別交代黃昆輝陪同，其實目的是做見證。

宋楚瑜一見李登輝，就先提起行政院補助款沒有全數撥下來。

李登輝耐著性子說，他的立場是很中立客觀的，錢有沒有撥下去，一問就知道了。李登輝又說，經費的事，一向都是省府廳處去接洽的，不必由省長來提意見。省長高高在上，犯不著為這些經費的事公開發言。

李登輝質疑，「我的門是敞開的，你為什麼不來看我？我可以幫你解決嘛！」

李登輝也對宋楚瑜說明，精省是為了提昇國家競爭力，我們國家將來要和別人競爭，非這麼做不可，「你做一個領導人，連這都不清楚嗎？為什麼要跳出來介入這麼深？」

宋楚瑜向李登輝抱怨，蘇志誠老是放話修理他，對他並不公平。

李登輝接著主動問起宋楚瑜對今後的工作有何計劃？「願不願意駐外？」

宋楚瑜回答，他當年從美國學成回來時就沒有意願駐外了。

李登輝又問，「那資政呢？」宋楚瑜沒有回答。

李登輝於是說，「或者其他多方面的工作，我都會為你考慮。」

宋楚瑜此時表示，他的媳婦即將生產，他要去美國一趟，有關生涯規劃的問題，他會好好思考，等回國後再向總統報告。李登輝當場拿出他親手寫的「諸法皆空，自由自在」送給宋楚瑜，希望他在出國期間好好思量。

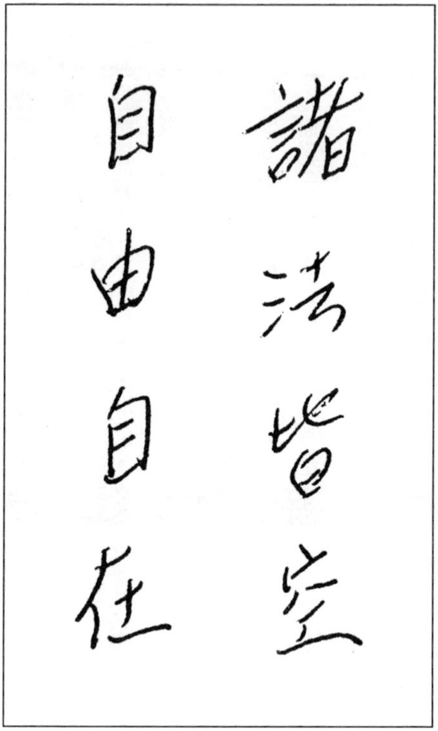

民國八十七年宋楚瑜省長卸任，在其赴美前夕，李登輝經過一夜長考後，決定親書「諸法皆空，自由自在」八字相贈。這是當年李登輝留下的另一份底本，他希望宋楚瑜不要「著相」，能夠超脫自我，才會得到眞正的自由與快樂。

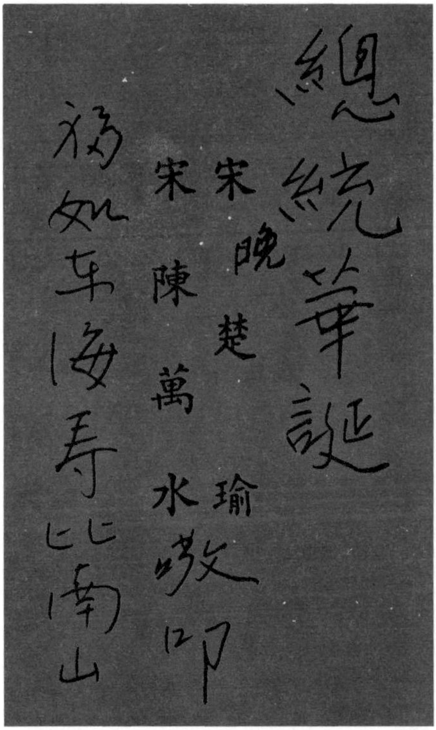

這張長七點五公分、寬四點五公分的紅色小紙片，是宋楚瑜在八十六年李登輝生日時差人送達，當天李登輝在官邸等到深夜十一點，就是未見宋楚瑜的蹤影。
這件簡陋的字條，就是宋楚瑜對外宣稱的「生日卡片」，上書「總統華誕」，「福如東海壽比南山」的字樣，李登輝認爲並非宋楚瑜本人的字跡，此一輕蔑的態度，形同是宋楚瑜對他宣示劃清界線、分道揚鑣的「戰帖」。

李登輝一直未曾說明他的「八字眞言」意義爲何？這句話是李登輝在接見宋楚瑜的前一天晚上，想了一整夜才得出的結果。他希望宋楚瑜不要「執著」，不要總認爲凡事都要按照自己的意思，否則就如何如何……誠然，這句話的言外智慧，依各人的體會不同而解讀不同，但用意確實是積極的，而不是消極的。

九九年三月二日，國民黨總統、副總統提名倒數六個月，宋楚瑜由美返國，一下飛機，即返回林口家中對外發表聲明，感謝李登輝的「贈言」，並強調他不會、也沒有理由排除繼續參選政治的可能。

接著宋楚瑜與陳萬水一同北上到總統官邸求見李登輝。由於事先沒聯繫，李登輝因受風寒前往台大醫院診治，他前腳剛走二十分鐘，宋楚瑜夫婦就到，因此未能謀面，宋楚瑜在警衛室簽下「祝福主席新年萬福」的名片後離去。

李登輝稍後在醫院獲知宋楚瑜來訪一事，立刻急切的說「怎麼不事先講一聲」，當時仍然希望找宋楚瑜來談談，畢竟是多年的部屬，顯示心中仍有牽掛。

但是他交代所屬撥電話給宋楚瑜時，隨員卻連撥了好幾個號碼都無法與宋楚瑜接通，宋楚瑜也未再有電話進來，只好因此作罷。

如果當時見到了宋楚瑜，情況又會如何？「我會聽聽他考慮清楚後的想法」李登輝說。

五月間，在一私下場合，總統府副秘書長黃正雄向李登輝建議，宋楚瑜卸任後的問題應該要有所處理。李登輝當場回答，「資政現在還有兩個缺，安排不是問題」。相關消息經《自由時報》曝光後，宋楚瑜發言人卻指責國民黨不應有職務交換的心態，並未領情。

事實上，李登輝要聘宋楚瑜爲資政，總統府內當時存在著反對的意見，並且企圖加以阻止，他們擔心萬一宋楚瑜點頭答應當資政，選後勢必是行政院長，未來將難以應付。但是，五月十九日，李登輝依舊核定了資政與國策顧問名單，新聘宋楚瑜爲有給職資政，爲了減少宋楚瑜爲難，同時降低敏感性，另外也特別安排兩位卸任市長陳水扁與吳敦義爲國策顧問，李登輝想看看宋楚瑜會怎麼回覆。

但是第二天上午十一時，楊雲黛立刻送來了宋楚瑜的婉謝函，總統府特別以「私函公辦」的方式將信函上呈總統，以留下公文紀錄。宋楚瑜在信中寫著，他非常感謝李總統過去對他的提攜與教誨，他一直遵照李總統的教誨處世。他自卸任省長之後，勤於走訪地方，與基層民衆接觸，實在無暇從事其他公務，希望李總統能玉成他的懇辭之意。

李登輝並沒有立即批示來函的處理方式，當天傍晚總統府仍然由人事處長余新民親自將聘書送到宋家，表明這是誠意安排，不是政治動作，但宋楚瑜心意已決，未久就直接走上參選總統之路。

曾經邀請李遠哲擔任閣揆

九七年初，連戰以副總統兼任閣揆造成的憲政爭議，經大法官會議做出解釋，雖未明確違憲，但是政治問題並未因此平復。在野黨以釋憲文中「並不合宜」的保留意見，主張行政院應該即期下台。

許多人向李登輝建言，兼任的事不宜再久拖，否則對政府的形象不是正數，當時不少人提議應該延攬李遠哲組閣，來爲國會朝野對抗僵局解套。李遠哲的社會形象極佳，具有改革的號召性，李登輝此時決定放手一試。事實上，早在九六年當選時他就有這個想法，現在的時機顯然已經比當時更爲成熟。

李登輝因此把李遠哲請到家中，一同前來有長榮集團總裁張榮發、立委蕭萬長等五、六人在座，李登輝希望他們加入遊說的行列，李遠哲回國時，由於人才基金會需要募款，因此與張榮發頗有往來，李登輝相信找張榮發來敲邊鼓，一定能有所助益。當天，李登輝明白告訴李遠哲他的構想，希望李遠哲出來爲國家做更多的事，但是李遠哲卻直接表示了拒絕的態度。他擔心，赴任行政院長要面對立法院，立法院的生態只是讓政務官折損尊嚴。不論在場所有人如何輪番勸說，李遠哲最後依舊表示，他一向聽太太的，得要回去讓太太同意才行。

李登輝做出這個決定，要甘冒多大的黨內反彈可能，李遠哲卻無意願，李登輝不願輕易放棄，既是太太的問題，他也請太太出馬，看看同是女性是否比較講得上話。因此透過張榮發的安排，曾文惠在二女兒李安妮的陪同下，專程到長榮招待所與李遠哲的夫人見面，希望她能夠鼓勵先生同意出來發揮所長。

然而當天花了相當時間反覆深談，還是徒勞無功，李遠哲的太太表示了諸多看法，認爲李遠哲留在學術界，比較自由，可以到處出國，並未同意夫婿出任公職。李登輝聽了曾文惠的轉述，了解不能再做勉強，不得不放棄。

但是事情至此並未結束，包括許文龍等多位老友未久卻來關切，詢問爲何李遠哲告訴他們，閣揆一事「原本談好了，後來又不了了之」，意思似乎是李登輝雖然起了頭，之後卻沒了下文。李登輝聽了非常難過，也無法置信。他認爲，做爲一個學者，怎麼可以講這種話！有多少事實就說多少，不可以混淆視聽。

在李登輝的立場，他是十足誠意要請李遠哲組閣，連太太都動用了，不是做假的，李遠哲既然無此意願，又爲何傳出傷人的言語？李登輝的感受，並沒有告訴李遠哲，卻從此心中卻有了疙瘩。

當年李登輝特地從美將李遠哲延攬回國，接替吳大猷擔任中央研究院院長，是一份對知識份子的敬重，希望由他來帶動中研院學術研究本土化的工作。

九六年台海危機時期，雖然李遠哲在兩岸問題上與他有不同看法，李登輝並未在意，仍然抱有期待，但是這次組閣的芥蒂則是徹底讓他失去了信心。

說起台海危機又是另一段故事，李登輝不禁說出了「這個人很熱心，卻是書生之見，要做政治領袖，若缺乏膽識是不行的」的評語。

中共導彈試射演習時，李遠哲人在美國開會，約在三月十三日，他打了通越洋電話到總統府，希望向李登輝轉達他願意到北京去溝通、以化解雙方緊張關係的意思。

當天李登輝人在外島競選拜票，接到台北辦公室的報告後，感覺十分不妥，立刻就要所屬告知李遠哲，台灣不會在這個時候同意派人去大陸，婉拒了李遠哲出任政府特使的好意。李登輝認為，政治之事非常複雜，兩岸問題更是輕率不得，當時雙方也並不乏私下管道存在，李遠哲不了解實際狀況，要如何去談？又要談什麼？中共豈又是李遠哲去談了就可以的？

當時軍事演習正在進行，若同意李遠哲到北京，會讓中共產生台灣示弱的誤解，以為實施軍武威脅有效，中共正面臨鄧後權力交接的混亂期，反而會造成大陸內部鷹派抬頭。同時，台灣正在總統大選，特使是否獲得充分民意支持大有疑問，選民勢必對此有所爭議，從而對候選人信任動搖。從各種角度看，他都不能授權李遠哲去大陸。

李登輝後來知道李遠哲為此事不高興，但是仍然必須加以拒絕，「國家大事，雞婆會壞事。」卸任後，李登輝也聽說李遠哲在新政府成立後，一直希望代表陳水扁去大陸協商，一點也不驚訝，只是搖頭嘆息。

邀請組閣不成，李登輝依舊希望李遠哲所主持的教改會能多在教育改革上發揮影響力，對於李遠哲所推薦的教育部長吳京，同樣寄望甚深。

然而，教改會提出方案與基層實際從事教育工作者在可行性評估上落差太大，不少基層老師紛紛反映了不同意見，在雙方各有角度、相互堅持下，教改會的協調、溝通功夫又不夠，造成師怨、學怨頻生。直到李登輝兩千年卸任前，李登輝對於念茲在茲的教育改革始終進展不多，十分失望。

李遠哲引進吳京，是想以非師範體系的人進行改革，出發點良善，但事實證明並沒有成功；而開放大陸學歷認證的爭議，造成與國家安全單位間的部會衝突，李登輝最後不得不加以處理。

李登輝為此回到師範系統覓才，在九八年由林清江替換吳京接手教改。李登輝認為，師範出身者若具備新觀念，會比學院派的圈外人更知道現行制度的問題在哪裡，不致只以移植外國的經驗，造成既存現制的混亂與不安，從而較易化解阻力推行改革。

新政府上任後，盛傳為李遠哲推薦的曾志朗出任教育部長，同樣出現類似的問題，上台後風波始終不斷，採用「漢語拼音」或「通用拼音」的處理，更讓外界側目。民間一般的看法是，這仍是一個放錯位置的學者。

兩千年總統大選，李遠哲籌組「國政顧問團」公開支持陳水扁，與國民黨政府正式分道揚鑣，李登輝雖然不願，但絲毫未感意外。三月十四日上午，李遠哲的辭呈送達總統府時，儘管有些難堪，李登輝仍然立刻在中午派遣總統府秘書長丁懋時親自到中研院退回其辭函，表達懇切慰留之意。

當天，李登輝也公開發表談話，稱讚李遠哲是傑出的學者，也是諾貝爾化學獎的得主，如果能留在學術界，相信對國家、社會、乃至個人發展都好。他並且強調，台灣的民主政治環境目前正在起步階段，一切還稱不上步入正軌，李院長是一位學術中人，投入複雜的政治，實在是台灣社會的損失，他個人非常盼望李遠哲能夠審愼三思。李登輝當然知道這時慰留已無法挽回局面，但是透過字裡行間的呼籲，卻是將他對李遠哲長期觀察的感受做了最眞實的告白。

如果，李遠哲要走出實驗室，對台灣政治的走向表達關懷，就不要排拒挽起袖口，實際下場跟大家一起來做做看。如果，李遠哲不願意犧牲、負責，要當政治的不沾鍋，卻又希望在場外指揮關心，則對解決問題難免不切實際。

兩千年五月，在政黨輪替的關鍵時期，李遠哲婉拒出任新政府的閣揆，不也正說明了一切！「這個人，以爲自己是萬能的，教改要管，九二一重建他在行，兩岸問題希望插一手，到處點到爲止，卻從來不願意腳踏實地做最基本的苦工，這會變成是在搞造神運動，無法眞爲國家做事。」李登輝私下對友人直言提出針砭。

自認將新政府一手護送上台的李遠哲，最近在《紐約時報》上表示，他過於天眞，以爲換一個新政黨執政，問題就可以解決，沒想到新政府要順利上手，還有長路要走。這段話被不少人視爲是推卸責任的託辭，對於倚重他甚深的新政府也極不厚道。所有第三世界國家的政黨輪替過程，都不是理所當然的順利，何況台灣是五十年來的第一遭，也因爲如此，政黨輪替才需要菁英階層掌握必然混亂的本質，扮演穩定與深耕的角色。政治對手可以用一百個理由來埋怨執政當局的稚嫩，但是非建設性的話，對於「跨行的」李遠哲而言，則應該每一句都要很謹愼。

在亞洲經濟風暴中的暗潮

李登輝親口證實，積極培養連戰接班，是一個長達十年的大計劃。這個想法早在九〇年內閣改組時就開始著手進行。不過，在連戰受李登輝高度賞識，因而一帆風順的仕途過程中，並非沒有驚濤駭浪，九八年就發生了一件未宣揚於外、形同宮廷鬥爭的重大事件。

這次事件中，連戰的「太子」地位險些不保，導火線則是《連戰風雲》這本記述連戰政績的選舉書。這本書當時由主跑行政院連戰路線的記者所撰寫，內容敘述連戰在四年閣揆任內的主要政策紀錄。其中，有關九六年台海危機期間的政府應變故事，引起了李登輝的不悅。

李登輝原本並沒有注意到這本書究竟寫了什麼有關他的內容，而是不少老朋友的提醒與提及，其中包括與連戰有競爭關係的「中生代」。

這位在國民黨排名極前的「中生代」，在新書上市後，主動向李登輝進言，連戰在這本書中，把九六年政府處理台海危機的功勞全部往自己身上攬，根本不符合事實。這位「中生代」也指出，書中隱然認為李登輝訪美不當，以致造成危機，在飛彈演習期間，又刻意宣揚尼米茲號航空母艦群通過台海，引起美國不悅。

在種種的加油添醋下，李登輝當然不是滋味，所有深入決策的人都知道，針對九六年三月的危機，李登輝早在前一年的十二月就已經備妥了「十八套劇本」，連戰是在九六年二月的高層會議上才首次聽聞了國安會的報告。行政院負責危機應變的是「執行」層次，並非「戰略」層次，且發動的時間點係直到二月中旬之後，書中角色確有放大之嫌。

就連戰的立場而言，這本書既以其爲主角，撰寫的作者並不全盤了解總統府的決策過程，因此自然只述及行政院的部分，其中應無惡意。

但是在「中生代」指責連戰的不是、認爲此舉對其他主事單位不公平下，李登輝終於扳起面孔告知連戰，「這樣寫沒有意思，對你的選舉也不會有幫助。書的流通，一定會誤導民衆對你的認識」，對連戰同意這本書的發行直接表達心中的感受。

連戰當時原本計劃親自出席新書發表會，也在府內幕僚建議下，臨時取消行程，改由太太連方瑀代打，以免因他本人出席，造成爲書中內容「背書」的效果，更加引發疑慮。這次的事件過後，李登輝與連戰之間有好一段時間顯得沉潛，直到許久才逐漸修復。

李登輝當時有沒有改變接班的念頭？事隔多年後沒人願意再重提往事，但一度不爽則是確定的。而不論有沒有調整黨內排序的想法，當時其他中生代並無取而代之的實力，則是客觀的事實，包括那位打小報告的「中生代」在內。

在九八的同一年，由於連串本土企業危機，造成台灣經濟發展情勢受到嚴重衝擊，李登輝花了相當多精神在審愼因應，由於李登輝自己懂經濟，也自有一套看法，蕭萬長內閣受到了極大的壓力，經常被總統府在媒體上點名批判。

這些質疑蕭內閣處理財經危機不當的報導，不是私人放話，而是忠實傳達李登輝就事論事的看法，李登輝當時非常擔心，行政院不能掌握處於變動中的經濟狀態，依舊使用保守的做法，將貽誤躲避風暴的先機。

有一次李登輝實在看不過去，把蕭萬長與當時的財經首長找到家裡，從什麼是「錢」開始討論起，李登輝認爲「要讓大家心服口服後，外匯政策與貨幣政策才能確定」。他主張，錢是媒介，錢也是商品，要用錢買錢，因此包括安定性與控制量都値得改變。

李登輝也親自在總統府召開經濟高層會議，對於應如何應變，蕭內閣的一位財經部長在會中幾乎被李登輝「罰站」一個小時，無法過關坐下，李登輝不斷詢問他各種金融情況，與處置之道，但李登輝始終不滿意，他認爲相關部門的報告流於學者意見，缺乏實務的可操作性。

蕭萬長當初以財經資歷組閣，一度獲得高度期許，但是隨著財經問題的不斷衝擊，卻使他面臨了最嚴苛的考驗。不少學者開始在報端公開批評政府的財經措施漫無章法，導致民衆喪失信心。不少企業界人士，包括辜振甫、王又曾、辜濂松、高清愿等多位工商界大老，也經常直接向總統府表達對行政院措施的不滿，行政院幕僚則不時有所反擊。

李登輝爲了穩定局面，把厚厚的一本「財經對策報告」親手交給了蕭萬長，他希望蕭萬長按照上述的方法逐一推動，必可經營出局面。

當時，李登輝因重感冒兩度在台大住院，即使身體不適，躺在病床上也抱著一堆財經資料在閱讀，心中的焦急可以想見。但是觀察了相當時日，李登輝發現蕭萬長似乎對他的意見置若罔聞，並且進行了另一套幾乎相左的措施，讓李登輝十分灰心。房地產紓困措施是一個導火線。蕭萬長接受業界建議，決定由中央銀行撥款提供購屋貸款的優惠利率，但央行爲任期制，地位超然，並不受行政院指揮，蕭萬長未注意協調技巧，要利率升降，自然引起了央行不同的意見，並向李登輝反應。

而李登輝在挽救房地產的看法也與蕭萬長不同，他認爲「餘屋過多，容積率實施造成搶建是一關鍵，現在要消化空屋事實上並不容易，應該另外開一條路，協助建築業投入公共建設，以順利轉型。」

證交稅應否調整則是重要的衝突點，府院當時兩方拉鋸，蕭萬長在九九年二月、農曆年前舉行的財經座談會，被總統府指爲大拜拜，毫無實益。因爲，蕭內閣邀集多位與會成員反對調整證交稅立場鮮明，造成打對台的聯想。

這場財經會議原本邀請李登輝致詞，二月八日總統府秘書長黃昆輝告訴行政院秘書長謝深山，由於總統對若干傳聞不太高興，因此決定取消出席。次日下午，蕭萬長隨即到大安官邸求見，當面懇請李登輝到場參加，他也強調，他是由總統所任命，行政院重大施政絕對配合總統的指示，沒有任何問題與隔閡。李登輝則當面對行政院的一些財經政策不厭其煩的表示不同意見，希望蕭萬長朝著他認爲正確的方向處理問題。

之後，李登輝還是沒去座談會，他原本要利用另一場合發表準備多時的財經看法，則爲了給蕭萬長留點餘地，暫時保留。不過，李登輝在除夕的電視講話則洩漏了玄機，他說：「過去這一年，政府的處置措施，未能安定人心，致使投資大衆信心渙散。」這段話一出，所有的人都知道李登輝不滿了。農曆年過後政府上班的第一天，國民黨新春團拜前，李登輝再度提醒蕭萬長，以目前的情況看來，如果不能採取適當措施，國內經濟情勢將不可想像。

當天下午，蕭萬長與邱正雄求見李登輝，李登輝很明確的告知，證交稅率應該適時調整，蕭萬長心中仍然有所保留，但不敢當面拒絕，因此向李登輝力陳希望透過立法院修法來解決。李登輝認爲這是行政院的責任，應該由行政院主導，蕭萬長則十分堅持，之後蕭萬長打了電話給立法院長王金平，主動表示邱正雄將與其聯絡。

二十二日，邱正雄與立法院達成證交稅以公式彈性調整的共識，但是行政院卻反而傳出立法院施壓的看法。當天傍晚，蕭萬長到官邸求見李登輝，他以口頭的方式表達辭意，認爲這段期間行政院已經對經濟情勢有所激勵，但是各界仍有諸多批評，以致閣揆的Credit（威信）盡失，無法達成總統交付的任務，再做下去有困難。

蕭萬長當時並沒有呈上書面辭呈。這個請辭的動作是好友吳豐山的建議，他目睹蕭萬長從精省過程、農地政策，到多個財經措施，幾乎都受到總統府責難，處境太艱難，不應該再等著挨打。主動請辭可以試探李登輝到底要不要用蕭萬長，如果要繼續用，就應該保留他的尊嚴。在宋楚瑜已經決裂、當年九月將總統提名的此刻，這樣的翻牌動作有其張力。

李登輝當然了解箇中的用意，當即就對蕭萬長表示，現在是解決問題的時候，最重要的是要把問題給處理好，好好做事才對，也以口頭方式加以慰勉一番。

不過李登輝並未因此忌憚對蕭內閣加以質疑。他拿出數據表示，「從九六年底到九八年底，上市公司的資本額增加到二兆七千三百十六億元，但證交稅在這兩年內共抽走了上市公司盈餘七千五百十一億元的百分之五十二，因此證交稅率有必要採取彈性，以免造成股市資金的大量失血。」

李登輝強調，他這麼說並不是要立刻調降證交稅，而是主張應該有一套機動的做法，隨時看景氣調節。他也提醒蕭萬長，處理當前經濟問題，應該要心平氣和的對症下藥，從健全金融體系與強化資本市場著手；許多財經會議，對於呆帳的問題總是束手無策，事實上，辦法並不是沒有，不能只喊口號，無意義的會議要減少召開。

他告訴蕭萬長，一個政務官，不要怕風大雨大，應該像泰山一樣站起來，政府的政策也應該像泰山一般的穩定，只要有好的辦法，再大的風浪都不足畏懼。這次風波過後，蕭萬長終於執行了由行政院主動提出證交稅條例修正案的政策，但是經過這段周折過程下來，他與李登輝兩人都受了傷。

蕭萬長自接掌行政院以來，與連戰有所較勁，是政壇公開的秘密，「彼可取而代之」的小道消息流竄。當時連內閣留下來的王志剛、韋端等人，都與之相處不睦。甚至有企業界與蕭萬長家人打牌時，聽聞到「蕭萬長幹得很辛苦，連戰留下來的人老是扯後腿」，諸如此類的表述。

這類的抱怨不只一次傳到李登輝耳中，他曾要人去帶話，希望勸告蕭萬長不要老是分誰的人，這些人全是國民黨執政下的人，沒有不可用的道理。

由於與部會相處失和，九九年出訪中美洲時，都有部會首長私下嘟嚷，「院裡以電話動員所有部會首長與夫人都要到機場送行」。原本是一個極小的事，都會引起口舌，可見雙方的互動關係。

倒是當時蕭萬長在備受閣揆異動傳聞所困之際，連戰當時曾經特地在宜蘭巡視時公開對蕭內閣挽救經濟的措施表示支持，引起政壇注意，政治意義也耐人尋味。

連戰「不計前嫌」的雪中送炭，應是為了更上層樓的人和，儘管他不是不了解昔日部屬的遭遇，但仍必須與黨內各方廣結善緣，厚植接班的實力，而之後事實的發展，不難看出這樣的軌跡。

連戰選擇蕭萬長搭檔

「連戰從起初就不打算要和宋楚瑜搭擋。」一位政壇人士斬釘截鐵的表示。

選舉期間，國民黨內的「連宋配」呼聲持續不墜，但終究無法配成，連戰的主觀意願是決定性的關鍵。原因非常簡單，沒有一個主官願意找一個處處企圖爭鋒、對自己造成困擾的副手，連戰當然不會例外。早在宋楚瑜於省府獨霸一方時，他的身邊人在外公然譏笑連戰是「扶不起的阿斗」，宋楚瑜卻未加約束，連戰就已經斷了找宋楚瑜合作的念頭。

反而是，剛開始連戰摸不透李登輝的打算，曾經試著希望有所了解，來加以確認自己的想法。在不少中生代眼中，李登輝對宋楚瑜有一番與衆不同的厚愛，有時甚至到了讓人忌妒的程度，連戰心中的不確定，十分合理。

連戰曾經請徐立德送了一封信給宋楚瑜，表達應合不應分的意思，當時新聞炒作了幾天，但是圈內人都知道這是一個動作，不是「連宋配」的提議，機靈如宋楚瑜者自是心知肚明，並未積極回應。

儘管如此，九九年中，國民黨內的副總統爭奪戰，仍然引爆了後李登輝時代新一波的權力卡位戰。所有中生代將目光對準第一回合的副總統之爭，第二回合的的閣揆人選角力也預備緊接登場。

在連戰尋覓副手的過程中，起初確實有意帶給外界不同的氣象，因此將眼光指向形象清新人士，曾經親自拜訪中研院長李遠哲，希望搭檔組成「夢幻組合」，但李遠哲經過愼重考慮，婉拒了連戰的邀請。

第二階段，連戰將目標轉回國民黨內部，一一就吳伯雄、許水德、蕭萬長、章孝嚴、黃昆輝、江丙坤、胡志強等組合，比較其中的利弊得失。當時，吳伯雄與蕭萬長一致公開表示「義無反顧」的意願，競爭十分激烈，其他未表態者，也等著待價而沽，黨內氣氛十分詭譎。

吳伯雄與蕭萬長，這兩位國民黨的中生代，論與連戰的互補性與對外拓票能力，實在伯仲之間，蕭萬長掌握行政資源，吳伯雄則有地方魅力與客屬背景，選擇任一人，另一方都會感到難堪。但是蕭萬長卻有另一層「優勢」，他與宋楚瑜交誼極久，儘管執行凍省時兩人交惡，但是政治利害卻可以隨時使之復合，若不取蕭萬長，促成宋蕭配，將是頭等麻煩。即使蕭萬長不動搖，龐大的行政資源若不能齊心輔選，也將成爲穩定選情的最大變數。

八月二十日，連戰正式求見並向李登輝提出由蕭萬長擔任副總統競選搭檔的想法，連戰的理由是：依照行政倫理，蕭萬長為現任閣揆，在中生代的排名在前；他也是從基層一步一步上來的，從政歷練完整；此外，在專業領域上，蕭萬長的財經資歷與其具有互補性。

對於連戰的決定，李登輝表示尊重，也認為是適當的選擇。當天兩人也決定，應該將副總統人選提報二十五日中常會通過的時間延後，以便有較充裕時間進行整合，最重要的是取得吳伯雄的諒解，化解黨內可能的反對阻力。

李登輝說，「許多人以為蕭萬長是我指定給連戰的，這不是事實，選舉不是我在選，我怎麼有立場去干涉，我是在連戰提出後，表示了同意的態度，認為還不錯。」

延後提出副總統搭檔，目的在順利連戰掌控十五全大會的局面，若維持原時程，距離八月二十九日黨大會召開有整整四天的時間，這個空檔會衍生出何種變數，實難以逆料。反之，延遲至二十七日才提報國民黨中常會，就大大限縮了反彈者運作與動員的空間。

李登輝與連戰並商量著，蕭萬長在二十七日召開的臨時中常會順利出線後，總統大選前不須進行內閣改組，以便維持人事安定，在選後若連戰順利當選，基於當前政治情勢，副總統兼任閣揆的模式已不可能再度沿用，屆時新總統將在就職後提名新的行政院長。

將閣揆釋出有諸多用意，除了賦予其他中生代新的希望，爭取他們全力輔選抬轎；另外無法為外人道的原因是，蕭萬長在閣揆任內的表現，並不符合李登輝原先的預期，因此「升任」蕭萬長，可以順勢讓行政院在沒有阻力的情況下換人做做看。

二十二日，是星期天，連戰親自將搭檔競選的決定告知蕭萬長，蕭萬長的心願成眞，非常高興。對於蕭萬長而言，行政院長的位置動輒得咎，屢屢難得歡心，若副總統無望，選後閣揆肯定不保，將兩頭落空；轉任副總統是最佳出處，既可以養望，若經營得法，未來不排除有更大的機會。

二十四日下午，連戰在台北賓館，正式向立法院長王金平、考試院長許水德、總統府秘書長黃昆輝、國安會秘書長殷宗文、國民黨秘書長章孝嚴宣佈蕭萬長為其副總統搭檔，會中並確立由蕭萬長「帶職參選」、暫不內閣改組的共識。

由於蕭萬長同時在座，這場聚會的性質是告知兼尋求支持，並非交付討論，因此會中並無任何特殊意見，但是一待散會，若干人物的複雜感受立刻宣洩而出。一位中生代親口表示，他絕對不會參與輔選，將消極抵制到底。也有人私下強烈反應，行政院長人選應該在選前就先確定，不要打迷糊仗。更嚴重的是，因調查局長之爭而與蕭萬長結怨甚深的廖正豪，因此投入宋楚瑜陣營，不惜與頗照顧他的連戰，劃清界限。

蕭萬長效應，在國民黨內影響深遠，吳伯雄直到總統選舉後期才逐漸平復情緒，願意投入選局，而中生代普遍的觀望，則種下了不可想像的隱憂。

蕭萬長雖然業已經過黨大會通過，但是在其依法正式向中選會登記為參選人之前，國民黨內有一股「撤換蕭萬長」的秘密運作始終未曾間斷，一直在等待時機出手。

這股力量分別向李登輝與連戰積極鼓吹，也提出了一個「黑馬」的女性副總統推薦人選，認為只有出奇招，才可以為國民黨不振的選情加分，同時如此亦可將這職務徹底副總統化，反而有助於擺平中生代紛擾，但是由於構想過於「超現實」，並未獲接受。

連戰沒有選擇女性副手，唯一挑選女性為搭檔的陳水扁則當選了總統，這是一個有趣的巧合？或者也是天意？

卷二／總統大選恩仇錄

連戰陣營發動「興票案」

二〇〇一年一月二十日，農曆假期前夕，轟動一時的興票案由台北地檢署偵查終結，以並無不當之用或侵占之實，將宋楚瑜不起訴處分。原告國民黨經過長考，在二月七日再議期限的最後一天下午，由胡志強公開聲明，國民黨爲展現政黨合作的誠意，決定不聲請再議。

國民黨主席連戰的這個決定，爲許多不知實況者解讀爲連戰當家做主，走出了李宋鬥爭的陰影。連戰確實已經當家做主了，但是這個爲避免在野聯盟分裂的政治利益決定，是連宋鬥爭的暫時落幕，李登輝並不是主角。

「興票案的線索一開始就是連戰陣營提出的，知情的人在事後都不應該講風涼話」，李登輝對於國民黨事後的處理態度非常保留。興票案當年由蒐集資料、掌握事證、到公佈揭發，連戰陣營是眞正的主導者；李登輝陣營爲全力協助連戰順利當選，採取了充分配合的角色，事後卻爲連戰承擔了所有後果。

要釐清事實眞相，需從興票案的緣起開始追查。

興票案是在九九年十二月由國民黨不分區立委楊吉雄首度在立法院揭露，而早在楊吉雄公佈的半年前，國民黨就察知了宋楚瑜在中興票券的異常現象，當時國民黨的總統提名作業尚未展開。由這個時間點也可以看出，國民黨極早就已經無法、也不打算接納宋楚瑜了。

連戰陣營在中興票券工作的一位友人，平日與宋楚瑜小姨子陳碧雲因同事關係，稍有往來，這位友人因業務關係發現陳碧雲經常有大手筆的資金進出，需要商請同仁當人頭，因而感到奇怪。以陳碧雲的經濟情況研判，這位友人直覺這些動輒上億的財務往來，應該與宋楚瑜脫不了關係，但是宋楚瑜經常對外說他母親家中的廁所壞了沒辦法修，又怎麼會有這麼闊綽的金錢可供調度？

友人將心中的狐疑告訴了連戰陣營，並且提醒，宋楚瑜的財務恐怕非常不單純。連戰方面得到了這個寶貴的情報，立刻透過各種管道暗中著手調查，並且順利取得了經由陳碧雲操盤的各相關帳戶明細，確認宋楚瑜有公款、私錢混淆不清的嚴重瑕疵。當時，連戰將此一訊息向李登輝方面傳達，李登輝非常震驚，他萬萬沒想到宋楚瑜竟然有此種行爲，他們認爲應該選擇在適當時機加以公開，以昭告國人。

在找到宋楚瑜的罩門在「錢」後，極核心的連戰輔選團隊開始就此擬定了一套選舉策略，將這些年宋楚瑜在地方廣發建設經費、造成省府負債高築，以及黨秘書長任內相關經費的使用，做了全面性的清理。

連戰團隊並且認爲，連戰與蕭萬長是候選人，應該以政策爲導向，從事「正面競選」的形象；攻擊性的火力，宜由不是參選人的李登輝方面發動，才能收相輔相成之效，這項統合作戰的分工計劃，得到李連雙方的認可，決定分頭執行。

收到興票案資料時，選情尚未增溫，爲時過早，不能輕率出手，國民黨預定在投票前三個月拋出這顆超級定時炸彈，以順利延續選民的憤怒記憶，在此之前，則以周邊議題預爲鋪陳氣氛。至於興票案提出的方式，立法院是國民黨心目中最佳場合，具體對象則透過鄉誼的脈絡去尋找，條件是不做政治計算，有勇氣揭開弊端者。

事實上，興票案的原始資料，剛開始民進黨某位形象清新的立委亦曾掌握，這位立委將相關情況與陳水扁競選總部溝通後，基於各種因素考慮，民進黨並未同意擔綱。這個過程得到了時任陳水扁競選總幹事張俊雄的事後私下證實，「我們早就得到資料了，這是兩面刃，因此不敢出手，也擔心國民黨收漁利」。而國民黨方面，由於知情者中有人有宜蘭背景，因此鄉親楊吉雄最後雀屏中選。

至於，另一立委林瑞圖之後也出面公佈宋楚瑜家族在美國的五處房產，並不在國民黨稍早的掌握之中，這是遲至兩千年初的另一段故事。整個興票案在引爆後，連宋雙方不斷進行攻防，增生的素材也意外的源源滙入，使得案情高潮迭起，竟成爲兩千年總統大選倒數時刻的決戰主軸。

九月中，距離投票日前半年，國民黨照表抄課，首波選定省府的統籌分配款，作爲攻宋的第一道攻勢。李登輝在地方公開批宋「花錢買總統」後，蘇志誠以接受中視專訪的方式做進一步補述。

蘇志誠當時透過電視提出了具體資料，有關統籌分配款中最奧妙的「支援地方緊急支出」的項目，在八十二年度連戰當省主席，支出是二十億，八十三年度宋楚瑜當省主席，變爲六十七億，八十四年度宋楚瑜要競選省長，變成三百零七億，八十五年度據宋楚瑜說是因爲碰上要選總統，支出三百八十九億，八十六年度是七十四億，八十七年度是五十七億，八十八年度是三十六億。蘇志誠公開質疑，這項經費的運用爲何突然間在競選期間增加了這麼多，國民黨從黨主席到競選總幹事，沒有人知道這些錢到哪裡去了？交給了誰？只有宋先生和其親信知道。

統籌分配款是蔣介石統治台灣時國民黨掌握台灣地方派系的重要工具，如果地方派系能與國民黨配合，國民黨即經由統籌款提供充裕的地方建設經費作爲回饋。到了蔣經國擔任總統後，一九八一年他指派李登輝到台灣省擔任省主席，當時政府財務狀況吃緊，蔣經國曾交代李登輝：「錢要省著點用」，於是李登輝在運用統籌分配款時，改採地方需提出具體計劃，經過審核通過才能撥用的原則，將流程透明化。

由於深切了解統籌分配款的問題所在，李登輝因此對宋楚瑜竟然意圖拿錢去「綁樁腳」的做法有所抨擊，而連戰與宋楚瑜也曾經就這個問題，私下有所爭執與不快。

九八年宋楚瑜經常炮打中央後，連戰即發現，中央補助款經由省政府撥到地方，到底補助到哪裡中央並不知道，而地方卻經常跑到中央來要錢，不如以後給地方的補助款，就直接由中央撥到縣政府。但當行政院秘書長趙守博向省府轉達連戰的想法時，宋楚瑜勃然大怒，利用北上參加中常會的機會，向李登輝告狀，他氣呼呼的告訴蘇志誠：「連先生如果要選總統，到時候只要他開口一句話，我就把樁腳的名單交給他，幹嘛現在跟我搶呢？」

針對台灣省各縣市的地方重要建設，中央每年的補助往往到百分之四十、五十，水利建設更高達百分之七十、八十，這些錢透過省交給縣市政府，但縣市不曉得這是中央撥下的，所以在宋楚瑜的認知裡，連戰的做法是在跟他搶樁腳。中央當時驚覺，作爲國民黨的一份子，宋楚瑜長期把樁腳名冊據爲己有，並沒有公開給黨，也沒交代給黨主席，企圖已經非常明顯。

經過統籌分配款的暖身，十二月上旬，選舉決戰一百天，國民黨醞釀許久的興票案，經過細密的時間計算，正式端上檯面引爆。國民黨立委楊吉雄在立法院召開第一次記者會，公佈宋楚瑜之子宋鎮遠曾在九二年於中興票券購買一億多元的票券，消息傳出後，政壇爲之譁然。年僅二十歲出頭、剛從大學畢業的宋鎮遠，憑什麼有如此巨額的資金？他的錢是從哪裡來的？新聞界開始群起追蹤報導，一向以清廉標榜的宋楚瑜，也受到前所未有嚴厲的操守考驗。

國民黨當時密切觀察宋楚瑜當如何自圓其說，九日晚間，有企業界與地方人士主動告訴國民黨，宋楚瑜透過人與他們聯繫，希望他們能夠出面以「長輩」的身分，承認當年曾資助宋鎮遠，以協助解套。一位建設公司的大企業家轉述，宋楚瑜過去確實找他要過政黨捐獻，但每次的數額並沒有高達一筆一億元的情況，並且宋楚瑜都對他說「是國民黨需要的」，因此他認爲自己是捐給了國民黨。

宋楚瑜的幕僚找上他爲宋鎮遠的帳目澄清時，他十分訝異，當即以茲事體大、且並無帳戶進出紀錄爲由，加以拒絕。這位企業界人士認爲，自己與宋家並無親戚關係，若眞要在九二年資助宋楚瑜的兒子，通常只會幫助其出國留學的費用，若是協助創業，頂多給個一千萬就很多了，資助一億元實在違背常理，因此他很難幫宋楚瑜這個忙。

事實上，宋鎮遠在九二年十二月三十日購買票券的資金，是在之前兩、三天內分數筆連續匯入台灣銀行帳戶的，並非一筆單獨匯入，因此根據研判，錢的來源可能有數個，宋楚瑜未經仔細思考，就倉促弄出個「長輩說」，是非常大的漏洞，國民黨軍心大振，決定繼續出擊。

宋楚瑜深陷誠信泥沼中

在最初的一個禮拜，宋陣營對於究竟是一億或一億四千萬元的交代出現數個版本，先是事前不知情；而後說一億來自於一位長輩，這筆錢的用途是協助宋鎮遠赴美留學創業；之後又說其實是一億四千萬，這筆錢在數月前已經還給了長輩。明眼人都知道宋楚瑜已經亂了方寸。

十二月十三日，楊吉雄發動第二次攻擊，再次公開交易紀錄指出宋鎮遠戶頭的鉅款十月才被提走，以凸顯宋陣營的說辭矛盾；他並採取行動，赴財政部檢舉宋楚瑜夫婦、宋鎮遠、陳碧雲涉嫌逃漏稅，違反稅捐稽徵法，也到地檢署提出控告。

興票案的出現，引起美方的注意。十三日同一天，美國在台協會理事主席卜睿哲適巧晉見李登輝。前來關切台灣政情的卜睿哲當天主動提及，台灣這次的選舉非常熱鬧！李登輝說，明年總統大選的結果，攸關台灣未來的前途走向，影響非常重大，因此引起國內民眾的重視，「而變化莫測則是台灣選情的特色。」

李登輝接著詢問卜睿哲何時抵達台灣？卜睿哲說「是上週四」，李登輝隨即便意有所指的指出，「你在上週來台灣之前，到今天與我見面時，台灣總統選情就已經有了很大的變化」。當時已有多項民調顯示，宋楚瑜因爆發一億元票券案造成極大震盪，卜睿哲十分了解的說，「從連日台灣媒體的報導，這點我看得出來！」

十二月十四日晚間，宋楚瑜在各界足足等了六天之後，終於召開記者會，正式提出「李登輝指示專款照顧蔣經國後代」的新說法。這場記者會原定上午十一點召開，後改爲下午三點，又有些帳目來不及對齊必須到下午五點，之後又說晚間六點半才能搞定，最後直到晚間九點才舉行，這個一延再延的過程，最後僅是說明李登輝授意照顧蔣家家屬，外界都感到十分突兀。

由於宋楚瑜將矛頭指向李登輝，當晚總統府立即在第一時間駁斥了宋楚瑜的最新說辭，總統府公佈國民黨是在九一年以三千萬成立教育基金會照顧蔣孝武的子女，並未交代宋楚瑜在九二年底以一億四千萬元匯入宋鎭遠、陳碧雲的帳戶。國民黨當時研判，宋楚瑜經過長時間構思後提出的「照顧蔣家」說，很明顯在策略上是要將興票案與李登輝連上線，一方面拖對手下水；一方面則藉照顧蔣經國的家族，以鞏固其支持票源中的基本教義派。

回想起這段過往，李登輝直斥「簡直是噶囂（說謊）！」他詳細的說明，「蔣經國去世時，爲了照顧蔣方良，總統府當年做過很詳細的作業，看看依法可以代爲爭取哪些項目，我們把它結算出來，記憶不錯的話，應該總數有三千兩百五十多萬，全數已經交給了蔣方良，因此生活絕無問題。」

「至於蔣孝武的孩子，是後來成立基金來處理，宋楚瑜那時當黨秘書長，有天我問他基金使用的情況如何，他告訴我原本的一億元只剩下兩、三千萬；我說這樣不行，孝武的孩子在國外唸書，應該有些教育基金才對，因此才把剩下的錢設立教育基金，宋楚瑜後來拿出來我簽字的公文是這樣來的，也就只有這些錢與蔣家有關，這個部分非常單純，其他亂七八糟的錢，我根本就不知道，不能混爲一談。」

宋楚瑜拿出九三年四月十五日的簽呈，指李登輝曾加以批示，據此證明李登輝知情並照顧蔣家，對照於李登輝的說法，宋楚瑜似乎在移花接木。李登輝核示的這紙簽呈寫得很清楚，照顧蔣家遺屬的基金是二千六百萬元整，其他的十一億元又是怎麼回事？同時，李登輝同意以國民黨中央委員會秘書處名義在華信銀行存定存，宋楚瑜爲何不以國民黨正式的關防章開戶，要另外私刻印章？照顧蔣家是黨內公開之事，何需私設帳戶，逃避黨內流程？其中疑點重重，難以自圓其說。

興票案後來在進入司法程序後，檢察官完全未曾要求聽取李登輝的說法，逕自採信宋楚瑜的片面說辭，令人感覺在程序上實在很奇怪。宋楚瑜自刻印章，另設秘書長專戶，事前未向李登輝報告，國民黨前後任秘書長也從未有此行徑，這些違反常理的關鍵點法律應該查明。

對於宋楚瑜的做法，當時蔣家也非常不諒解，十二月十五日，即宋楚瑜記者會的第二天，宋楚瑜一大早七點半就悄悄的前往七海官邸要求請見蔣方良。但七海的警衛以蔣方良尚未起床爲由予以婉拒，宋楚瑜於是要求七海人員代爲轉達有關一億四千萬的事，但七海人員私下十分不以爲然。照顧蔣方良的人員質疑，宋楚瑜以照顧蔣家爲由說明一億四千萬的用途，事前完全未告知蔣方良女士，這些年來七海也不清楚有什麼錢用來照顧蔣家，如今在自行召開記者會後才來向蔣方良解釋，未免時間太遲！

對於宋楚瑜要求向蔣方良轉達的內容，七海內部也認爲，蔣方良已受國家照顧，這些年不願受世事煩擾，因此他們對以此問題打擾蔣方良女士持保留看法。蔣經國三子孝勇的媳婦方智怡，當時也由美國發表了公開信，對宋楚瑜大爲批評。

宋楚瑜先是承認一億四千萬，十二月十七日改口說是二億四千萬，並且是李登輝給他的；李登輝當天在總統府獲悉時，當場忍不住用台語罵了一聲「眞夭壽」，他告訴幕僚丁遠超，這些年宋楚瑜瞞著他，竟然惹出這麼大的事。

楊吉雄接著繼續在十二月二十日召開第三次記者會，又揭露新的驚人數字，宋楚瑜的小姨子陳碧雲在宋任省長期間購買高達四億七千萬鉅額票券，藉以否決宋楚瑜所說的二億四千萬，興票案再度持續加溫。在財政部受理檢舉、監察院也於十二月三十一日召開臨時財經會議決定進行調查，興票案的案情愈滾愈大，牽涉數額也不斷翻新，遠超過國民黨最初的掌握，最後竟跳升到十一億七千六百一十七萬元的天文數字。

由於與宋楚瑜相關的幾個帳戶，在匯美資金的用途上明白在匯單上勾選「置產」的項目，這個提示引起了社會大衆的關切。起初是夏威夷的僑界先盛傳宋楚瑜的房子就在歐胡島，鄰近著名的威基基海灘。外交圈接著暗中傳出，宋楚瑜到達夏威夷時，皆住在位在精華區的諾魯大樓，其子宋鎭遠在夏威夷成婚時，宋楚瑜夫婦即在此下榻，我駐外人員並且曾經到該大樓接送。諾魯大樓的照片一時喧騰各媒體，宋楚瑜則斥爲無稽，揚言若在夏威夷有房子，願意立即宣佈退選。

然而在此同時，一位全力支持連戰的旅美台商，得悉了宋楚瑜在加州多所置產的消息，他基於好奇以及希望了解眞相，自掏腰包找了美國房地產業界蒐集資料，竟然順利得到宋楚瑜家族在加州五筆房產的詳細登記明細。宋楚瑜當時公開否認在夏威夷有房舍的言談引起了這位企業家的注意，他認為政治人物避重就輕並不足取，基於義憤，私下便把資料無條件的主動提供，並且極為技巧的輾轉交到立委林瑞圖手中。

二月一日，農曆年前，林瑞圖連續兩天召開記者會，公佈宋鎮遠、陳萬水名下的五間住宅，這五筆房產分別由九一年至九九年陸續置入，時間橫亙宋楚瑜擔任黨秘書長、省長到卸任公職。這些在美置產的實證，成為選戰中各陣營再次激烈攻防的議題，宋楚瑜為「提籃假燒金」、「烏來」所揶揄，聲勢再也難以提振。

二月十日，距離投票僅剩一個月，監察院完成並公佈興票案調查報告，明確指出宋楚瑜未依法辦理財產申報，競選省長時的財產申報不實。這份官方的調查結果，對宋楚瑜造成最大的殺傷力，三月十八日，宋楚瑜以落後陳水扁三十萬票未能當選，興票案所引發政治人物誠信問題成為最關鍵的因素。

興票案的原承辦主任檢察官洪泰文，曾經公開坦承，興票案的資金流向非常複雜，最嚴重的問題是公私帳混在一起，同一個戶頭內有公款，也有私錢，仍有許多筆錢的流向疑點無法釐清；在客觀事實上，確實有宋楚瑜等被告將屬於國民黨的公款挪進私人戶頭內的情形。

不過，檢方當時以無法證明被告說詞在偽飾案情而不加起訴，卻與監察院已經清查出的事實，出現了極大的落差。依照財政部呈送監察院的資料中明白顯示，東帝士集團陳由豪曾經在九一年六月以臺灣銀行支票捐出一億元新台幣給國民黨，宋楚瑜立即將這筆錢給陳碧雲購買票券，直到九二年底才回歸華夏公司帳戶，其他也有數筆相似轉帳到其他戶頭的錢，這種先移入私戶、之後再還錢的做法，法界人士多非常不以爲然。

依據監察院的報告書，興票案衍生的相關帳戶多達二十個以上，絕大部分帳戶非宋楚瑜名義，而結匯美金所使用的結匯申報人高達三十二人，包括陳碧雲、馬傑明、興票公司員工、臺灣銀行員工、土地銀行司機、工友等，這種以人頭化整爲零、分散結匯高額美金，規避金融機構洗錢防治相關規定的行爲，似乎是知法犯法。

興票案主要的資金流向共計約十一億七千六百多萬元，期間涵蓋宋楚瑜任黨秘書長、競選省長及省長三個時期，資金變動頻繁則集中在秘書長卸任前後、省長選舉前後、省長卸任前後，對於這些流向細目，洪泰文陳述，宋楚瑜在接受調查時是以「忘記給誰」作爲答覆，自己也無法清楚交代。

選後，儘管國民黨基於政治考慮，決定爲興票案畫下句點，但是在法律層面，社會上卻出現極爲不平的聲浪，對於原承辦檢察官的結案方式，紛紛加以討論批判，民間司法改革委員會也不斷提出質疑的法律見解，二千零一年四月三日，台灣高檢署因另有人提出新證據的告發，基於刑事訴訟法第二百六十條「不起訴處分已確定者，若有發現新事實和新證據，全案依法仍可再行起訴」，因此將興票案發交台北地檢署續行偵查，興票案的風雲再起。

深信連蕭配將當選

公元兩千年總統大選，李登輝希望連戰順利當選的意志堅定，在國內的選局中完全配合盡力輔選，同時爲了爭取國際對連戰的支持與信心，李登輝私下用力極深。

九九年九月，國民黨剛完成總統大選提名，美方即已透過外交管道對台灣國內政情的發展表達高度的關注。當時，李登輝信賴的人士，曾經利用赴美機會順道向美方說明包括連戰、陳水扁、李敖、宋楚瑜與許信良五個主要候選人的參選態勢。

一位前政府高階官員回憶，國民黨提名連戰爲總統候選人不到一週，他們很技巧地向美國轉達：「李總統對連戰的當選深具信心，連戰當選後，自當繼續我國對台美關係的重視，並將與美方保持密切合作，以維護台海安定與亞太和平」。

國民黨那時分析，初期階段的民調是宋楚瑜最高、連戰次之，陳水扁第三，但是在連戰獲得黨提名後，民調支持度已經逐漸上升，而宋楚瑜則有下降的趨勢，不過現在距離選舉的時間尚早，未來對於選請的發展，是否有特殊事件的衝擊，仍值得觀察。

當時美方高層曾進一步向我方詢問，這些主要候選人的政見有何差異性。我方官員沒料到美國關心的範圍如此詳盡，接著告知，各候選人到目前爲止政見發表仍相當有限，因此看起來差異並不

民國八十八年十一月總統大選前夕，李登輝指派總統府秘書長黃昆輝與副秘書長黃正雄轉任國民黨中央黨部協助連戰輔選，爲勉勵所屬「下海」投入激烈選戰，上任前特頒勳章，以資感謝。

大；不過，我國在經濟方面安度亞洲金融危機，政府的政策受到民眾肯定，此外，兩岸關係、國家安全、社會福利、環保與交通各方面，也都獲得認同，因此，「國民黨政策的延續性應該可以預期」。

兩千年一月底，距離選舉只剩一個半月時間，三組主要候選人正卯盡全力做最後衝刺，選情緊繃激烈異常，美方對選情極度關心，因此李登輝的親信再度乘訪美之便，向美國分析了最新選情。對於候選人政見、策略、選情，台灣方面做了非常詳盡的解說，相關內容當然都是站在國民黨的立場，積極促銷連戰，並遊說美方。

國民黨官員當時告訴美國，台灣總統大選目前是三分天下的態勢，宋楚瑜早期一度超前，支持率之所以大幅領先，「是因爲他擔任省長期間，動用許多財政資源，與地方人士建立良好關係使然」，此外，宋楚瑜較長於塑造形象，讓一般民衆對他留下深刻印象。但是在興票案後，他的支持率大幅下降，宋楚瑜的財務問題涉及逃漏稅及其他司法問題，已經引起台灣媒體相當多的報導。連戰則在發表六點改革理念後，得到積極的迴響。

台灣方面並提供國內媒體《聯合報》在元月二十一日所公佈的一份民調加以佐證，這份民調顯示連戰的支持率爲二七%、宋楚瑜則爲二四%。不過美國方面立即就對這些數據有所反應，「相差幾個百分點實際上並無差異」。

台灣方面爲取信人，此時又再拿出兩份資料說明，在「相信度」方面，聯合報元月十日的民調指出，連戰爲六十一%，宋楚瑜四十三%，陳水扁四十二%；至於「看好度」，國民黨革命實踐研究院元月三日的調查，連戰爲三十八%，陳水扁十三%，宋十二%，連戰皆遙遙領先。台灣高層並補充說明，「國民黨以組織見長，只要民調三分天下，連蕭獲勝的可能性大幅提高」。根據當時在場人員的現場感受，在輪番說明國民黨的選情趨穩後，美方官員似乎露出了較爲放心的神色。

同時，國民黨代表也對三組候選人的競選策略與主要政見，做了以下描述：

連戰強調「安定與改革」，當選後將推動「第三波改革」。陳水扁以「政黨輪替」與「打擊國民黨黑金」爲主要訴求，頗能獲得年輕選民認同。宋楚瑜則以塑造個人勤政親民形象爲長，因爲沒有政黨提名，所以強調超黨派，他的形象一度爲其帶來較大支持，但在興票案後，遭受嚴重打擊。

連戰和蕭萬長一組代表的是政策延續及經驗傳承，一般相信，連戰將在大陸政策方面採取務實開放的路線，使得台海情勢更加穩定。反之，台灣一般認爲，陳水扁是「大陸不放心」，宋楚瑜則是

「台灣人不放心」，因此只有連戰有可能有所作爲。

台灣當時特別向美國強調，在連戰出任總統之後，李登輝將繼續擔任國民黨主席，而國民黨又擁有國會的多數，因此台灣政治持續穩定可以預期。

台灣方面也進而向美方預告，連戰擬於近期發表大陸政策，以「維持和平、恢復對話」爲主軸，將對兩岸關係提出建設性看法。美方聽聞後十分興趣，當即表示，希望在連戰發布時，他們也能先獲悉其內容要旨，此議得到了國民黨的同意。

基於美國關心台灣未來領導人的兩岸與國防政策可能走向，台灣當時也繼而以連戰爲中心對美分析，連戰提出「研究遠程地對地飛彈」的說法，在於用「積極防禦」的概念強化「有效嚇阻」；陳水扁也提出「攻勢防禦」主張，有意「仿效」連戰積極防禦觀念，都反映出國內民意對於中共動輒以武力或飛彈威脅的關切。至於宋楚瑜接受《華盛頓郵報》專訪時，提出反對台灣加入TMD系統的說法之後，由於民意反應不佳，宋楚瑜最近又表示可以再研究。「宋楚瑜立場的改變，說明任何候選人都不可能偏離民意主流的意見。」

國民黨人士另外特地利用機會對美抱怨指出，對於這次我國的總統大選，台灣了解也尊重美國不支持特定政黨候選人的基本立場，但美國政府面對台灣的選舉，在發言時應格外小心，以免被某些候選人所運用。

國民黨對美指出，眞正於選戰中打「美國牌」者是民進黨總統候選人陳水扁，陳水扁在與卜睿哲會面後，公開引述卜睿哲說法稱，美國樂於和任何一位總統當選人合作，並釋出卜睿哲第一個想見的人就是陳水扁，蓄意混淆視聽，並企圖誤導民衆以爲美國支持民進黨執政。

國民黨並且不以爲然強調，獨立參選人宋楚瑜競選核心幕僚，也於宋楚瑜與卜睿哲會晤後刻意對外表示，宋楚瑜是卜睿哲第一個拜會的總統候選人，顯示美方對宋楚瑜最爲看好。

針對元月七日美國國務院助卿陸士達公開表示，台灣大選誰當選總統，美國都會接受。高層官員更表達不滿，認爲陸士達的說法已經被在野黨候選人解釋爲美國不再支持國民黨，因此再次申明，値此敏感時刻，爲謀台海局勢的穩定，美方政府人士今後發言應審愼。

面對台灣方面的強烈反應，美方有些意外，急忙解釋，卜睿哲的訪台之行並無任何涵義，純粹是個人的行程。

總統大選的激烈競爭，由國內延燒到與美國的外交場上，國民黨錙銖必較運用所有的途徑輔選，在台灣恐怕是前所未有，而這也說明了在李登輝之後，台灣的政權轉移順遂與否，正牽動著美國在亞太地區的戰略部署與影響。

許文龍決定挺扁

連戰爲何會敗選，而且是慘敗？每個人的答案都不會相同，李登輝的看法是，「根本從一開始競選的策略就是錯誤的」。

一路在旁看著連戰打選戰的李登輝，在選舉過程中，有好幾次幾乎忍不住要開口，但想起自己不是主角，爲了避免引起成敗責任的推諉，最後還是臨到嘴前勉強吞下。

李登輝與連戰之間的路線與權力矛盾，打從選戰白熱化之後，就一直爲連戰周邊的人所挑起。首先是由海基會內部傳出，連戰的輔選大將徐立德主動找上辜振甫，希望辜振甫出面勸李登輝能在選前提前辭去國民黨黨主席，才能擺脫連戰是李登輝的「兒皇帝」的形象，眞正爲連戰助勢。

李登輝方面獲知了這個消息，十分在意，曾經私下找徐立德查證，徐立德雖然否認，但言詞閃爍。李登輝的黨主席任期，依規定是到二〇〇一年八月才屆滿，倘若要提前辭，讓連戰好做事，最快也必須等到兩千九月黨大會召開之時，爲何現在這麼早就發動了逼退？

二月二十八日，曾經在上屆總統大選與李連打對台的陳履安，公開召開記者會，跳出檯面支持連戰，他呼籲李登輝應該即刻辭去黨主席，才對國民黨的勝選有幫助。陳履安淡出政壇後，專心修佛，由於特殊的族群色彩，成爲當時三位主要候選人爭取的對象，最後由連戰奪標。但是他的談話經媒體廣爲傳播後，卻讓衆多本土派的支持者爲之側目，連帶也對連戰的判斷力產生了高度懷疑。

李登輝看到陳履安的電視演說，心裡並不是滋味，陳履安言下之意豈不是：李登輝是連戰當選的負數？一篇駁斥的聲明原本已經寫好，黃昆輝準備在當天同時發表。但臨時被李登輝按下，李登輝不能給外界做文章的空間，他吞忍了下來。

三月十四日，在陳水扁陣營頻頻打出李遠哲與國政顧問牌，聲勢爲之上揚後，徐立德透過辜嚴

民國八十三年蒞臨高雄市立美術館參觀奇美收藏展與許文龍同行交談。

倬雲弄來了蔣宋美齡的親筆簽名信，更令李登輝連連搖頭。蔣宋美齡挺連的信函內容毫無問題，問題是她的屬性與定位。

在一般台灣人眼中，這位前總統遺孀是個早與台灣社會脫節的上世紀人物，年輕人對她毫無印象；可能只對極少部分的老一輩外省族群有些號召，但是他們的票恐怕分給其他候選人的更多，本土票源則肯定反感。蔣宋美齡能給連戰拉多少票？民間認爲大有疑問，但是連戰的輔選大將並不自知，並以此沾沾自喜。

「國民黨擁有最豐沃的資源，但是在選舉戰略上，卻犯了嚴重的錯誤，他們盡全黨之力，只爲了爭取百分之十五的選票，唯恐他們流向其他候選人，但是對於其他百分之八十五的票源，卻疏於經營，甚至不了解他們的感受。」李登輝認爲。

李登輝看在心裡，不能說什麼，「整個競選

期間，連戰只有一次到官邸來說明競選文宣設計，此外從未主動找過我」，這場仗不是自己的局，他不能介入。

李登輝照樣依著黨部的要求，卯足全力為連戰南北奔波助選；但是連陣營的走向卻讓李登輝陣營內部起了化學變化，他們開始質疑李登輝的選擇是不是過於一廂情願？甚至因此與李登輝產生了緊張關係！

首先是與李登輝關係良善的長老教會牧師羅榮光，在一月十二日到總統府晤見李登輝時，當面對國民黨宣傳的一些論調如某某人當選、中共就會打過來，表示憂心。

而後，二月上旬，李登輝的一群幕僚張榮豐、蔡英文、陳博志、林佳龍，找了賴英照、葉國興與博物館專家葉博文一同南下旅遊，到台南參觀奇美的博物館。當晚，一群人與許文龍一同餐後聊天，李登輝的幕僚們隨性所至提及，未來在五二〇之後，可能有人在朝、有人在野，在野的人應該仿效明治維新時期，深入社會在各領域進行啓蒙的運動。

席間，許文龍表示，如果大家要退下來，到時他願意在財力上給予資助，鼓勵大家為這塊土地做些事情；而後他話鋒一轉提到，連戰的勝算不大，李登輝應該為自己長遠的歷史地位著想，不該投入選舉這麼深。事後，許文龍在電話中與李登輝談及他的幹部到台南的談話過程，希望勸李登輝三思，李登輝聞後一驚，立刻找了幕僚詢問是怎麼回事。

張榮豐與蔡英文因此寫了一份詳細報告給李登輝，讓李了解來龍去脈，這群幹部們並強調，他們對李的忠誠絲毫未變，只希望李登輝能夠在選舉過程中保有能量，使五二〇之後若出現政局不安時，台灣社會仍有一位最後的仲裁者。不過，當時全心為連戰輔選的李登輝並無法感受，他認為這群年輕人背叛了他，互動關係一度降至冰點。

事實上，早在大選初期，李登輝的幕僚群就已經出現嚴重分裂的情況。在擁連與挺扁的不同立場激盪下，若干幕僚對於連戰為少數人士包圍不表認同，高度懷疑連戰日後的政策路線是否傾斜，兩派人士動輒針鋒相對、冷言激辯。

之後陳水扁當選，隨即展開的政府人事部署中，鮮少人注意，進入扁政府服務的國策顧問曾永賢、國安會副秘書長張榮豐、經建會主委陳博志、陸委會主委蔡英文、國防部副部長陳必照、國安會諮詢委員葉國興與林佳龍等人，都是原本李登輝的幕僚。

三月初，選戰已經開打得如火如荼，李登輝的老友許文龍卻在這個時候再度找李登輝深談，由於不善駕馭中文，他同時以日文寫了一封非常感性的長信給李登輝。許文龍剴切的指出，「連戰未來並無法繼承李登輝路線，這由最近他身邊的那些人不斷企圖劃清界線就可以了解，過去十二年在我認為是台灣最自由美好的時代，但對有些人來說，可能是屈辱的十二年。」

許文龍也說，「連戰是善良的人，但是俗語說『貴人寡情』，對於李總統下了心血栽培他的用心，連戰是不會了解的，這是所有未經基層磨練者共有的現象」。他認為，不論連戰或宋楚瑜當選，台灣的民主恐怕將倒退二十年，因此他「已經決定要支持陳水扁」，在此重大時刻，他希望李登輝能夠超越黨派，以國家元首的身分嚴格監督這次的選舉，阻止國民黨動用太多的金錢到地方影響選舉。

許文龍同時向李登輝主動透露，「李遠哲出來助扁的可能性很大」，基於愛護李登輝在選後的形象，請不要再只批扁打宋，應該維持起碼的中立，如此未來李登輝將可在民進黨與國民黨之間扮演重要的橋樑地位，這對台灣的民主轉型過程非常關鍵。

許文龍的這席話，代表著原本支持李登輝的人中，有人對連戰陣營在選舉過程中的表現已趨於不耐，也對連戰是否能夠當選頗有疑義。

李登輝聽到許文龍的看法後，有些生氣，他認爲許文龍根本不了解連戰。李登輝描述，他與許文龍有許多交集處，例如許文龍喜歡音樂，他的太太也是；許文龍的企業經營理念亦有許多值得稱道的地方。但是，兩人也經常各有各的看法。李登輝十分清楚的記得，許文龍曾經寫過一封信給他，問他什麼時候要把中華民國變成台灣共和國？就完全與他的想法南轅北轍。

當時的李登輝，對連戰的當選具有絕對的信心，他認爲國民黨的動員能量一旦發揮，將不是他黨可以企及的，許文龍竟指連戰當選艱難，顯然距離事實太遠。爲了勸告好友回頭，他特地打電話給與許文龍共同的朋友台南養雞大王黃崑虎，希望由黃出面去爭取許文龍能夠支持連戰，李登輝認爲，連戰是他多年觀察的部屬，許文龍不必懷疑其未來的作爲。

但就在許文龍善意告知李登輝未久，三月十日陳水扁陣營公佈以李遠哲爲首的國政顧問團名單，許文龍列名其中。三月十三日，許文龍公開發表「挺扁」談話，許文龍認爲，只有陳水扁當選才能繼續李登輝路線，連戰早已經背離了李登輝的精神。

當天，李登輝正在烏日爲連戰站台輔選，返回台北獲悉多年好友許文龍所發表的內容，當下就指示總統府發出新聞稿加以駁斥，並且決定與許文龍到此爲止。

李登輝當時反駁，他擔任國家元首十二年來，沒有所謂的路線問題，他最反對的是，爲了某一政治目的創造一個不存在、威權的所謂「李登輝路線」，這種教條式與口號式的做法，不符合台灣的利益，也是沒有意義的。

第二天，李登輝藉與地方民衆會面的場合，又再度親自對外說明，他十二年來，沒有所謂的路線問題，他所堅持的原則就是「民主化、自由化和認同台灣」。他秉持上述原則，制定政府的政策，爲爭取國人更大的福祉，也是爲確保二千三百萬民衆的權益，除此之外，政府的相關政策都是依據台灣大環境的變化，與因應各項挑戰而調整。李登輝並且不諱言說，針對「有人」因另有目的，創造出所謂的「李登輝路線」，他深不以爲然。

李登輝的夫人曾文惠女士，目睹先生的痛苦，曾經私下直言指責許文龍不應該這麼做，這將陷李登輝於不義，本來沒有的事（指「棄連保扁」），外人豈不坐實眞的有了。爲了避免其他老朋友也有類似的「困擾」之舉，當時曾文惠還交代管家從現在開始到投票之前，未經過濾後，她都不接電話，以免又聽到友人來說連戰的不是。

李登輝的決裂，許文龍十分沮喪，對於李登輝竟然爲了連戰，可以由自己把「李登輝路線」給否定掉，更覺得心痛，想要聯絡說明，但始終不得其法，只好選擇沉默，等待雙方都情緒冷卻後再說。

不只許文龍，另一好友彭明敏在選舉後期，也多次與李登輝晤面，就選情進行討論。李登輝當時為連戰辯護，連戰是個很可靠的人，將來連戰在重大政策上應該會尊重他的建議。連戰是彭明敏的學生，李登輝當時並且曾經要求彭明敏應該出來為連戰站台，協助爭取本土性的票源。

彭明敏感慨，「李登輝是日本式的作風，只要認定了，就會忠實對待，但他全然估計錯誤，連戰早為身邊人所包圍的事實。」

李登輝直到五二〇卸任許久後，才與「斷交」的許文龍前嫌盡棄，重新恢復往來，聊起當時的種種，兩人仍有不堪回首之感。陳水扁果如許文龍所預言眞的當選了，而連戰是否也如許文龍所說：不會珍惜李登輝對他的栽培？李登輝已經不再與許文龍爭辯。

連戰逼宮，辭卸黨主席

「竟然輸了這麼多！」兩千年三月十八日傍晚，李登輝總統在官邸看電視轉播開票結果，在七點多知道連戰大勢已去時，他的心情沉重到了極點。

李登輝不願意面對的結果還是發生了，他交代幕僚取消前往國民黨中央黨部的行程，因為他的口袋裡只準備了勝選謝詞，沒有落選感言。投票前夕，中央黨部提報給他的民調資料非常的樂觀，七個不同單位的調查都說：連戰會贏，只是贏多少的問題。

十七日晚間，前美國駐中國大使李潔明到官邸看李總統，李登輝還很自信的告訴這位多年老友，「國民黨的連戰會贏六個百分點」。因此，直到最後時刻，李登輝仍然認爲他所選擇的交棒者可以順利接掌國家大政。但是，人民這次卻作出了不同的選擇，國民黨成爲棄保的對象，「爲什麼會這樣」？李登輝的疑惑在選舉完後仍盤踞數天之久。

約在十五、六日左右，有不同的估票系統告訴他，所謂選情樂觀的民調都是假的，李登輝不願意相信，一度還以爲這個正確的系統「忠誠」有問題。

李登輝的錯愕，不少國民黨員並不了解，當晚，中央黨部門前開始聚集無法接受國民黨失掉政權的憤怒民衆，要求李登輝下台。台北市長馬英九深夜前往疏導時，被砸雞蛋抗議，隨後馬英九竟然接受群衆要求前往大安官邸向李登輝轉達抗議訴求。

當時，李登輝的侍衛們對馬英九的處置態度相當不滿，不了解他究竟站在哪個立場？因此當馬英九到達官邸門口時，直接就表示「總統已經就寢」，把他擋駕於門外。

第二天是星期天，國民黨召開臨時中常會，討論選後如何因應變局，卻爲群衆攻擊，包括徐立德等多位中常委受到驚嚇，甚至掛彩，座車也遭到砸毀。執政五十年的政權一夕倒台，台灣出現了驚慌而不成熟的亂象。

三月二十日在木柵召開的黨政研討會，自稱「改革派」的連系立委當面對李登輝展開了嚴厲的批鬥，他們指著鼻子砲轟黨負責人是敗選的最大禍首。

作爲黨主席，選舉失敗當然要負責，但是下台容易，後續的工作相當複雜。李登輝找了黨秘書長黃昆輝前來商量，黨主席任期應在兩千零一年八月屆滿，國民黨剛經過重創，宋楚瑜聲勢正旺，是否會乘勢搶奪國民黨，尤其是令人覬覦的黨產？不能掉以輕心。

面對黨內混亂的局面，黃昆輝力主李登輝至少應該挺到九月，再將黨主席職務順利交給連戰。幕僚們建議李登輝，應該妥善利用這半年的時間，爲連戰爭取部署黨代表的時間，畢竟在西瓜偎大邊的效應下，黨代表是連旗或宋幟，大家都失去了信心；一方面也要盡快處理黨產並交付信託，以免成爲政治爭議。

李登輝在做出這個初步決定後，卻也察覺到一個奇怪的現象，選後已經三天，群衆包圍未散，爲何連戰遲遲沒有前來探望？當時有很多善後問題亟待共商決定，李登輝在等待上門未果下，實在忍不住，主動打了一通電話給連戰，要他到家裡來談談。

二十一日上午，對於李登輝來說，是至今猶無法釋懷的艱難時刻，提拔十多年、一心一意以其爲接班人的部屬，對他做出了最無情的痛擊。

當天，李登輝詢問連戰，「你看目前的局勢，我這個黨主席是該辭還是不辭？」

連戰面無表情的回答，「應該辭。」

李登輝又問，「你看我應該早點辭，還是晚一點辭？」

連戰說，「應該愈快愈好。」

連戰的話語一出，李登輝簡直有如心碎的沉痛。他終於恍然大悟，連系立委的出言頂撞不是個別行爲，是有計劃的行動。

送走連戰後，李登輝立刻取消了做到九月的打算，當晚就決定這個禮拜就走人。

第二天，《自由時報》刊出李登輝將提前辭去黨主席的消息，政壇爲之譁然，黨內各種意見紛呈，連戰想想不對，打了一通電話向李登輝解釋，說明他不是這個意思，也沒有要逼李登輝立刻辭職的用心。

但是李登輝心意已決，他斬釘截鐵的告訴連戰：「你既然提了，爲何又要縮回去？現在不必再跟我討論這些，說話要有信用，我決定的事，就是決定了。」

這些話一出口，李登輝頓時有著解放的輕鬆，「我感覺使命感完了，可以不必再負責了。」他於是在三月二十四日召開臨時中常會，毫不眷戀的正式宣佈辭去黨主席，在繼政權轉移之前，他完成黨權轉移。

爲什麼一定要提前把黨主席交出去？李登輝曾經捫心自問其中有沒有一點衝動的成分，他很仔細的思前想後，把應該交棒的理由一一寫下來，確認是否無誤。

這張信手捻來的紙條，現在還留著，上面潦草的寫著三個辭職的原因，分別是，第一，現在已經沒有辦法再利用國民黨進行任何改革了；第二，不需要再忍受「石磨心」的痛苦；第三，今後應該超越對立的格局來爲人處世。

對於李登輝來說，這個黨主席的位子一點也不足惜，「當行政權失去後，要再用國民黨進行改革將非常困難，下來後反而比較超然。尤其，國民黨內黨國觀念未改的人士，將會持續不斷的施壓，想要續任黨主席的處境將非常困難」，這點李登輝也十分清楚。因此始終至今，他都認爲當初急流勇退的抉擇是正確的。

在陳水扁就任總統後，有次因爲朝野僵局難開備感困擾來看李登輝，曾經感嘆的說，如果李登輝繼續當黨主席一段時間，他也許會比較好做事，政局也不致如此混亂。

李登輝的回答就是「不見得。」他告訴陳水扁，「我如果被國民黨綁住了，要如何與你互動？我若是國民黨主席，你來看我，問題會更大，我現在比較超然，你隨時來找我，可以問我很多問題，你需要我如何協助，我才可以方便行事，這對國家也比較好。」

李登輝眞正遺憾的是，「棄連保扁」的不實謠言，其他人誤解，他毫不在意，連戰竟然也持相同看法，並以此要他儘快下台，才是令人情何以堪處。

有沒有「棄連保扁」民進黨最清楚，行政院長張俊雄私下就不解的說，「連先生怎麼會認爲李先生有幫我們呢？我們是當事人會不知道嗎！這實在是很大的冤枉。」

李登輝自認，連戰選總統，他全力配合，在高雄一天內連續站台七場，比自己的選舉還認眞。選季之前，由於發生九二一大地震，他一個月有二十一天在災區，累積的過度勞累延續到選舉時，已經常常感到心臟不適，但他不能張揚、繼續硬撐，這些現在都被視爲是自作多情。

當時競選單位向黨部申請輔選經費，李登輝決不遲疑，一律批准，連管錢的財委會到最後受不了，向李登輝提醒錢不能再發了，李登輝還不以爲然的說「政權若沒了，留錢幹什麼？」選舉結束後，清查下來，「國民黨失血慘重，幾乎去掉半邊天。」

「李登輝挑連戰接班是理所當然的，李登輝爲連戰輔選是理所當然的，只有連戰落選不是理所

李登輝為連戰競選，一天有連跑七場的紀錄，比自己參選總統時還認眞。

李登輝在造勢大會上高舉V字型手勢，呼籲選民把寶貴的一票投給二號連戰。

當然的」，夜深人靜時李登輝不免有此傷感。既然連戰要領導，李登輝就立即給他機會，讓他做做看，自己做判斷。

一位李登輝的至友也爲此打抱不平，國民黨敗選，李登輝確實應該負責，當初他根本不應該硬要連戰，事實證明這正是李登輝的最大錯誤。

李登輝在選舉時沒有幫助陳水扁，甚至是毫不留情的競爭狀態，但是交卸黨職後，李登輝的空間頓時寬廣，「黨失敗了，國家並沒有失敗。」他從失敗的陰影中出脫，開始認眞的思考政權如何和平轉移。

選後經常陪伴李登輝的康寧祥就描述，李登輝認爲陳水扁是一個弱勢的當選者，當陳水扁前來請益時，他必須幫陳水扁的忙，使政權轉移的過程能夠平順，否則他這十二年來進行的民主改革可能前功盡棄。

和平轉移政權

兩千年總統選舉對於台灣的政治民主化，具有史無前例重要的意義。

台灣自一九八七年解嚴以來，歷經了兩個重要的轉型階段，第一階段是八〇年代的政治轉型，其中最重要的是反對黨的成立與開放報禁；第二階段是九〇年代的憲政改革，主要的是國會全面改選及總統直接民選。兩千年三月的總統選舉則使得台灣的政治民主化基礎更爲穩固。

三月十八日投票結束到五月二十日的政權交接，不僅在我國是五十年來的首次，也是五千年華人社會從未有之的經驗。

美國在選前兩個月就已經預判到可能的發展，當時曾私下詢問台灣當局是否已經準備籌組「政府過度團隊」？李登輝明確表明，將依照憲法及選民的抉擇，完成權力交接，過程必然是和平的。事實上，在李登輝指示下，政府情治單位早在兩千年元月即成立了「專案小組」，嚴防中共對台灣採取軍事行動，並且擬定了三階段的工作重點。

從小組成立後到三月十九日選後一天，保證選舉期間的安全。三月十九到五月二十日，將確保政權和平交接。五月二十日到當年底，則是維持社會安定，以及進入WTO前後的經濟安全。我三軍部隊與安全系統當時已有共同了解，將全心全力維持國內秩序，讓選舉順利進行。

由於選舉過度激烈，各種傳言紛飛，美國當時一度還曾認眞的向我政府打探，接近投票時是否將有影響選情的重大事件發生？美國這個突兀的舉動，讓台灣方面十分納悶，只有婉言告知，中華民國將盡一切力量辦好選舉，倘若美國方面曾經聽聞台灣在選前可能會在兩岸關係做出驚人之舉，這些純屬「謠言」，台灣政府不僅保證選舉將平順進行，也將同時致力穩定兩岸關係。

但是美方仍然堅稱不是謠言，而是「合理的揣測」；並且對我示警，在選情緊繃下，若採取影響選情的事，可能會影響兩岸局勢，因爲中共確有軍事準備的事實。

美國當時雖未明言所謂影響選情係指何事？但言下之意應是擔心國民黨為確保當選，可能會故意製造台海緊張，藉打出「危機牌」來凝聚票源。

這點美國當然是多慮了，台灣已經是民主的社會，不會允許非民主的情事發生；同時當時國民黨領導階層壓根到最後一刻都不認為連戰會落敗，又怎會採取「驚人之舉」。

三月十八日投票結果揭曉，國民黨失去了政權，李登輝獲知開票結果後，當晚便放下了國民黨主席的震驚，立刻以國家元首的職責在官邸分別接見總統府秘書長丁懋時、國家安全會議秘書長殷宗文、國防部長唐飛、參謀總長湯曜明、國民黨秘書長黃昆輝等政府首長會商。李登輝對於選後的兩岸情勢十分關切，他要求國家安全體系與軍方必須密切掌控對岸動態，基於國家安全的維護與人民權益的保障，重於政黨的利益，政府相關單位都要盡一切力量來做好最萬全的肆應。

為了讓新政府順利過度，李登輝也指示立即成立「交接小組」，負責處理五月二十日新總統就職典禮與之前的業務移轉問題。由於這次是史無前例的政權轉移，過去並無既定的前例可循，因此李登輝交代相關單位必須妥善規劃，以免發生交接過程的不當瑕疵。

當晚李登輝也隨即發表聲明，對民進黨候選人陳水扁與呂秀蓮當選第十任總統、副總統表示祝賀，盛讚台灣人民的高度民主素養。

「交接小組」是參考美國的經驗由現任總統的幕僚長負責，因此由丁懋時主持，率總統府一級主管組成。當時的交接工作分為兩部分進行，在儀式性方面，包括交接典禮、節目、場地、外賓邀約、酒會等典章部分，總統府早在選前已展開幕僚作業，故有相當準備；另在政策交接方面，則由李登輝構思決定後，再親自交給新總統。

五二〇就職之前，在李登輝與陳水扁多次見面中，政權轉移不僅是形式轉移，更須實質轉移，是李登輝的觀念。因此他站在維護國家利益的立場，對陳水扁知無不言、言無不盡，盡可能提供心得。

李登輝認為，他對陳水扁的一些建議，對新政府掌握執政要領應該有些幫助，不過陳水扁也有自己的看法。例如，陳水扁選擇唐飛擔任閣揆，李登輝是看電視時才知道的，並非出於其推薦。事過境遷後，李登輝不諱言，他對於阿扁打出唐飛牌的看法，與當時普遍的輿情反應並不相同。

李登輝認為在任內致力軍隊國家化、釐清軍政軍令系統，國防部長啓用文人的時機應該已經成熟了。但陳水扁認為，文人部長領導國防部的能力仍然有待觀察，孫震即是一例。

對於陳水扁大量啓用原政府的班底，李登輝十分樂觀其成，特別是兩岸、國安、軍情系統的鞏固，不僅攸關國家安全的強化，也確實在政權轉移過程發揮了主要的穩定作用。李登輝非常自豪，政權能夠和平轉移，對於台灣民主發展歷程是很重要的一個結果，它結束了「父傳子、做到死」的權力傳承模式，它更檢驗了民主體制確實已在台灣落地生根，剩下的只待民主內涵的提昇與充實。

對台灣經濟的大勢評估

一個政府的政績好不好？民衆經常的評斷標準是經濟有沒有搞好！任何一位卓越的政治領袖，若不能提供人民起碼的經濟需求，即使有再高的道德形象、再多的施政理想，都將成爲枉然。

尤其台灣的情況特殊，經濟與民主等同，是賴以生存的主要憑藉。李登輝在任內致力經濟穩定，卸任後一樣關注台灣的經濟發展，經濟政策是政權和平轉移重要的一部份，也是他與陳水扁之間始終的話題。

李登輝接任總統時，曾經面臨一波經濟轉型的考驗，他曾經花了將近五、六年的時間，想辦法如何將勞力密集的經濟型態轉換爲資本密集的經濟架構。當時主要的重點是吸引美、日廠商到台灣來投資，同時致力於將對美國的出超減少，對日本的進口降低。

約在江丙坤任經濟部長前後一段時間，當時政府以一百六十個項目執行，當時進口日本產品最大的項目是電視的映象管，數額高達六億美元，其次是冷熱氣的壓縮機，台灣透過購買日本的專利、引進日商等各種合作方式，逐漸將失衡貿易問題順利化解。同時在美國方面，配合衆多留美學生回國服務，政府加速發展資訊等IC產業，即時跟上了國際的腳步，爲台灣的經濟發展創造爲期不短的榮景。

「但是第一波所奠定的基礎，如今已經過去，必須立即接手進行第二波的經濟改革，否則無法因應新的情勢」，因此在政黨輪替後，李登輝曾經多次提醒新政府，必須把握現在經濟調整的關鍵時期。

李登輝認為，「當經濟在變動中的時刻，若採取安定政策，將無法應付危機」。他回想，九八年金融風暴，金融業繼製造業之後，一連串的問題發生時，他就曾經告訴財政部長邱正雄，財政制度必須要有不同的做法。在景氣壞時應該多用一些，等景氣好時，再用政府收入來彌補赤字。因此，有關財政平衡的原則，不宜一年一年來看，應按照一個時機，也就是景氣變動的循環來決定。

對於財政收支的問題，李登輝也指出，台灣現在的稅收項目是五十年前的同一套，根本與當前社會的發展有非常大的落差，稅目實在有必要重新調整，如此一部份的政府稅收即可以解決。此外，地方分配款應該加以調整，不要只獨厚於台北市，事實上台北市的建設已經大致完成，若繼續維持過去的比例，對其他縣市太不公平。

在任期最後階段，李登輝曾經不只一次告訴蕭內閣「現在社會已經飽和，不能只迷信安定的做法，安定會死。」但是行政院配合的情況並不如理想，以致相關問題延宕至今愈發嚴重，多少有些關聯。

不過，在政權轉移後，許多人受到目前經濟情況影響，一窩蜂往中國大陸跑，李登輝則非常很有意見。他不諱言指出，不少廠商競爭力下降的主因，是多年來經營方式與技術升級沒有變化，當務之急應該是加強技術引進，與管理方法的調整，如果不動腦筋，只想要紛紛出走，「這等於是自殺，無法永久，最多只能撐兩、三年。」

要解決當前的經濟困境，李登輝以卸任元首的經驗，主張採取非常手段。他認爲，「台幣若貶到三十四塊半或三十五塊時最有力，商人馬上都會賺錢，便不會再想去大陸。而匯率變動，外匯減少，自然通貨膨脹，民衆在心理上感覺物價將會波動，就會急著去買東西，房地產也將活絡，有助於紓解現在不景氣的局面。」

李登輝指出，中共雖然在兩千年時經濟成長高達三十，但是二千零一年連要達到十％都將相當困難。上一回金融危機時，中共就是將匯率調節四十％，影響其他國家無法出口。因此他也建議，未來台灣與美國不要只談軍售問題，軍售並不是問題，應該多談談經濟問題，了解美國對台灣若進行匯率調整的看法。不過，匯率的問題要搭配吸引外資的完整配套措施，想辦法讓外資儘量進來，才能減少錢外流的後遺症。

他也注意到，兩千年時，不少新銀行由於擔心放款會被倒，採取保守政策，使得肚子太大，現在自然面臨降息的壓力。「銀行目前唯一的辦法是進行合併，合併有錢後，可以進行投資，以百分之二十五的比例做控股公司，去買一些股價只有幾塊錢，卻有將來性的公司。這些約佔三成的公司不擅於經營，老觀念一套，重新由銀行派人去管理後，又可解決另一方面的問題。」李登輝說。

李登輝更指出，過去實施的百分之二銀行營業稅，原本就是要作爲鼓勵合併的優待，因此銀行合併的速度未來應該繼續加緊進行。李登輝靜靜觀察，過去政府留下來大約有十項的措施，陳水扁已經逐步在進行，並且已經慢慢抓住了要領，他相信，未來情況會愈來愈好。

不過，李登輝也了解，不論有多少經濟措施，政治與人心都要先安定，若不安定，再好的經濟措施做了也沒用。因此，他認爲，工時爭議還是應該想辦法解決，立法院宜協助規劃解套；核四也應該續建，理由在此。「尤其核四不僅牽涉國際信用，也連帶著巨額賠償，經濟部若有意要台電把賠償的錢列入上年損失，在結算中納入，恐怕將有更大的問題。」

新政府成立至今，工時案、核四與罷免總統案三個重大件事的發生，引起政局不安，這些情況，看在李登輝眼裡，跟著心急，更有所評斷。

兩千年十月間，李登輝因心臟血管問題在臺大醫院住院檢查，陳水扁與連戰分別都到達醫院探視。關心時局的李登輝藉機直率的告訴連戰，「罷免根本不對，不但沒有幫助，對國民黨也是負面，人家會笑你，說你輸不起。」「選輸了要罷免人家，人家會怎麼想？老百姓又會怎麼想？應該要趕快找個下台階平息此事。」

當次會晤中，因核四停建在「扁連會」後立刻宣佈而受辱的連戰曾經抱怨，「難道就沒有天理公道了嗎？」李登輝婉言相勸，人事間的事經常如此，應該要用智慧面對。這段朝野對抗的緊張時段，李登輝也經常叮嚀王金平，「要當國家的立法院長，不能只當國民黨的副主席，必須秉公處理議事。」

之後，大法官會議就核四案做成解釋文。陳水扁再度於一月中旬到鴻禧官邸探望，非常了解國民黨動向的李登輝，坦誠以告，「只有先復工，才能打開僵局。」他鼓勵陳水扁，「不能因爲問題艱苦就退縮，艱苦也要突破，人民選你當總統，你是國家的總統，不是只當民進黨的總統，民進黨內有人反對，你要去處理，以國家的利益為優先。」

新政府之後在衡量國內外的政經情勢後，由行政院於二月中宣佈核四復建，引起反核團體的強烈反彈，並在二月二十四日於台北街頭發動大遊行。李登輝一直高度注意事態的發展，遊行前幾天，他到國家音樂廳欣賞表演時，遊行指揮之一的長老教會牧師高俊明剛好坐在旁邊。

李登輝不忘善盡言責，主動對高俊明說，「阿扁現在是在處理問題，這點你們應該思考一下，非核是國家發展會議的共識，我也同意，但並不是把已經蓋了一半的東西，要立刻把它停掉，國家大政不能這樣處理。」

這是李登輝的切身經驗。八八年蔣經國剛過世時，儘管民主化已經是很清楚的政策方向，但迫於新手的現實，他也只能慢慢觀察、逐步了解，等到思考清楚後才能出手。

有所期許於陳水扁

新政府未來的發展會如何？美國AIT的官員在大選後，曾經特別請教李登輝的看法。李登輝說，「我是卸任元首，不能做任何評論，但是我判斷，必須等到半年後才能下定論。」當時他大膽的預測，「十、十一月之時如果順利，就不會有事；但倘若發生問題，這個問題就會很難在一時間解決，並且將在第二年的二月再發生問題。」

李登輝認爲，「只有等到發生兩次問題後，新領導人開始會思考爲什會這樣子？我該如何做才好？屆時一旦有SOS求助訊號發出時，我將會很願意幫忙。」

這是李登輝在陳水扁就職時做出的政治預言，並且在事後一一應驗，陳水扁受到核四爭議的羈絆，到兩千零一年上半年才逐漸掙脫出困境。李登輝爲什麼會如此斷言？李登輝當過弱勢的總統，也曾經在領袖道路上顛跛學步，依據經驗法則與政治週期，他對新政府開出了上述診斷書。

「生孩子都有痛苦的過程，何況是一個國家的轉移？」李登輝對於台灣首次政黨輪替後的局面，抱持著平常心看待，認爲這是短期現象，大家都不必操之過急。他甚至很樂觀的認爲，政權轉移如果沒有遇到困難，陳水扁會變成「好命兒」，將無法鍛鍊成鋼，訓練出領袖體質；唯有現在艱苦一下，將來才會有辦法。語意中對陳水扁有著諸多期許。

李登輝究竟如何看待陳水扁？這是一個非常有趣的問題，長期觀察李登輝與陳水扁互動的人都會發現，李登輝基本上是依照每個階段不同的位置，而有不同的考慮與對待。

九四年的台北市長選舉，是李登輝與陳水扁的第一次「交手」。當年出現的黃大洲、陳水扁、趙少康三人角逐局面，與二千年總統大選形同翻版。極力希望黃大洲當選的李登輝，雖然明瞭台北市民對於國民黨繼續執政已經出現疲乏的心理，但心中始終不認爲黃大洲會輸。

陳水扁順利當選市長後，李登輝擱下了國民黨主席的身分，改以國家元首的態度處理與陳水扁的關係。在李登輝的回憶中，他對「市長」陳水扁的印象極佳，這是反對黨人物中第一個得到執政機會者，基於追求民主改革的立場，李登輝認爲應該讓這個年輕人有一些機會。就任初期，陳水扁面對以國民黨爲多數的議會，施政備受掣肘，李登輝曾經親自交代台北市黨部主委詹春柏，「陳水扁現在才剛開始，不要故意找人家麻煩。」

這段期間，凡是陳水扁在台北市有任何活動邀請，李登輝都會交代幕僚排開其他行程優先前往。李登輝與陳水扁一同在木柵觀光茶園「喝茶」的鏡頭，外界印象深刻；現在陳總統辦公室也掛著一幅李登輝在端午節送龍舟給陳水扁的放大照片，說明當時的點滴。但是之後陳水扁與市議會的府會不合愈演愈烈，議長陳健治也有諸多抱怨，李登輝已經很難再插手。

九八年，陳水扁尋求市長連任，馬英九在最後時刻跳出來參選，原本不在李登輝的預料之內，但在馬英九決定接受國民黨提名後，李登輝又回到了黨主席的角色，決定在選前一週站出來爲馬英九站台，當天他提出「新台灣人」的訴求，成功彌補了馬英九在省籍上的弱勢。

馬英九最後擊敗陳水扁當選，李登輝臨門一腳的演出，引起了不少與李登輝親善的本土派人士輒有怨言，認爲李登輝不應該介入，去協助一個與自己路線並不相同的候選人。面對這些質疑，李登輝倒是坦然的認爲，作爲黨主席，如果不全力支持黨提名人，未來將何以帶領全黨？這是做人做事最基本的道理，他別無選擇。

陳水扁落選後，李登輝找他到總統府聊天，當面鼓勵他要重新站起來，末了以聖經故事中的約書亞激勵阿扁。李登輝是一個虔誠的基督徒，每當他引述聖經寓言時，定是眞誠虔敬的心情，他也確實由衷的希望反對黨能夠有政治菁英成長茁壯，而眼前的這一位假以時日相信必有局面。

歷經失敗歷練的陳水扁很快就在兩千年大選捲土重來，老實說，李登輝當時認爲時間未到，並未看好。若在八年後，甚至提前到四年後，很可能才是陳水扁的天下。但是，陳水扁再度讓李登輝跌破眼鏡，以百分之三十九的選票順利當選總統，整個過程猶如六年前的歷史倒帶，李登輝依舊到最後一刻都不相信連戰會落選。

大選後，李登輝與陳水扁一直保持著善意的互動。陳水扁是他黨的政治菁英，也是終結國民黨執政的人，照理是對立的一方，但是李登輝體認，這是人民做出的選擇，稍有民主素養的人都應該接受。陳水扁身爲國家元首，每一項決策都會影響國家、人民深遠，身爲國民的一份子，李登輝也認爲一旦在有需要的時候，他不能吝於提供經驗。

新政府在短暫的蜜月期過後至今未入順境，李登輝認爲，這涉及領導方法與組織問題，剛開始陳水扁較無經驗，不知該如何著手，因此使用強勢的做法推動政策，「但是我告訴他，不要自己一個人幹，你是大家選出來的，要和大家站在一起，慢慢來，才會有力量，現在要看你了！」

不過，治理國家的方法，新的人有新的想法，不能過去怎麼做，現在就非要怎麼做。因此每當陳水扁前來徵詢意見時，李登輝都會坦誠的告訴陳水扁，「這件事在技術上是如此，但是應該如何做決定，要看你的智慧，政治不是知識問題，我不能直接告訴你該怎麼做。」李登輝與陳水扁的處境未必一致，李登輝也經常說，「你在民進黨內有這麼多人拉著你，過去我是國民黨主席，我還壓得住，現在情況困難很多。」

李登輝認爲，經過政黨輪替的大變動後，台灣現在是政治型態要重整的時候，同時也是經濟重整的過程，政治與經濟離不開，唯有把這兩件事都搞清楚的人，才能有效領導。所謂的政治調整，李登輝未加遲疑的說，「年底立委選舉之後，重組的問題可能會發生，也就是劉泰英所說的主流結盟問題，這個主流很難以省籍爲基礎來區分，而是國民黨本身需要重新洗牌，重新組織。」劉泰英稍早拋出主流集結的風向球時，引起政壇各種不同的揣測，現在則首度由李登輝口中得到肯定。

政治重組的啓動在於國民黨的裂解，理由何在？李登輝認爲，當國民黨與親民黨合作後，國民黨似乎正在一直弱化，最後只靠著錢來凝聚，因此有加以調整的必要；其關鍵要看陳水扁是否有本事掌握調整的主動權，結合國民黨中部分理念類似的人，來形成一個較穩定的政治合作架構。

對於興票案的演變，卻加速國、親合流，在連戰方面或許以爲新政府既然不處理這件事，顯然是要瓦解在野聯盟，那他就非要和宋合作，不讓陳水扁得意。不論事實眞相如何，「若連戰眞有這種想法，這是不對的」。

關心國民黨未來的人士都有個共同的看法，「連戰各種條件都好，就是欠缺跳出少爺習性的自覺；敗選後，連戰對陳水扁恨意難消，怎麼說都改變不了。罷免案都是他身邊的人在煽動，他又不冷靜，以致於發生這種事。這十多年來，大家一直想辦法，看能不能讓連戰能夠自己站起來，但是到現在還是沒有辦法。或許這也是他之所以選舉失敗的原因。」

李登輝遭到一手拉拔呵護的後輩所傷，不少疼惜李登輝的本土大老，不得不感嘆，「連戰這個人不是大將，大將不會這麼做事！」大家十分擔心，連戰競選黨主席固然目前並無其他競爭者，也風光的當選，但若年底立委選舉的結果不佳，到時黨內會不會出現新的挑戰？連戰必須審愼因應。

兩千零一年三月的國民黨主席直選，李登輝與辜濂松等友人在球場打球，沒有前去投連戰一票，這不是一個不經意的動作，反映出李登輝心中最眞實直率的感想，作爲自由人後，他已經不再因爲外界的關切而勉強自己。對於李登輝的缺席，連戰說出「李已淡出，大家饒了他吧」的話，事後李登輝親口向連戰抱怨「我有做錯什麼事嗎？爲什麼要饒了我？」

至於宋楚瑜，「這個人很厲害，他盡量讓連戰與陳水扁鬥，親民黨現在看似氣勢很強，但是年底的選舉對親民黨眞正幫助如何？我看是未知數」。「以國民黨過去三次分裂的經驗看，凡是沒有走本土化路線者，都不會有存在的價値。」這是李登輝的註解。

宋楚瑜在興票案先獲不起訴，後又由高檢署發交台北地檢署再查，法律上的程序並未終結，仍在持續進行中，不論未來法律的判定爲何，「但是在民間大家心中都知道是怎麼回事，宋楚瑜也應該心裡有數，自己知道自己做了什麼事。過去他到處送錢、賣人情累積下來的資源，是否能夠延續到年底仍然有效？很有疑問。他做的事，得到利益的人當然更是絕口不提，但是地方的人都知道，只是不講而已。」與李登輝理念相近的人都這樣認爲。

國民黨、民進黨與親民黨都不過半，已經是二千零一年立委選舉極可能出現的結果，台灣的主流在哪裡？多數關心台灣前途的人都認爲，應該要利用這次的選舉慢慢形成。儘管距離眞正組成新政黨的時機爲時尙早，但是選後政治結盟的態勢若能出現，對台灣政局的穩定將是正面的發展。

李登輝非常坦率的表示，「只要阿扁展現處理問題的魄力，把執政的大格局拉開，台灣的主流一定會支持他，大家一起來把台灣各方面的建設做得更好一點。」

卷四／中國問題費心思

掌握兩岸事務的主導權

蔣經國於過世前兩個月，雖然宣佈了開放大陸探親開展交流之始，但是兩岸仍屬動員戡亂階段，延續國共鬥爭的敵對狀態，仍是當時社會的主流氣氛。

以廖承志在八二年給蔣經國的「度盡劫波兄弟在，相逢一笑泯恩仇」電報，即可一窺端倪。蔣經國當年在接到廖承志的這封政治性十足的來信時，曾經於七月二十五日立即轉呈給紐約的蔣宋美齡了解，蔣經國在這封「呈母親大人」的電文中評述：「此固爲匪統戰之一貫手法，但顯已推向另一更邪惡之層次方向，兒自將一貫的置之不理，並密切注意其後續發展伎倆」。

廖承志呼籲國共進行第三次合作，並願意立刻前往台北會晤，爲蔣經國所拒；在此之前的三年間，中共一再倡議國共談判，共竟統一大業，也皆因蔣經國的「不接觸、不談判、不妥協」，難得其門而入。

直到李登輝繼位，台灣所處的內外環境變得更爲複雜，內政、兩岸、外交三條主要施政軸線，經常相互糾繞影響，牽制著台灣前進的方向。在當時社會結構驟然蓬勃變化的環境下，要順利進行刻不容緩的國內政治改革，就必須先緩和兩岸情勢，也唯有調整與中共的關係，才能減少干擾台灣推行民主化的變數。

但是，李登輝就任第八任總統之後，兩岸政策的主導權並非完全操之於己，郝系律師陳長文以

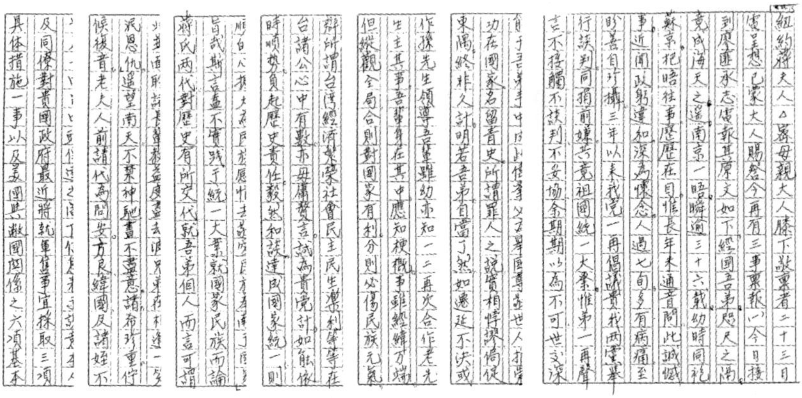
紐約蔣夫人△譯母親大人膝下敬稟者二十三日
奉呈想已蒙大人賜察今再有三事稟報(一)今日接
到廖匪承志傳報其原文如下經國吾弟咫尺之隔
竟成海天之遙南京一晤瞬逾三十六載幼時同窗
蘇京把晤往事歷歷在目惟長年未通音問此誠憾
事近聞政躬違和深為懸念人過七旬多有病痛至
盼善自珍攝三年以來我黨一再倡議貴我兩黨舉
行談判同捐前嫌共竟祖國統一大業惟弟一再聲
言不接觸不談判不妥協余期期以為不可世交深
[illegible]
功在國家名留青史所謂罪人之說實相悖謬倘使
東隅終非久計明若吾弟自當了然如遷延不決或
作孫先生領導吾黨雖幼亦知一二再次合作老先
生主其事吾輩身在其中應知梗概事雖經緯萬端
但縱觀全局合則對國家有利分則必傷民族元氣
辯所謂台灣經濟繁榮社會民主民生樂利等等在
台諸公心中有數亦毋庸贅言試為貴黨計如能依
時順勢負起歷史責任毅然和談達成國家統一則
[illegible]
旨哉斯言蓋不實踐于統一大業就國家民族而論
蔣氏兩代對歷史有所交代就吾弟個人而言可謂
[illegible]
泯恩仇遙望南天不禁神馳書不盡意諸希珍重佇
候複音老夫人前請代為問安方良緯國及諸姪不
[illegible]
及同僚對貴國政府最近將就軍售事宜採取三項
具体措施一事以及美國與歐國關係之六項基本

民國七十一年七月，蔣經國接到廖承志要求國共和談的電報當即向在紐約的蔣宋美齡提出報告，這是當時的電文內容。蔣經國已任總統四年，仍需凡事稟報，可見蔣宋美齡的政治地位。

紅十字會總會秘書長的身分，於九〇年九月秘密前往金門與對岸紅十字會簽訂了「金門協議」，就不在李登輝的控制之內。

「金門協議」是出於對岸的主動，目的在處理兩岸偷渡客與刑事犯透過金門遣返的問題，但是事前李登輝毫不知情，事後陳長文才以紅十字會的內部程序，向「紅十字會榮譽會長」李登輝報告，總統府爲之訝然。李登輝與郝柏村究竟誰說了才算？「金門協議」只是其中的一個事件而已，爭議必須依靠制度來解決，大陸政策決策機制的必要性也更爲突顯。

自八七年十一月二日開放兩岸探親以來，兩岸之間究竟應該如何走下去？政府內部從未建立任何相關的決策體系、機制與模式。李登輝與總統府副秘書長邱進益多次商談這個問題，邱進益當時規劃出三個架構性的層次，即國統會、陸委會與海基會。在這個戰略性設計下，國統會爲決策層次，交由陸委會執行，由於兩岸不能直接接觸，因此由半官半民的海基會擔任白手套。

在李登輝的角度，國統會設置的目的，當時最迫切待解的是求取兩岸關係的穩定發展，減少兩岸猜忌，以及我方內部的歧見，以爭取憲政改革的時間，因此使用了「國家統一」的帽子。

但在國是會議剛結束不到兩個月，李登輝就突然宣佈籌組國統會，並且未接受「自由民主統一委員會」更名要求，引起民進黨強烈反彈，新潮流系並對力主參與國是會議的美麗島系大加批判，朝野爭議再起。另一方面，國民黨的老立委則因國統會位階在陸委會之上，一致反對李登輝藉國統會擴權，凌駕行政院長郝柏村的職掌，黨內亦有掣肘。

在各方毀譽聲中，李登輝仍然貫徹國統會的組成，由其本人親任主任委員，李元簇、郝柏村與無黨籍的高玉樹分任副主委，完成三十位委員的聘任，並在十月七日舉行首次會議。陸委會與海基會也於次年陸續成立。

國統會一開始運作，即有國統委員建議應該仿照抗戰時期的「建國綱領」，訂定「國家統一綱領」，作爲推動兩岸關係的依循準則；兼任國統會執行秘書的邱進益因此受命邀集二十二位研究委員草擬，並在九一年二月完成制訂。

國統綱領的內容要旨在以時間換取空間，由於進一步預設統一的結果，再度引起民進黨感冒，紛紛在場外痛批；但事實上，李登輝的決策考量在於雖訂有統一的目標，但統一的條件並未成熟，也規劃一步步走向統一的近、中、遠程三階段，但每個進程沒有段落，也沒有時間表。同時，有關統一的前提亦明定爲自由、民主、均富、平等四者，等於是對統一設置了若干安全閥。希望達到解釋權在我，主動權也操之在我的目的。

國統綱領送進國統會討論時，由於不乏青年黨、民社黨、與國民黨統派的委員與會，為了避免決策腹案遭到牽制以致傾斜，總統府幕僚特別在事前私下商請康寧祥在會中強力進行獨派發言，以圖讓中間性質的政策版本過關。

康寧祥是當年民進黨主席黃信介無法與會下，唯一以「個人身分」參加的反對派人士，雖無法主導全局，卻經常發揮關鍵性的平衡作用。相對於國統綱領，康寧祥曾提出「兩岸共榮指導綱領」，將遠程目標定為民主自決，即不預設統或獨的目標，十餘年後的今日看來仍極為進步。

國統綱領最後在郝柏村也同意的情況下通過，成為中華民國與中共交往時依據的新方針。這是有史以來，中華民國首度在文件中明確的承認臺海兩岸分處不同地緣的政府，是兩個不同的政治實體，階段性的意義相當重大。

在國統會與國統綱領先建構完成，九一年四月三十日，動員戡亂時期順利終止，臨時條款隨之廢除，兩岸關係至此出現了結構性的改變。李登輝此時又再思索，既然結束了中華民國與中華人民共和國之間的戰爭狀態，則未來新的兩岸定位又是什麼？

以邱進益為首的幕僚們，經過集思廣益、反覆討論，並依據國是會議的共識，提出「兩個對等政治實體」的概念，希望藉承認中共事實上的政治地位，無形中也同時為自己定位。當時認為，政治實體是中性的敘述，在國際法與國際政治並無具體界定，從國家、政府、政權的一部份、獲有政治權力的團體等，都沒有定義，因此為創造性的模糊。同時，政治實體是針對兩岸為訴求，主張相互承認彼此爲政治實體，並非對國際而來；在國際關係上仍然堅持中華民國爲一主權國家，因此認爲並無降格的問題。

爲了進一步具體規範兩岸事務，〈兩岸人民關係條例〉也在九二年七月訂定完成，兩岸人民因交流衍生的諸多問題獲得規範，法律架構至此已告完備。

隨著兩岸互動日趨密切，兩岸糾紛頻傳，若干涉及兩岸制度的問題，必須經由兩岸協商解決，海基、海協兩會高層事務性的協商與談判迫在眉睫。但是在我方表達積極意願時，中共卻提出了「一個中國」，作爲談判的原則，並在多次協商時爲此不歡而散。

這個難題應該如何解決？李登輝因此在九二年八月一日召開國統會，先就「一個中國」的涵義做出我方的界定。在當時的時空條件下，國統會就「一個中國」的敘述有其智慧存在，即對岸指一個中國是中華人民共和國，我們則是指一九一二年成立迄今的中華民國，其主權及於大陸，治權則在台澎金馬。任何謀求統一的主張，不能忽視兩個政治實體、分治海峽兩岸的客觀事實存在。

當年主持擬稿的邱進益回憶，很少人注意，八月一日國統會的共識，已經出現將中華民國與中華人民共和國兩國並置的安排，也就是「兩國論」的精神早在文件中出現，儘管當年尚未有這個名詞出現。

根據八月一日「一個中國」的定義，李登輝非常放心的展開推動辜振甫與汪道涵的會面，他希望經由一個國際的場景，把兩岸的新關係做出確定。兩岸接續在交涉過程中，中共係以國共第三次會談的思維邏輯看待兩會高層會晤；台灣則經由國統會的討論，確立談判的目的必須突顯兩岸對等。

九三年三月辜汪會前夕，李登輝極其愼重的兩度找邱進益進行長談，希望邱進益由總統府轉往海基會擔任副董事長兼秘書長，以因應兩岸談判的需要。在此之前，海基會上兩任秘書長陳長文與陳榮傑，不是因過於鮮明的政治態度、就是曾發生「私會」對岸鄒哲開之例，經常演出白手套失控之事，原先決策一條鞭的構想受到侵擾。

李登輝認爲，兩岸的第一次高層會談攸關深遠，只許成功不能失敗。邱進益原是國統會、陸委會、海基會這個決策體制的設計者，若能及時到第一線去糾正並改善海陸兩會的互動關係，將可有效防止陣前內鬨的不利情事發生。

不過，邱進益爲「辜汪會」先期磋商的一趟大陸行，陸委會與海基會仍然發生後方與前線意見歧異的風波，黃昆輝與邱進益事後並在立法院公開針鋒相對。海陸體系始終狀況難平，多位當事者多年後都認爲關鍵出在認知問題。邱進益本人的看法是，「陸委會自認監督海基會，因此海基會任何事都應報告；海基會則以爲，接受陸委會委託只是業務的一部份，並非全部，因此無須事事報告。」

所幸九三年四月，兩岸首次辜汪會談順利在新加坡登場，會後並達成兩岸公證書使用查證、兩岸掛號函件查詢補償、兩會聯繫與會談制度、辜汪會談共同協議等四項協議，透過辜振甫與汪道涵在國際注目下舉杯致意，李登輝有意藉此凸顯兩岸和解的政治形式，以及雙方對等的形象，皆成功達成。

四項協議的簽訂，當時包括李潔明等不少美國人士曾好奇向我方探詢，以美國過去長年與中國打交道的經驗，中共總是先設立了一個原則，讓對手在它的框架下談判，以致繞不出中共的掌心，台灣爲何可以順利達成目的？辜汪會談也被美國政界視爲與中共談判的特殊成功案例。邱進益則告訴美方，對方並非沒有故技重施，只是台灣在坐上談判桌前，就先把「一個中國」給解套了，因此得以毫髮無傷。

從新加坡返國後，李登輝單獨找邱進益一個人到球場打了場球，慰勞並嘉勉其在這段期間的壓力。然而，海陸大戰未因邱進益是國王人馬而得以避免，仍然讓邱進益在當年底遞出辭呈，離開兩岸的談判隊伍。

究竟有無「九二共識」？

台灣與大陸之間究竟有沒有「九二共識」？在海基與海協兩會成立後，九二年那年兩岸又發生了什麼事？所謂的「九二共識」，從台灣新政府產生以來，一直是朝野爭執的焦點，海峽兩岸更有不同的論述，不時隔海打起擂臺，似乎成了一樁歷史大公案。

這件事要回溯至九二年十月的「香港會談」講起。

兩岸兩會當年由海基會法律服務處處長與海協會諮詢部副主任周寧，在香港舉行會談。這次會談原本預定的協商主題是「兩岸文書驗證」與「兩岸間接掛號信函查詢、補償事宜」。

但是在十月二十八日協商的第一天，海協會周寧就先要求海基會的許惠祐先就「一個中國」的表述方法進行討論，許惠祐表示，他不同意在實質問題之外另起爐灶，但是願意聽聽海協會的意見。

周寧於是當場提出了「一個中國」的五種表述方式，分別是：

一，海峽兩岸文書使用問題，是中國的內部事務。

二，海峽兩岸文書使用問題，是中國的事務。

三，海峽兩岸文書使用問題，是中國的事務。考慮到海峽兩岸存在不同制度（或國家尚未完全統一）的現實，這類事務有其特殊性，通過海峽兩岸關係協會、中國公證員協會與海峽交流基金會的平等協商，予以妥善解決。

四，在海峽兩岸共同努力謀求國家統一的過程中，雙方均堅持一個中國之原則，對兩岸公證文書使用（或其他商談事務）加以妥善解決。

五，海峽兩岸關係協會、中國公證員協會與海峽交流基金會，依海峽兩岸均堅持一個中國之原則的共識，通過平等協商，妥善解決海峽兩岸文書使用問題。

對於海協會提出的這五項方式，許惠祐當場沒有給予任何回應，他要求雙方應該重新回到協商主題進行討論。

十月二十九日，兩會再度協商，周寧又重提昨日的五種表述內容，並且進一步以「一個中國」原則與實質問題的解決，兩者是互爲條件。意即達成一個中國原則共識，文書驗證等問題即可解決；文書驗證達成共識後，兩岸也應就一個中國作成協議。對岸的目的很清楚是要將兩岸衍生的問題與政治議題掛勾，要台灣在它的框架下對話，許惠祐再度表示不能同意。

十月三十日，協商進入第三天，許惠祐在陸委會的授權下，另外提出了五種表達方案，作爲回應。包括：

一，雙方本著「一個中國，兩個對等政治實體」的原則。

二，雙方本著「謀求一個民主、自由、均富、統一的中國，兩岸事務本是中國人的事務」的原則。

三，鑒於海峽兩岸長期處於分裂狀態，在兩岸共同努力謀求國家統一的過程中，雙方咸認爲必須就文書查證（或其他商談事項）加以妥善解決。

四，雙方本著「爲謀求一個和平民主統一的中國」的原則。

五，雙方本著「謀求兩岸和平民主統一」的原則。

當時我方認為，中國仍處於暫時分裂的狀態，在海峽兩岸共同努力謀求國家統一的過程中，由於兩岸民眾間的交流日益頻繁，為保障兩岸人民權益，對於文書查證，應加以妥善解決。

同時，海峽兩岸文書查證問題，是兩岸中國人間的事務。在海峽兩岸共同努力謀求國家統一的過程中，雙方雖均堅持一個中國的原則，但對於一個中國的涵義，認知各有不同。但是海基會這樣的提法，經周寧聯繫中共中央後，兩會並未能取得共識，海協會周寧等人並且在十一月一日逕行離開香港返回北京，不願意再談。

對於協商破局，陸委會副主委馬英九當時在台北公開表示，台灣不會接受不加註明的一個中國，中共如果想用一個模糊的概念把我們吃掉，我們是絕對不能接受的。

陸委會為示解決問題的誠意，當即指示許惠祐繼續留在香港三天，並且要求周寧立刻返回香港繼續協商，以化解歧見，但是海協會始終未予回應，「香港會談」不得不到此中止。

針對香港會談未能達成具體結果，陸委會主委黃昆輝後來在行政院院會提出了報告，行政院長郝柏村認為，我們不必太介意，如果每次會談都期望有結果，未免太理想化。

十一月二日，海協會突然來函表示，希望共同促進辜汪會談的預備性磋商。海基會乃在次日回函指出，希望在「文書驗證」等兩項議題獲得具體結論，並草簽協議後，將立即進行辜汪會談的預備性磋商。

海基會也在函中抱怨，這些事務性的議題，已經七個月的商談，卻因海協會一再提出「一個中國」的政治性議題，而無法獲得具體共識，令人遺憾。

三日上午，海協會的孫亞夫打電話到海基會，表示海協會經過研究後，決定尊重並接受海基會各自以口頭方式說明立場的建議。他同時認爲，兩會可以各自採用口頭聲明的方式表述一個中國原則，至於口頭表述的具體內容，則將另行協商。當時，大陸方面並透過新華社發出新聞稿公佈上述內容。

至於海基會，則發出了另一個新聞稿，強調以口頭聲明方式各自表述，可以接受；至於口頭聲明的具體內容，台灣將依據國統綱領與國統會八月一日「一個中國」的涵義，加以表達。

十一月十六日，海協會又來函表示，尊重並接受海基會的建議，在相互諒解的前提下，以口頭聲明的方式各自表述。但也片面挑選了海基會在香港會談所提方案的其中一項，宣稱是我方的立場，並約定在各自口頭聲明後，可以繼續協商。

由於大陸企圖進一步將各自表述的內容加以確定，並經由函電往來將口頭各自表述形成書面共識，海基會認爲不能同意。

當時郝柏村的一段見解頗有見地，他說，中共表示我方可以用口頭表示對一個中國的看法，但卻是透過新華社來表達，又另外以電話通知海基會秘書長陳榮傑，並沒有直接的文字證明它同意我們對一個中國的說法，這就是中共一貫的手法，既不可靠，也不可信賴。

爲了再度明確說明我方立場，海基會在十二月三日回函海協會，重申兩岸對於「一個中國」涵義，認知顯有不同，我方爲謀求問題的解決，乃建議以口頭各自說明立場。至於我方口頭說明的具體內容，仍將依據國統綱領與國統會八月一日決議加以表達。

在各說各話的情況下，兩會在九三年三月繼續文書驗證的協商，並在四月順利舉行了辜汪會談。

但是，從九六年開始，大陸以各種方式詮釋九二年協商的過程與結果，並且提出限縮解釋，指各說各話只限用於兩會之間，沒有一個中國各自表述的共識。

兩千年台灣總統大選時，由於台灣前一年已經拋出了「特殊國與國」關係，大陸進一步以回到九二共識做爲復談的條件，並稱九二共識是「雙方均堅持一個中國原則」。由於不符事實，台灣未予理會。

在兩岸過去多年的互動過程中，「一個中國」始終未被定爲協商議題，而是在協商文書驗證時，大陸要求有所表述，台灣爲了解決爭議，而有所討論，最後以口頭上各自表述收場。香港會談時，雙方也沒有就各自表述的內容加以協商。之後，雙方也未再就「一個中國」的問題有所討論，即進行了辜汪會談及其他後續事務性商談。

因此，這個問題不只是歷史事實問題，也是政治問題，若非要說九二年兩會有共識，最眞實的敘述就是「沒有共識」。而九二年最重要的精神是擱置爭議，即使看法不同，能將政治問題擺在一邊，先商談兩岸人民權益的事務，並促成辜汪會談，這也才是兩岸良性互動之道。

南懷瑾安排兩岸密使會

李登輝主政十二年，兩岸關係從外表看來，有時波瀾壯闊、氣象萬千，有時又似驚濤駭浪、冷峭險峻，然而在昏暗深沉的水面下，李登輝分別與對岸兩代領導人鄧小平、江澤民始終維持一條溝通聯繫的秘密管道，直到李登輝卸任。

「九二年辜汪會談」、「總統直接民選」、「江八點」、「李六條」、「李登輝訪美」，這是牽動兩岸關係的幾件重要行事曆，這條秘密管道都曾試圖進行相互溝通、降低誤解的努力。

蘇志誠就是這項任務的執行者，外界稱之爲「密使」。十二年來，李登輝授權蘇志誠前往珠海、香港、澳門與對岸的「對口」會面共達二十七次，前九次香港學者南懷瑾全程參與，其後十八次，兩岸則共同排除「第三者」，直接對話。

隨著對岸權力交班，中國的「對口」也隨之更迭，由早初的中國國家主席楊尚昆的代表中央台辦主任楊斯德、汪道涵到江澤民辦公室主任曾慶紅。此一不定期的固定會晤在九五年因新黨立委郁慕明在立法院曝光而終止。

八八年，李登輝依憲法繼任的第一年，蘇志誠突然接到南懷瑾從香港打來的電話，南懷瑾告訴蘇志誠對岸有人希望與台灣聯繫，希望他轉告李登輝派人前去會面。除了電話通知，南懷瑾同時差人送來一捲錄音帶轉給李登輝，南懷瑾在錄音帶中縱論蔣經國故去後的兩岸情勢，「勸告」李登輝應該積極有所作爲，否則絕對難以維持局面。

南懷瑾自認是韜略家，以研究佛理、老莊思想著稱，早年在台北新生南路設置的道場，在威權時代，不少國民黨人士穿梭其間，修習打坐、參禪，孫運璿、蔣彥士、王昇、馬紀壯、蔡辰洲所謂的「五人小組」，即與南懷瑾交好，因此爲不少政治人物視爲可結識權貴的「終南捷徑」。八三年，「十信案」爆發，蔣彥士、蔡辰洲下台失勢，主持「劉少康辦公室」的王昇，不知節制權力運作，引起蔣經國關切，突然遭外放巴拉圭，南懷瑾見情勢不對，乃於八四年避走美國，後再由美轉到香港定居。

李登輝的媳婦張月雲、秘書蘇志誠皆曾到南懷瑾的道場上過課，敬稱南懷瑾爲老師，因此李登輝對此人有粗淺的認識，在蘇志誠報告南懷瑾的傳話後，李登輝盱衡當時的主客觀環境，並未實質回應。

事實上，同一時間來自對岸的帶話者不只南懷瑾這一線，趙紫陽也曾派出親信試圖與台灣的新領導人接觸，這個管道早在蔣經國時期即已存在，並有所互動。李登輝視趙紫陽爲中共開明派的領導人，在李登輝八八年繼任總統時，趙紫陽並曾拍賀電致意，這個善意的動作，讓李登輝在多年後都津津樂道。不過八九年六月，大陸發生了天安門事件，趙紫陽一派遭到整肅，負責牽線的這位親信因而逃往國外，失去了進一步聯繫的價值與功能。

同年，由高雄市長卸任的蘇南成，也同樣傳來楊尚昆希望與李登輝建立對話管道的訊息。蘇南成當時是經由紅粉知己、現已爲夫人的陳舒珊安排，走了一趟北京，歸來後立刻求見李登輝，蘇南成向李登輝展示了他與楊尚昆合照的相片，暢談其被招待於釣魚台賓館的禮遇。李登輝同樣默不作聲。

企業界的老友張榮發，基於在中國經商建立的人脈，當時非常慎重的建議李登輝，他有辦法安排兩邊的領導人見面，最好的辦法就是在公海上神不知鬼不覺的會晤，交換意見化解歧見，而他旗下的豪華郵輪可以發揮作用。

對於張榮發的提議，李登輝認爲根本行不通，首先保密絕對有問題，就算把船開到公海上，也要搭直昇機前往，直昇機一起飛所有的行動都會曝光；其次，則是在公海上的安全將如何維護，是個非常大的問題；更別談對岸是否會接受同意了。

繼任初期，李登輝將全部的心力放在國內政治改革上，一方面與黨內保守勢力周旋，一方面他急於在充實中央民意機構、修改人民團體法上做出些成績，因此並未積極處理這些來自各方的試探。

九〇年，李登輝歷經兩年謹愼低調的匍匐前進，國民大會選舉一舉擊敗「林蔣配」當選第八任總統，在國民黨流派鬥爭中獲得初步勝利，蘇志誠再一次接到南懷瑾探詢的電話，要求派人到港一會。

李登輝聽了蘇志誠的報告，開始思索今後六年究竟該如何落實台灣最迫切的民主改革？李登輝盤算，兩岸政策必須要有突破性作法，才能爲內部革新創造條件，而現在似乎是時候了！李登輝因此告訴蘇志誠，「可以試試」；至於人選，「要代表我和對岸通話，一定是要信得過的人」，環顧身邊沒有其他人，就只有一個秘書。

蘇志誠走了一趟香港，在南懷瑾寓所與賈亦斌「不期而遇」，南懷瑾主動提出希望親自到台灣面見李登輝。

九月八日，南懷瑾抵達台灣，當晚在大安官邸的書房與李登輝見面，雙方談了兩個多小時；九日晚間，兩人再次會面，又談了兩個小時。兩次的過程中，多數時間幾乎是南懷瑾一個人指天說地、高談闊論，講到興奮處，並不時站起身比手畫腳一番；李登輝則是不動聲色，冷眼觀察此人的一舉一動。

南懷瑾以「國師」的姿態告訴李登輝，過去兩位蔣總統對他都備爲倚重，在蔣介石時代，軍方請他前往爲將領授課，老蔣總統特別差人牽了一條麥克風到隔壁辦公室，以親自與聞其演講內容。南懷瑾也說，他曾經在李登輝獲拔擢爲副總統的過程中給予「暗助」，南懷瑾描述，有天半夜，馬紀壯專程前來詢問林洋港、李登輝、邱創煥這三人孰佳？他曾提出「李登輝無後顧之憂」的分析，對蔣經國發揮了關鍵作用。

針對兩岸關係，南懷瑾曉以和平統一的「民族大義」，認爲蔣家打下的天下，現在交給李登輝，沒有威望，但要累積德望，應該好好利用台灣八百億美元的外匯存底「做些事情」。

南懷瑾沒明說八百億美元究竟要怎麼利用？李登輝當場聽得一頭霧水。事後，南懷瑾私下告訴學生，八百億撥個千把萬，他就可以幫李登輝「買天下」；如果不行，國民黨在香港的黨產交給他管，也可以做出一番局面。

南懷瑾這趟台灣行，讓李登輝對南懷瑾印象持高度保留態度，兩人交談時在旁作陪的蘇志誠，則全程如坐針氈，深恐李登輝何時會站起來起身送客。

九〇年十二月，南懷瑾再度傳來北京希望接觸的訊息。此時，國統會、陸委會、海基會的兩岸談判架構正在籌備中，兩岸在隔閡四十年後要逐漸融冰，確實需要先有個人去探探水溫。李登輝於是指示蘇志誠再度前去一探究竟。

十二月三十一日，蘇志誠在香港君悅酒店首度與楊尚昆的代表楊斯德見面，南懷瑾一看蘇志誠到場，當即就招著手說「學生來了」；對話開始時，南懷瑾又拿出三台錄音機要求現場做個見證，讓蘇志誠心中泛起不祥之兆。

兩岸密使的第一次會談，雙方僅就隔絕四十年的疏離廣泛交換意見，互探彼此的想法與意向。蘇志誠主動澄清，台灣的舊勢力之所以無法爲廣大台灣人民所認同，係因爲他們長期以來「把肉吃了，卻連骨頭都還要啃」。九〇年在台灣發生的政爭，這些過去的統治階層由於無法獲得人民支持，因此落敗。蘇志誠提醒：這些人到中國大陸去所提供的情報，與事實有非常大的出入，不可以被誤導，例如他們指李登輝先生是獨台、台獨。事實上，李先生正在積極準備，即將宣佈終止動員戡亂時期，不再將中共視爲敵對的一方。

對於蘇志誠的說明，楊斯德立刻正面回應，中共中央對李登輝先生是很肯定的，也希望在他任內解決國家統一問題，這次中央對台工作會議確定將以李先生爲談判對手，他們從來沒說李登輝是「獨台」。他也告訴蘇志誠，他們也在幫李先生作工作，凡是有台灣朋友到北京，他們都會告知：若一味對本省人排斥，是不會被接受的。

次日是元旦，蘇、楊二人再在君悅酒店見面，楊斯德詳細詢問台灣國統會、陸委會、海基會的性質，與「國統綱領」的內容。蘇志誠一一加以解釋，並且說明李登輝計劃在五月一日宣佈動員戡亂時期終止的歷史意義。

楊斯德想了想後回答，兩岸之間既然沒有敵對了，何不坐下來談？從政治、軍事上根本解決，如果願意，五月一日之前雙方就可以談。

蘇志誠帶著錄音帶回台灣，李登輝在了解內容後擔心，兩岸私下接觸極爲敏感，錄音是非常危險的事，需要找個人紀錄，順道從旁給予協助。李登輝因此選定了與南懷瑾同樣具師生關係的鄭淑敏同行，李登輝認爲，鄭淑敏擁有美國護照，出入非常方便。

李登輝早在政務委員時期即與鄭淑敏結識，夫人曾文惠由於對藝文活動的喜好，也與鄭淑敏頗有往來，十多年的交誼，李登輝相信鄭淑敏是信得過的對象，由她擔任紀錄，可以讓蘇志誠更有餘裕應付場面。

確定人選後，九一年二月，李登輝把鄭淑敏叫到官邸，當面鄭重的交代，此事非同小可，千萬不可大意，萬一事情曝光，大家要有心理準備，做必要的犧牲。

蘇志誠和汪道涵、曾慶紅會面

二月十七日農曆春節，蘇志誠、鄭淑敏抵達香港，在南懷瑾寓所與楊斯德、賈亦斌等人會商，蘇志誠主談，鄭淑敏則忙著筆記。

類似的商討密集在同年三月二十九日、六月十六日、十二月二日持續進行，並在九二年六月十五、十六日接連兩天會晤後，畫下階段性的句點。較爲特殊的是，許鳴眞是在九一年十二月二日開始加入對話行列，汪道涵則於九二年六月由南懷瑾主導的最後一次兩岸會談中現身。

許鳴眞在中共元老圈中被稱爲「許老爹」，備受陳雲、楊尙昆、陳庚敬重。許鳴眞曾在九二年八月密訪台灣，與李登輝見面；九四年並再度來台，一直在兩岸互動中扮演重要的串場角色。

兩岸代表先前多次的接觸，除了降低敵意、增加善意，始終未能達成具體共識，包括兩岸是否簽定「和平協議」，中共方面因內部意見分歧，也一直未有答案。不過，九二年六月的這次談判，則有了若干突破性的發展。當天，台灣方面仍是由蘇志誠、鄭淑敏出席，中共則派出汪道涵、楊斯德、許鳴眞。由於九二年三月國民黨三中全會爆發「直選」與「委選」兩派衝突，汪道涵首先對此表示關切。

蘇志誠對汪道淵說明，李先生必須要推動總統直選，因爲台灣的老百姓歡迎直選，如果國民黨不走這條路，「直選會變成民進黨單一的本錢，國民黨將在選舉中失利」。蘇志誠也指出，當前只有國民黨主掌政權，才能對兩岸關係有正面的貢獻，大陸方面應該不會希望兩岸的基礎有所動搖。他解釋，現在兩岸關係正在加緊推動中，老百姓如果認爲總統可以直選，就會比較安心，而不會被掛上「台奸」之名。他希望汪道涵能夠向對岸領導轉達李登輝的看法。

延續過去幾次與中共交手的話題，蘇志誠並向汪道涵倡議兩岸應該公開簽訂和平協議，蘇志誠說，李登輝希望簽訂和平協議的目的，在向天下昭告兩岸的敵對狀態業已結束，如果台灣兩千萬同胞心安了，「接下來兩岸簽定三通將會比較順利」。

汪道涵提出黨對黨談判討論統一問題，蘇志誠告知，「這是行不通的」，因爲台灣已經有一個政府存在，這是一個事實，不能否認，大陸方面不要堅持一定要黨對黨。蘇志誠繼而主動指出，「爲了兩岸的和平發展，雙方領導人有必要直接會面交換意見，才能眞正解決目前橫亙於海峽之間的鴻溝；依照目前的氣氛，在李先生與江先生見面前，若無適當的鋪陳，恐怕很難促成」。他因此提議，「汪先生德高望重，是深受大陸領導階層信賴的大老，辜振甫先生在台灣也是社會尊敬的長者，他與台灣最高領導之間的關係非比尋常，不如由汪先生與辜先生兩位先見面，爲兩岸營造友好的開始」。

汪道涵沉吟了一會說，「這是一個好主意」。又接著問，「我與辜先生要談些什麼呢？」

蘇志誠表示，「不談政治問題，不談統一問題，不談具體結果，兩岸在分隔多年後，第一次廣泛交換意見，最重要的是先建立官方授權的高層對話機制，彼此可以藉此溝通觀念」。

汪道涵回答，「這我要帶回去請示一下」。又說，「這個地點應該在哪裡？」他認爲，「若在台灣，大陸內部可能有阻力；若在大陸，台灣的反對黨會有疑懼，雙方都不方便；若是在香港，有資本主義份子介入，大陸不放心。」

蘇志誠因此建議，「不如在新加坡，李光耀先生是我們兩方共同的朋友，他也一向關心兩岸間事，一事不煩二主，若行得通，可以傳話給李光耀，請他來代爲安排，至於公開的細節，則由海協、海基兩會就事務性的部分進行商談。」這次的密使對話後，兩岸經過多次聯繫取得默契，終於促成首度辜汪會議於九三年四月在新加坡順利召開。

在蘇志誠與汪道涵腦力激盪的過程中，南懷瑾最後拿出預先準備好的草稿，上書三項原則：一，和平共濟，祥化宿願；二，同心合作，發展經濟；三，協商國家民族統一大業。要求雙方簽字，但是台灣與大陸兩方都不願回應。蘇志誠以「李先生不會同意我出名的」，予以婉告。

南懷瑾見兩邊都遲疑，於是寫了兩封信，名爲「和平共濟協商統一建議書」，一封給李登輝，一封給江澤民、楊尙昆，分別交由蘇志誠、汪道涵各自帶回。南懷瑾說，「如果三個月內，兩邊都不回信，也不簽字，就到此作罷，不要再找我了！」

在與汪道涵等人見面前，南懷瑾已經感受到弟子不聽使喚，怒火中燒，當天把蘇志誠嚴厲訓斥了一個多小時，南懷瑾責罵蘇志誠不具誠意、難成大事，將成爲民族罪人。而對岸的代表則私下把蘇志誠拉到一旁，告知希望今後能夠與台灣直接接觸，「南懷瑾的管道太冒險了。」

事後，兩岸都沒有給南懷瑾任何下文，南懷瑾的舉動被兩岸代表視爲是想站在鄧小平與李登輝的肩頭，成就個人的歷史功業，南懷瑾因此在兩岸秘密溝通的舞台上正式退場。

汪道涵在這次晤談與蘇志誠相識後，九三年初邱進益前往大陸進行兩會磋商，與汪道涵碰面時，汪道涵特別對邱進益提起「請代我向蘇主任問好」？邱進益由於不知密使事，心中還納悶：哪個蘇主任？他怎麼會認識蘇志誠？

蘇志誠返台後向李登輝簡報當次會談就辜汪會作成的初步建議，李登輝思考後，決定提到政府高層會議上討論，包括是否舉行辜汪會？是否可考慮在新加坡舉行？

當時兩岸已經直接搭上了線，也互留了電話號碼。既然兩岸雙方都不反對由李光耀居中搭台，高層會議也決定辜汪會的地點就安排在新加坡，台灣方面要把此一決定告知對岸，蘇志誠的身份到北京過於敏感醒目，因此由在華視任職的鄭淑敏銜命進入大陸與王兆國、汪道涵等人會面，就共識加以確認。

兩岸之間有了促成辜汪會談的經驗，雙方的信心爲之大增，九四年元月，大陸方面又來傳話表示，江澤民指定的一個新的代表希望與蘇志誠直接見面，這個新代表是誰？對岸沒有明說。

蘇志誠值不值得爲此冒險一趟？李登輝十分謹慎，他於是要鄭淑敏再次前去確認一下對方的身分。鄭淑敏在北京經過重重帶路，最後在一個房間見到了新的對口中共中央辦公室主任曾慶紅。曾慶紅告訴鄭淑敏，「以後雙方就直接聯絡，不必經過其他管道。」

三月間，中共方面又捎來消息希望蘇志誠能親自到北京一趟，李登輝覺得不宜，未予接受。台灣之後提議由曾慶紅到香港，但擔心香港這個地方較複雜，南懷瑾又耳目衆多，恐消息走漏徒增紛擾而作罷，最後李登輝同意由蘇志誠前往珠海與曾慶紅打個照面。珠海的政治性較低，不似北京具有象徵意義，也比較不會引人注意。

行前，李登輝顧慮蘇志誠的安全，又要鄭淑敏循著規劃的路線實際演練一番，確認無誤後才做最後定案。於是四月三日，蘇志誠與鄭淑敏奉命取道香港，在麗晶酒店度過一夜後，四日在大陸方面安排下，由澳門乘車直接進入珠海，並在當地的一棟別墅與曾慶紅見面。

蘇志誠當時特別攜帶了李登輝的禮物，請曾慶紅轉贈給江澤民作為心意，其中包括台灣本土藝術家製作的結晶釉。曾慶紅則交給蘇志誠兩只江澤民送給李登輝的大花瓶，作為回禮，但是由於體積過於龐大，台灣代表當場傻了眼，但又不能失禮，只好拜託中共官員交由聯邦快遞運送。

九四年十一月，曾慶紅再次要求與蘇志誠見面，希望能夠要深入的交談，李登輝同意後，蘇志誠於二十五日二度啓程前往珠海。

這次會談中，蘇志誠重新提出兩岸應簽屬和平協議的構想，曾慶紅認為「這是國家與國家之間的行為」，依舊不了了之。

蘇志誠並提出大陸、台灣、新加坡合辦國際航運，雙方投資額四十五％，新加坡十％，以解決兩岸通航問題的建議，認為大陸方面應予重視。這個方案李登輝稍早已經向李光耀提出，李光耀與江澤民直接溝通未有進展，而經蘇志誠再提，曾慶紅也沒有回應。不過曾慶紅主動表示，江澤民與李登輝兩位領導人可以在「第三地」不期而遇，但不能在國際場合見面。

這次的交談雖然歧見仍多，但是氣氛十分良好，雙方都同意應該多溝通，了解彼此的想法，對穩定兩岸情勢有幫助。九五年的農曆除夕，江澤民發表對台政策「江八點」前夕，大陸方面就特地暗示，期望台灣方面屆時給予重視並友善的回應。

對岸的先打招呼，李登輝立即指示蘇志誠因應，幕僚因此在除夕夜忙得人仰馬翻。「江八點」正式發表後，原本陸委會的官員在面對記者查詢時還表示「不具新意」，但在年後李登輝在新春團拜時特別指出「江八點值得重視」，他並指示政府成立專案小組進行研究。表達出高度的誠意。當時外界與政府內部多數人都渾然不知，其實這個官方回應的背後具有如此曲折的過程。

其後，李登輝藉國統會的場合提出「李六條」作爲較具體的立場表述，藉此與江澤民進行隔空對話。李六條發表前，台灣同樣在事前提醒了江澤民方面多加體會台灣的用心。

蘇志誠與曾慶紅最後一次會面，是在九五年三月，這次在澳門的晤談中，蘇志誠告訴曾慶紅，對於李登輝即將前往中東與美國訪問，希望對岸能夠有所理解。「這是我們必須要做的，也確定將去得成。」

當時中共當局不認爲李登輝的美國之行能去成，根據錢其琛提報給江澤民的訊息，中共認爲美國行政部門不會同意讓李登輝去訪。因此中共的態度是「你們有你們的立場，我們有我們的立場，因此到時候批評還是要批評的。」

九五年四月，李登輝如期前往阿聯與約旦訪問；六月再往美國康乃爾大學發表「民之所欲，長在我心」演說，對岸初期並未有激烈反應，海協會副會長唐樹備也在赴美前依原定計劃來台訪問，這與事前已經取得默契有關。在多次的來來去去中，蘇志誠爲掩人耳目，極力保持低調，有次由中正機場出境時，竟然遠遠看到前國代王應傑從走廊的另一端迎面而來，蘇志誠當即就閃進廁所躲避。沒想到王應傑也走進了廁所，嚇得蘇志誠再跑進蹲馬桶處把門關上，確定王應傑走遠了，才敢出來登機，一路上還擔心兩人會不會上了同一班飛機！

也有一次，蘇志誠在機場通關時，海關很認眞的對他說，「你的名字和總統府有一個蘇志誠一模一樣，你知不知道？」，蘇志誠的回答是「眞的嗎？」

蘇志誠與曾慶紅的面對面對話，在九五年四月因新黨立委的揭露而不得不終止。消息曝光後，台灣當時接到對岸的電話通知，「以後不方便見面了。」對於郁慕明的消息來源，對岸推測是由大陸軍方所提供，因此認爲蘇、曾兩人的一舉一動都已經遭到反江系統所監視，因此不便再碰頭。

儘管如此，兩岸並未放棄既有的溝通渠道，九九年李登輝發表「特殊國與國關係」，事後台灣透過電話希望對方了解這是一個既有事實的描述，並非台灣方面新的政策。

兩岸密使隨新政府上台已經走入歷史，對於當年的詳細人事地物，當事人蘇志誠如今不願意再談及此事，也不證實各種說法，益加增添了這段密使案的神秘性。然而，台灣方面當年堅持以不簽署任何文件、不斷洽談兩岸和平架構的方式，守住了私密外交的法律份際，則是李登輝與對岸鬥爭周旋之外的另一篇章。

「九八復談」的交手過程

九六年台海危機過後，中共立即痛下檢討，深刻體認解決台灣問題的根源在美國，立刻將工作重點移往從事「大國外交」。

第一次辜汪會談在九三年完成後，兩岸兩會原訂在九五年下半年舉行第二次辜汪會談，但遭對岸以抗議美國同意李登輝訪美為由，逕行取消。在九六年三月台海軍演結束後，中共對於台灣採取了長達一年半的「冷處理」。

九六年六月二十一日美國外交政策全國委員會會長喬治・Schwab從大陸訪問後來台，秘密向辜振甫轉達汪道涵的口信，盼密爲安排辜汪兩人在夏威夷見面，辜振甫當時請示李登輝後，即覆告史教授表示同意，但經史教授轉去後卻無消息。直到次年的三月四日，辜振甫始接史教授回信，稱中共聯合國代表團某位官員答覆，中共長達半年未與台灣方面聯繫，「係囿於某些主客觀因素所致」，請辜振甫勿作負面聯想。在香港回歸後、十五大之前，也恐不會有突破。

九七年七月一日，香港回歸，辜振甫應邀赴港觀禮，原擬再藉機與汪道涵會晤，但中共最後卻決定不派汪去，改由唐樹備前往，並且表示在港不便會談，顯示中共的內在問題重重。

除了消極抵制，在外交場域，中共也極盡杯葛。當時，台灣原擬與俄國互派駐代表，提昇交往位階，雙方商談已經幾乎成熟，但因遭到中共強力反對，使我與俄國關係無法進一步發展。俄國後來與日本商談建造油管合作，曾經私下又來洽詢我方是否有意願參與此一計劃，台灣經過評估只好表示婉謝。

經過檯面下的一番交手，九七年十一月，兩岸兩會在中斷交流兩年多後，對岸海協會突然來函，主動邀請海基會副董事長焦仁和參加在廈門舉行的經貿會。海協會在這份函件中，片面決定開會時間、地點、議題，甚至要求焦仁和與會的講稿必須事先送中共審查的動作，令我當局深感背後的動機極不單純。

這場研討會主要議題在批判台灣的「戒急用忍」政策，焦仁和若在對方佈置的場景下演出，究竟是否適宜？曾經在政府高層會議上引起討論。有人認爲焦仁和應該去，以免中共藉機在國際上做文章，若中共眞有設計我方的意圖，屆時可發表嚴正聲明；有人則主張，爲了試探對岸是否眞具交流的誠意，可以直接回函建議由海基會董事長辜振甫訪問大陸。

李登輝對於對岸憑喜好直接點名我方人士出列的做法，十分不以爲然，因此裁示海基會在十一月七日函覆告知對岸，希望由辜振甫前往大陸訪問，未同意焦仁和以職務或私人身分受邀。果然，中共對我方的較勁惱羞成怒，基於目的無法達成，最後連整個研討會都予以取消。

面對兩岸與國際出現的新情勢，以及即將到來的復談可能，十一月十四日，李登輝親自召開國安會議，決定成立「兩岸關係策略小組」，負責規劃與擬定國家整體策略，以因應兩岸關係與務實外交所需。

這個秘密的極高層專案小組，成員包括總統府秘書長黃昆輝、國安會秘書長丁懋時、行政院副院長（先是章孝嚴、後是劉兆玄）、陸委會主委張京育、外交部長胡志強、國安局長殷宗文、國策顧問曾永賢、總統府副秘書長蘇起、國安會諮詢委員張榮豐與國安會副秘書長林碧炤，共十人。

這個小組經常在隱密性極高的國安局各招待所舉行策略會議，組成沒多久就提出了「兩岸談判作業綱要」。當時政府認爲，未來談判的目標在使兩岸談判先回到事務性協商；在策略上，是以談判來維持現狀，因此事務性的協議可以簽署，但是政治性協議則要避免，也應及早成立談判隊伍，進行必要的訓練。

按照作業綱要建議，談判的原則是和平、主權與對等，強調拉長事務性協商可以有助於兩岸培養共識，以免馬上進入政治性談判，兩岸可能因爲談判破裂反而造成緊張對立；而依據經驗，中共履行協議的不可靠性太高，也是必須謹慎爲之的主因。

另一方面，中共對於兩岸協商非常積極，陳雲林在十二月下旬主動密約統一企業負責人高清愿到香港商談，要求帶話給李登輝，他們希望進行程序性協商，然後再就其他議題談判。

基於對岸的冀求愈來愈明顯，策略小組決議應該對當時的大陸政策決策及執行體系做一次徹底的檢討，否則無法因應新局。

海基會的董監事內有企業界與媒體人士，陸委會對其財務狀況無法掌握，以致經常造成指揮失控，海基會凌駕於陸委會之事頻頻爆發。鑒於過去的教訓，爲使海基會的白手套功能確實如臂指使，九八年二月，海基會進行了人事調整，由陸委會副主委許惠祐出任海基會副董事長兼秘書長，焦仁和則調往僑委會，這兩人在政策路線上的區隔，明顯反映出政府高層對兩岸互動的談判思維。

對於我方提出由辜振甫前往大陸訪問的建議，中共經過三個半月後才在二月二十四日來函表示同意，不過也順勢要求就「政治談判」的程序性事宜進行協商。

「政治談判」是個吸引鎂光燈的議題，爲了防範我在國際觀瞻上吃虧，三月十九日，李登輝罕見的召開第二次高層會議，就對岸拋出的這計變化球加以商討。最後確立對外一致的口徑是：我方積極正面看待政治談判，但採取循序漸進方式處理；任何問題都涉及政治，談政治問題未必是統一問題，最重要的是透過對話，建立互信。兩岸若在缺乏互信基礎下展開政治對話，只會使僵局提早形成，反而不利兩岸關係。

當天會中同時也隨即決議，針對復談準備，再成立兩個小組，「兩岸關係文宣小組」由新聞局長程建人召集；「兩岸談判規劃小組」則由張京育主持，分別邀集總統府、國安會、新聞局、外交部、陸委會、海基會、國安局官員參加，以妥善就擴大國際能見度、解構敵我談判策略，積極備戰。

台灣的態度很清楚，辜汪會的定位是緩和兩岸關係，談判時間愈長愈有利，因此必須拉長談判的縱深，在程序上，堅持循兩會副秘書長、秘書長先協商的流程，再進入辜汪會談的實體，爲辜振甫去訪前鋪陳一段充份的發展過程。

針對辜振甫去訪的時間點，策略小組規劃了兩個時段，一是九月二十至二十八日，一是十月二十至二十八日，不過認爲九月依往例正是我國推動參與聯合國活動的熱季，同時太接近中共的國慶；而十月下旬天氣好，兩會也不忙，較爲適合。

這樣的盤算，當然與中共的期待不同，因此兩岸尙未上桌，就已經展開鬥智的角力。

中共先是在我海基會副秘書長詹志宏四月去訪期間，非常針對性的宣佈與我友邦幾內亞比索建交，給了台灣下馬威，接著又計劃跳過許（惠祐）唐（樹備）會談，直接安排辜汪會。

中共當時力促辜汪會提早在六月舉行，希望在柯林頓訪問大陸前，主導兩岸交流，製造兩岸和平表象，既給柯林頓面子，同時也可向美國在台灣問題上施壓。

於是，我方堅持不同意跳過許唐會直接安排辜汪會，不惜僵持互動，等待對方妥協，終於在九月十五日接到海協會同意許惠祐於九月二十二至二十四日訪問大陸的函文。

中共杯葛許惠祐去大陸，與唐樹備過去交手的不愉快經驗有關，對岸稍早點名焦仁和去訪，台灣卻派出許惠祐，取代了焦仁和，對台灣的決定，唐樹備有意給點顏色，表達不滿。

當時，有學者向政府表示，對岸經由管道傳來消息，對於唐樹備抵制許惠祐的動作，江澤民方面認爲不妥，曾經派人找唐樹備說「人家決定的談判對手，我們有什麼理由拒絕」，唐樹備才勉予同意發函給許惠祐。

在許惠祐出發前，策略小組於九月十八日召開的會議上，引述了某位民間人士從大陸所帶回的極敏感訊息。這位民間人士向高層方面轉達江澤民親近人士的話表示，中共目前處理台灣問題的三階段是「坐下來、不分出去、祖國統一」，在現在坐下來談的階段，他們打算請李登輝訪問大陸，但不能使用中華民國總統的頭銜，可以考慮「國民黨黨主席」或是「台灣方面領導人」。

這位人士也轉述，中共爲了促使李登輝北京訪問成行，可能先邀民進黨主席前往；這次的辜振甫來訪，將會與江澤民會面，在辜汪會後，對岸考慮由陳雲林找張京育談，或者由曾慶紅找黃昆輝或章孝嚴談。

中共是否眞有意邀請李登輝到大陸訪問？訊息尙待進一步查證，但至少可以確知，對於即將展開的辜汪復談，對岸的態度相當友善。

這次會議結束後，李登輝曾親自下令所有與會成員嚴格守密，不得將會中訊息外洩，以免引起無謂紛擾。

國安會根據各種情勢的歸納與研判，在九月三十日向李登輝提報了這次辜汪會談的策略報告。繼九三年四月第一次辜汪會之後，九八年的第二次會晤台灣定位於「參訪」性質，主張繼續以兩岸會談的方式彰顯兩岸對等。復談是爲了未來的兩岸關係塑造良好條件，因此只要辜振甫與汪道涵兩人見面，國際媒體廣爲報導，目的即已達成。我方因此認爲，既然辜汪會是爲兩岸關係恢復常態話的開始，調子就不宜拉太高，避免給國人與國際社會過高的期望。

針對衆所矚目的李江會議題，李登輝雖然多年前已經說過願意前往大陸從事和平之旅的願望，但幕僚們評估現在時機還不適宜，因此主張在代表團與江澤民會晤時，應該主動提起兩岸領導人若能在APEC場合自然見面，將對兩岸關係與亞太和平有積極貢獻。而這項呼籲，即在回應稍早中共內部有意邀請李登輝訪問大陸的可能動作。

辜汪會上，打出王牌

十月十四日辜振甫一行啓程到達上海，展開兩岸闊別五年後的再次會晤，台灣由於打出「民主牌」與中共對弈，彰顯世界主流思潮，在國際社會頗受好評，充分創造了台灣的價值意義。

但是，「民主牌」的提出，在事前卻有一番曲折的決策過程，甚至一度遭到刪除，最後由李登輝介入才順利翻案。這次的經驗，說明領導者掌握議題方向的重要性，也說明參謀作業務必靈活多元，才能在兩岸談判中出奇制勝。

當年在政府內部研商的過程，辜振甫應在對岸強調「對等」，有關部會始終並無異議，但是應否藉此行推出「民主」，則出現了兩派截然不同的意見。

「民主牌」的設計，當時包含若干具體的實施配套，諸如在訪中期間邀請汪道涵在當年底來台觀選、呼籲中共開放黨禁、促成政黨政治、兩岸基層選務交流、以及台灣願意代訓對岸選務人員等等。

國安會「策略小組」會議就此討論時，是由許惠祐代表海基會提出報告，但是外交部與陸委會表示了不同的意見。

外交部當時反對的理由是，汪道涵如果在年底選舉期間來台訪問，可能會影響國民黨的選情，應該審慎評估。倘若屆時汪道涵選擇性的為候選人站台，會對國民黨有所衝擊。陸委會則站在不同的戰略角度認為，辜振甫此行最重要的意義在營造兩岸和諧氣氛，若指明對方係來觀選，對方不可能接受，恐將節外生枝，被疑為挑釁，因此不宜設限汪來訪的主題。但是海基會則堅持，我方不應代為對方考慮是否接受，如何突顯台灣的民主才是最重要的。

各部門各自僵持的情況，驚動了李登輝，他在充分了解內部不同的考慮後，做了愼重的思考。他認同海基會的主張，台灣與大陸在國際上最大的區別就是民主，民主也是台灣最重要的安全防線，遠比飛機大砲都重要，不應該只為求談而忌憚提出。

十月十二日是十分關鍵性的一天，代表團出發前兩天，李登輝傍晚在官邸召見辜振甫、許惠祐等所有大陸行的團員，丁懋時、黃昆輝、殷宗文、張京育、張榮豐也參與討論。他一一聽取團員的報告後認為，大家雖然準備充分，但是沒有抓到要領。

李登輝因此發表了一篇提示性的談話，他說，「兩岸分隔數十年的問題，大家不要寄望一、兩次會談就要把所有問題解決，誰說會談就一定要有結果？我不要你們簽什麼協議回來，我也不會用這個來給你們打分數。」他又說，「這次去，一定要談台灣的民主，並且在國際文宣上強調主權對等，這兩個法寶缺一不可。」

李登輝並且叮嚀，所有的團員雖然各有分工，各憑專業提出建議，但是一切都要聽辜振甫的指揮，發揮團隊精神，務求對外時立場一致。

李登輝的話紓解了團員的壓力，辜振甫因此輕鬆的表示，他這次的工作在代表總統，同時兼負對話的責任，任務十分單純，他一定會把握機會在國際上宣揚民主、突顯對等分治的事實。

十月十三日，全體出訪團成員在國安局舉行行前最後一次會議，正式將原被刪除的「民主牌」相關策略一一予以恢復，並決定在到訪大陸後由辜振甫、許惠祐、康寧祥等人分別擔綱演出。

這次的團員選派，各有功能執掌，除了辜振甫是靈魂人物，康寧祥是以國統會委員、但曾爲反對黨的經歷，成爲見證台灣民主，訴求政黨政治的代言人，蔡英文負責對國際媒體闡述政策，吳榮義則職司經濟出擊，張榮恭在結束大陸行直接飛往美國，代表台灣對美進行簡報，搶得國際認同的先機，是一次極爲紮實的團隊作戰。

當年，辜振甫結束訪中行程後，是取道日本東京回國，這也是一個戰術設計，卻在內部會議討論時被否決。海基會認爲，辜汪復談是很重要的國際宣傳戰，應該掌握第一時間到國際上去發聲。但是陸委會則遲疑，辜振甫是經由港澳前往上海，回程時再由港澳回台北，較爲自然；若經由東京回程，恐怕會引起不好的聯想，事實上也沒有必要繞遠路回來，抵達台北的時間會太晚。

針對陸委會的看法，辜振甫曾經力主，從東京回國一事已經告知中共了，沒有什麼不好，中共代表來台灣時，可以從中正機場來，從小港機場回去，爲什麼我們就不能走不同的路線？離開北京後怎麼走，是我們的事，不需要去考慮這些。

但是丁懋時仍然裁示，海基會去查一下由港澳回來的航班，並且更改十九日回台的時間，沒有採納海基會的建議。

但是會議結束後，許惠祐查了十九日由北京出境的班機，卻發現當天第一個航班就是飛往東京，海基會因此決定「抗命」，逕自按照原定計劃，由東京繞道回國，辜振甫後來在日本機場與國際媒體「不期而遇」，藉接受訪問，宣揚台灣致力台海和平、區域穩定的立場，爲兩岸角力又打出漂亮的一擊。

辜江會上，辯論民主眞義

九八年辜振甫訪問大陸的行程中，除了在上海進行歷史性的第二次辜汪會議，最重要的重頭戲當屬北京的「辜江會」。

當年十月十八日，辜振甫與江澤民在釣魚台國賓館進行了一小時又四十五分的對話，兩人上天下海，談古論今，然而交集極少。在這場兩岸矚目的會晤中，江澤民使用了多國語言，英文、俄文、德文、義大利文，全都賣弄了一手；並且即席唱了抗日時期流行的林念兒畢業歌、日本童謠，以及京戲。此外，也引用魯迅詩、蘇東坡的詞，來描述兩岸關係。

江澤民當天會見辜振甫，神情相當輕鬆，他從辜嚴倬雲的祖父嚴復談起，聊到喜歡京戲的汪道涵。江澤民說，汪道涵在新四軍裡有小梅蘭芳之稱，「他這個臉兩邊長的白白淨淨的。」他也說，汪道涵是他的校友、學長，也是他的老上司，比他大十五歲。

兩岸兩會協商當時已經中斷了將近三年半，在言歸正傳後，辜振甫應江澤民要求表示意見，首先就提出了希望汪道涵能到台灣走走的話題。

辜振甫說，兩岸的環境有它歷史性的背景，清廷視台灣爲化外之地，就割讓給了日本，我們在日本統治之下過了五十年，日子過得蠻辛苦的，現在我們能夠當家作主的時候，自然希望有一個很光明的未來。南北韓雖然在五年前簽了和平協定，但到現在爲止，彼此不能夠交流，這樣子就不是眞正把雙方的感情結合在一起。

他又表示，我們的李先生，老早已經宣佈放棄以武力解決兩岸之間的問題，不過大陸方面還沒放棄，我希望大陸方面能夠放棄，比如終止敵對，否則有一點點敵意，彼此就互不信任。兩岸要能互信，在於遵守新加坡簽訂的協議，我跟汪先生隨有有必要就見面，互信的初步只能用這個方法來建立。

針對中共要求政治性談判的部分，辜振甫指出，基本問題就是台灣的定位問題，兩岸目前是處於分治的狀態，五十年來就是如此，我們管轄權彼此都沒有重複或是涉及干預，大家都好好的各自治理自己的範圍。所謂的定位問題，也就是「你把我看成什麼」，這點台灣的人民很在乎，好像我們的存在被否定了的反感，台灣人民四百年前從大陸過來台灣奮鬥到現在，你假如否定我的存在，那我怎麼做人哪？

他因此建議，我們並不放棄統一，不過在還沒統一前，我們雙方是不是同稱兩個互不隸屬的政治實體，彼此的承認不妨礙將來國家統一，例如德國的例子。「假如說一個對手，他是沒有身份的，如何來進行政治談判？」

辜振甫接著打出民主牌，他對江澤民說，台灣五十年來民主化的程度已經到了一個水準，不是說台灣的民主沒有缺點，不過世界潮流告訴我們要走上民主、自由化，才能使社會穩定、政治開明、經濟發展。他解釋，談民主，不是說大陸一定要接受台灣模式的民主，而是假如要走民主，中國人在中國的土地上，台灣的民主是不是一個嘗試成功的例子？彼此可以來切磋。

江澤民聞言果然不能接受。「余致力於國民革命凡四十年……」他當場背起了一長段將近三分之一的國父遺囑，而後從辛亥革命、國共談判、講到抗日救亡運動的歷史。

江澤民接著提起，他痛恨日本人，就是鴉片煙，念大學時曾經到南京夫子廟的鴉片煙館去砸店，把整個鴉片煙都燒了，人昏倒在裡面，日本憲兵隊刀槍林立對著他，但是也沒有辦法。他又說，抗戰勝利後，他與錢其琛兩人已經是上海的地下黨，地下黨顧名思義是反對當時的政權，「我們窮盡所有心力，口號就是我們要民主，我們要自由」，自由民主也是我們的理想。

他又說，他經常參加世界領導人的國際活動，到哪裡都有一種話，就是「江澤民是不是暴君」，「你看我像是一個暴君嗎？我看我，是很開明的。」接下來，江澤民帶回正題指出，對於民主，他有一個相對論的概念，而不是一個抽象而原則的概念，他也曾對柯林頓談過，世界是豐富多彩的，假使說世界只能有一種模式，那是絕對不可能的。

他繼續說，「中國絕對是採取民主態度，而且我還要不斷的加強，要推進我們的民主。但是有一點，中國的民主和其他國家的民主不完全一樣，我們的民主首先要面對十二億人。」

江澤民主動表示，他最近非常注意大陸的村民選舉，有人說既然村民選舉是民主的，是不是可從村一直到鄉，一直到縣，一直到省，一直到全國？他跟所有的外國元首說過「不可能的」，毫無實現的可能。「十二億人都要去民選一個中華人民共和國的國家主席，怎麼個選法？我們還有一億多是文盲啊」，經濟的發展水平、居住的條件，各方面都不一樣，不可能全部用直接選舉的方法。

辜振甫這時回答，「你在注意農村的選舉，我想這是一個很好的開始，」所謂的民主，其眞諦在於實行政黨政治，政黨政治是政權交替的問題，要放棄一黨專制的問題，所以一定要教育普及，大家有民主修養，能夠很和平的推動，在中國自己的土地上實現。

辜振甫也試著詢問，農業問題是不是可以讓台灣提供一點經驗，大陸現在有兩億戶以上的農民，台灣只有六十八萬戶農民，以耕種面積來看，大陸平均只有台灣的二分之一，這是一個兩岸對話的題目，台灣方面有充分的準備，也有農業發展基金，可以提供一點經驗與協助。

江澤民此時顧左右而言他提起了台灣問題，他認爲，台灣問題是屬於中國人自己打內戰，打完內戰以後，新中國就建立了，當時在聯合國，西方並沒有完全支持，一直到一九七一年，因此現在兩岸何不各搞各的，台灣是資本主義或政黨政治，他們是中國特色社會，這完全是自己兄弟內部的問題，不容外國人來干預。

江澤民又說，兩岸間的障礙，曾經是日本人，特別是要把台灣當做打不沉的航空母艦，之後美國人又繼承衣缽。他強調，「我是實事求是」，這是有根據的，也查考了很多原始的文件。

江澤民因此對辜振甫表示，沒有任何理由，兩岸要分開下去，「我們應該完全統一，統一之後，我們不會有任何人到台灣去當官；相反的，台灣當局可以有人到中央來，應該可以做中國的領導人，當然代替我的位置不好玩，是不是？」他認爲，海峽兩岸的同胞若能統一起來，可以在整個全世界上出口氣，應該是數一數二的！

江澤民很興奮的敘述，他這次上前線抗洪，有兩百萬人上長江大堤，他擔任軍委主席九年多，沒有打過仗，這一次當了名符其實的司令員，連海軍陸戰隊都調來了。

他接著強調，這次他們沒出大紕漏，「而且今年還要豐收」，糧食多了不好辦。中國是沒糧食時，怕糧食少，糧食多了以後，又有問題，因爲一斤糧食要花一毛多錢至兩毛錢的保管費，要倉庫保果、要搬運、要運輸，鄉下負擔的成本就高了。江澤民的言下之意是農業合作就不必了！

由於行前我方規劃應就「李江會」主動出擊，辜振甫於是接著提到APEC即將在下月在馬來西亞開會，他向江澤民提議，是不是請李登輝先生自己出席APEC會議，不要代理，這樣可以和江澤民談談，因爲兩位領導人都曾經表示過互訪的意願，因此是否有此機會，不一定是今年，今年更好。

辜振甫認爲，這次的金融風暴不是一個國家能置身事外的，尤其在國際上對基金的操作應該有一個遊戲規則，應該把大家的力量合起來，否則都會遭到衝擊，這是很危險的。

江澤民隨即如預期否決了這個提議，他說，「如果是在國際會議上，很容易被傳媒炒熱，會產生若干誤解，我很坦誠的講，恐怕這不太行得通。」

簡短打發了這個話題，江澤民回過頭就辜振甫原先提起的政黨政治回答，西方包括美國經常問，中國怎麼就一個政黨？他說不是，中國還有八個民主黨派。有人又問，八個民主黨派怎麼沒有反對黨？他說，沒有，他們都是參政意義政黨。江澤民解釋，這是中國歷史過程當中逐步形成的，這些民主黨派中也有中國國民黨，「十二億人，沒有一個堅強的leadership是不行的。」

江澤民也舉例，這次的抗災，如果不迅速決斷，洪水馬上就來了，「只要一個電話給我，海軍陸戰隊馬上飆上去」，決策快多了，否則慢慢地怎麼行。因此，每個國家的情況不完全一樣，這要靠相互間的了解。言盡於此，江澤民顯然無意再談，閒扯了一些無關緊要的話後，即與辜振甫相互交換紀念品，起身送客。

辜江會的對話過程，李登輝想到都會笑，辜振甫回國後，他親自在總統府接待，給了辜振甫最高的榮譽，徜徉兩岸談判近十年，薑也的確是老的辣。

卷五／石破天驚兩國論

強化主權國家定位

「我希望在卸下總統職務之前，能集國際法學者之力，就台灣的國家定位問題，提出更完整的解釋。」這是李登輝在《台灣的主張》一書中做出的預告。

台灣國家定位遲遲未在國際間獲得公平的看待，是李登輝主政十二年間始終感到無力與焦慮的難題，任期愈接近尾聲，心中的緊迫感愈發強烈。九八年，當剩餘的任期只剩一半之際，與李登輝親近的不少黨政要員，都會經常聽聞李登輝對台灣的存在與國家主體性抱持關注。

某日，李登輝與時任國安局長的殷宗文在閒聊的過程，再次提到台灣主權地位的問題。李登輝抱怨，「中共持續在國際上打壓我們，否認中華民國是一個主權獨立的國家，這既不公平，也不符事實；中共以大國姿態壓縮我們的國際空間，台灣的國際人格將會逐漸喪失」。他因此向殷宗文透露心底的念頭，針對中華民國在國際法上的地位，他想在國際上找一些法律專家，在法理上證明台灣不是中華人民共和國的一部份。

殷宗文當時正要前往歐洲進行業務交流，他對李登輝提起，「據我了解，梵諦岡與開羅大學的法律專家在這類議題上的角度比較客觀，可能可以幫台灣的忙，也許這次出國可以就近找朋友介紹。」

殷宗文返國後，他向李登輝報告，國外學者對於中華民國的歷史過程與現況並不了解，若要爲台灣辯護恐怕缺乏依據，應該先在國內找些專家提供完整的背景，再請國外學者由國際法的角度，看看能幫台灣到什麼程度。

殷宗文的建議，李登輝覺得非常有道理，他立刻交代總統府幕僚去物色相關專長的研究人員。鑽研國際法、擁有英美雙料博士頭銜的蔡英文，因此雀屛中選，當時她接到府內電話通知，由馬來西亞返國，在與李登輝見面長談後，決定擔下重任。

九八年八月，「強化中華民國主權國家地位」小組正式成立，由蔡英文召集多位極爲年輕的法政學者參與研究，並由當時的國安會兩位諮詢委員張榮豐、陳必照與總統府副秘書長林碧炤擔任小組顧問。

九九年二月，殷宗文升任國安會秘書長，剛到差兩週，蔡英文就率領強化主權小組的年輕學者，向殷宗文就研究的心得進行第一次簡報。討論過程中，針對中華民國主權如何與中共的「一個中國」脫鉤的問題，殷宗文多次鼓勵這群國際法的學者除了注意法律見解，更要以務實的角度將現實因素並置討論，才不會流於一廂情願。

經過密集的開會商討，研究報告終於在九九年五月初步完成，並由蔡英文提報殷宗文同意後，正式呈送李登輝核示。這份研究案在一開始的「前言」部分，即明確定位兩岸至少應爲「特殊的國與國關係」，立論的依據則是自一九九一年以來歷次修憲的演變。這部分李登輝在接受德國媒體訪問時充分引用。

殷宗文卸任「國家安全局」局長時，李登輝特頒一等雲麾勳章，表彰其任內貢獻（民國八十八年二月）

研究案中也建議以分階段的方式逐步落實，包括修憲、修法與廢除國統綱領。修憲的部分，包括：增修條文的前言改爲「因應國家統一前」；訂定增修條文凍結憲法第四條「中華民國領土，依其固有之疆域，非經國民大會之決議，不得變更之」，改以「中華民國領土爲本憲法有效實施地區」。同時，並且增訂定公民投票的法源，使國家前途重大決議的皆須經全體國民同意。

修法的部分，則將所有法律中有關「自由地區」、「台灣地區」、「大陸地區」等名詞改爲「中華民國」與「中華人民共和國」。例如，國安法、國籍法、著作權法等，都有指稱中華人民共和國爲「大陸地區」的條文，這些都將面臨重新改正的必要。

除了名稱問題，對於有關不適當、有損我國國際法定位的法律條文，研究小組也列出了詳細清單，一一予以檢討，並且主張經由修法加以調整。在現行法律方面，與兩岸關係直接有關的法規，就有台灣地區與大陸地區人民關係條例及其施行細則、大陸地區人民進入台灣地區許可辦法、大陸地區人民在台灣地區定居或拘留許可辦法等，修正後可使中華民國爲一主權國家的事實，在法律上具備完整性與保障。

研究案也建議，政府部門對外文告與國際說帖，應遵從新的定位概念，有關「中共」、「兩個政治實體」等用語，將通盤修正爲中華人民共和國、兩個國家。

至於國統綱領、李六條等重要的中國政策文件，雖然同樣出現「對等政治實體」等字眼，由於屬於歷史文件，代表訂定當時的環境背景，是否也須一並加以修改，尚須進一步討論。

不過，研究案也建議，以數個階段慢慢處理，先儘量不提國統綱領，未來再廢除國統綱領，改以「兩岸綱領」取代，並以「終局解決」取代「統一」。

研究小組並指出，類似「一個中國」、「一個中國就是中華民國」、「一個分治的中國」、「一國兩府」、「一中各表」、「台灣是中國的一部份，大陸也是中國的一部份」，未來應該減少使用，甚至波次坦宣言、開羅宣言都對台不利，也應迴避。

研究案特別提出，台灣經過一九九一、一九九二年修憲，並一九九六年由人民選出總統後，中華民國與中華人民共和國共存於世界，中華民國並不擁有中國大陸的主權，中華人民共和國的主權也不及於台灣，未來兩岸的政治談判應該在此基礎上進行。

對於研究案的內容，李登輝在詳閱後給予相當評價，當即決定在有限的任期內逐步著手推行。五月底，國大正就憲改問題熱烈討論，李登輝在辦公室單獨約見連戰，就強化主權研究案與連戰進行討論。超出李登輝的預期，連戰對於將兩岸定位為「特殊的國與國關係」，雙方並在此基礎上進行進一步發展的構想，當場表示認同，他並就修憲的方向向李登輝提出分析。

當時連戰身兼國民黨修憲小組的召集人，連戰表態鼎力支持，具有不同的意義。在連戰離開辦公室之後，李登輝私下大為讚揚連戰的見識與氣魄。

未久，主權小組召集人蔡英文，又向李登輝另外提出了一份修憲備忘錄，內附三項具體操作建議，「前進」幅度頗為可觀，並希望在國大當會期過關，這個補行報告獲得李登輝親手批准，在在驗證李登輝當時的高度企圖心。

七月初，蔡英文與張榮豐共同向陸委會主委蘇起進行簡報，並由林碧炤向外交部長胡志強說明，以匯聚政府相關部門的統一看法。當時，大夥並約定七月中旬到桃園的鴻禧別館再集思廣益，讓強化主權的研究案更爲週延。

不過，這個提議尚未及實施，李登輝已經決定先行一步提早公佈「特殊國與國關係」的兩岸定位。

正式提出「兩國論」

九九年七月九日，李登輝在接受「德國之聲」專訪時，首度將兩岸關係定位爲國家與國家、至少是「特殊國與國關係」的關係。這篇訪談震動國際，中國在稍後片面決定海協會會長汪道涵原定十月訪台的行程無限期延長，美國行政部門則施加強大壓力要求台灣重新回到「一個中國」的軌道。

「特殊國與國關係」最後只以國家元首的口頭宣示收場，在李登輝卸任前並未能及時透過修憲、修法加以有效強化，隨著兩千年五月二十日政權交替，這個政策的存續、功過也受到各方不同的檢驗。

李登輝在任內爲強化國家主權最後的重要政策出擊，影響日後兩岸關係極其深遠，汪道涵智囊章念馳所說「兩國論已經使兩岸關係發生質變」，持平的作出了最佳註腳。「質變」敘述的是很難再回到原點的化學變化，這個出自對手的評價，說明特殊兩國論不論是顯或隱，兩岸情勢都早已被推上了另一個截然不同的階段。

李登輝決定藉德國之聲在七月九日專訪的這個「時間點」，順勢提出「特殊的國與國關係」，在事前，府院黨各階層確實無人知悉，主要決策官員幾乎皆在狀況之外。但對李登輝個人而言，這是一個經過思考長達三天的決定，更是個醞釀多年的胸中塊壘，絕非匆促魯莽的即興演出。

七月初，當新聞局轉來德國之聲的提問與試答內容時，首先映入眼簾的是德國記者問到：中共在國際間指台灣爲其「叛離的一省」。新聞局當時的建議回答爲：中華民國是一主權獨立的國家，並非中共所謂「叛離的一省」。李登輝對此十分不滿意，他認爲有關回擊「叛離一省」的論述太過軟弱無力。「如果連我們自己都說不清楚，如何寄望外國人會沒有誤解？又何以期待國際社會能仗義執言、重視台灣的困境？」

預定訪談的時間愈來愈近，李登輝找出「強化中華民國主權國家地位」小組的研究報告再次閱讀，這份研究案早在兩個多月前就已經放在桌上，他決定根據其中若干論點重新撰寫訪答內容。七月八日深夜十二點多，李登輝打了電話告知秘書，他決定把「特殊國與國關係」放進文稿中，李登輝並且早有充分心理準備的說，「提出來，一定會挨罵，罵就讓他們罵吧。」

第二天上午九點多，總統府秘書長黃昆輝、與國民黨秘書長章孝嚴分別獲得總統辦公室的告知，李登輝稍後將在受訪時提出兩岸新的定位。黃昆輝端詳文稿內容，發現李登輝已經準備公佈

88年7月9日，李登輝提出兩國論，7月27日他親自邀請全省縣市議會正副議長在台北賓館座談，闡述兩國論提出的理由，當時與會人士莫不報以熱烈掌聲，支持此一政策提示。（民國八十八年七月二十七日）

「特殊國與國關係」，心中有所猶疑，因此臨時通知府副秘書長林碧炤、國安會諮詢委員張榮豐兩人立刻到他辦公室開會討論。

林碧炤與張榮豐都認爲，「特殊國與國關係」正式提出的時候尚未到，應該另尋更有利的發表時機，他們主張維持新聞局的原稿，建議把李登輝改寫的內容整段刪除。幕僚們認爲，特殊兩國論較好的時機一是汪道涵十月來訪時提出，讓中國正面接招；一是在九月國大完成修憲後，再宣揚政策。不過，他們的念頭沒多久即被制止，總統辦公室前來向黃昆輝要回了原稿，李登輝認爲「陳述一個歷史的事實，沒有什麼了不起，計算過於精密，反而成就不了大事」。

上午十一點，李登輝依照原定計劃在總統府告訴來訪的德國記者：

一九四九年中共成立以後，從未統治過中華民國所轄的台澎金馬。我國並在一九九一年修憲，增修條文第十條將憲法的地域效力限縮在台灣，並承認中華人民共和國在大陸統治權的合法性；增修條文第四條明訂立法院與國民大會民意機關成員，僅從台灣人民中選出。一九九二年的憲改更進一步於增修條文第二條規定總統、副總統由台灣人民直接選舉，使所建構出來國家機關只代表台灣人民，國家權力統治的正當性也只來自台灣人民的授權，與中國大陸人民完全無關。

一九九一年修憲以來，已將兩岸關係定位在國家與國家，至少是特殊的國與國的關係，而非一合法政府，一叛亂團體，或一中央政府，一地方政府的「一個中國」的內部關係。所以北京政府將台灣視爲叛離的一省，完全昧於歷史與法律上的事實。也由於兩岸關係定位在特殊的國與國關係，因此沒有再宣佈台灣獨立的必要。

這篇講詞發表後，第二天立即在國內各大媒體成爲頭條新聞，不同立場的報紙分別提出不同評論，在國會佔極少數的新黨大加批判，國民黨與民進黨兩個主要政黨則一致給予正面回應，廣大的民心更是爲之振奮。

訓令軍方，加強外島警戒

就在國內多個民調都呈現高支持度的興奮氣氛下，李登輝隨即確做出了一個外界想像不到的軍事防衛部署。

七月十日，也就是接受德國之聲專訪的第二天，是個週末，李登輝上午一到辦公室，便召見參謀總長湯曜明，就台海情勢秘密商議，會談結束後，他當天便指示軍方馬上對各外島加強準備，密切注意對岸的動態。李登輝幾乎在第一時間要求軍方提高警覺的動作，由此可以了解，面對中共可能的反應，李登輝極早就敏感的嗅覺出氣息，也十分清楚他揮出的這一棒後座力將極爲驚人，不能掉以輕心。

反倒是中共官方在當天並無過激反應。一個刻在香港舉行的「中國和平統一」論壇，包括海協會副會長唐樹備等人都不以爲意，只是重談老調，頗有李登輝本是「大嘴巴」、不足爲奇的味道。

但是，海基會董事長辜振甫之後在接受媒體訪問時進一步闡釋「兩岸會商就是國與國對談」後，正在醞釀汪道涵訪台事宜的中共，驟然發現事態不對，因而採取了因應動作。根據美國在當年三月對我方透露的訊息顯示，中共有意安排汪道涵在九月間訪台，屆時正逢中共建政五十週年、澳門回歸，正是民族主義最高張的階段，來訪將有利於中共的盤算。不料，兩岸是國與國會商的前提一出，棋局被完全打亂。

十一日晚間，中共中央台辦、國務院台辦發言人迅速發表談話，「嚴正警告台灣分裂勢力，立即懸崖勒馬，放棄玩火行爲」。預定來訪的海協會會長汪道涵，也在十二日透過新華社與中新社表示「兩會接觸、交流、對話的基礎不復存在」，並且公開要求辜振甫予以澄清。

此時，在香港的唐樹備才一改前些日的口氣，抨擊國與國關係是對「一個中國」的粗暴破壞，並且點名「台灣當局領導人」與「海基會一些負責人士」應該立即停止此一行動。從十二日深夜開始，中共官方傳媒連續數日發表「批李」文章，規格與九五年訪美後的處理手法非常類近，一時間瀰漫山雨欲來之勢。

中共同時對台灣展開「心理戰」，不斷透過媒體施放消息進行恐嚇，迫使台灣當局收回「特殊兩國論」，以達不戰屈兵目的。十三日香港媒體開始放話中共將進行軍事演習，雖經我國防部出面澄清，台灣股市仍然應聲重挫，匯市也出現震盪波動。股市投資戶一向受至於風吹草動的脆弱反應，與當時朝野多數認同特殊兩國論的政治氣氛，出現極大的反差。

爲了避免中共效應擴大，府院因此同步在十四日展開必要的應變，總統府由國安會秘書長殷宗文召集黃昆輝、丁懋時、蘇起、胡志強、辜振甫、林碧炤、胡爲眞、程建人參與會議。當天會中決議，中共發動所有文宣機器將目標鎖定李登輝與辜振甫，已將汪道涵是否來訪做爲籌碼，基於表達化解僵局的誠意，避免在國際觀感上趨於弱勢，擬由海基會董事長辜振甫在適當時機出面對海協會做出回應，各有關部門也應積極進行國際文宣與說明。

行政院長蕭萬長則是在院裡約見央行總裁彭淮南、財政部長邱正雄等閣員，商討穩控股匯市的有效作爲。但是中共緊咬著「一個中國」追打，造成股市未能有效止跌，故而繼七月九日的專訪後，李登輝在七月二十日藉接見國際扶輪社一百多位社員的場合，做了第二次補述。

李登輝當時特別就「一個中國」的爭議指出，民國八十年修憲以來，以將兩岸關係定位在國家與國家，至少是特殊的國與國關係，不是「一個中國」的內部問題。「一個中國」不是在現在，而是將來民主統一之後，才會有「一個中國」的可能。

李登輝也強調，他之所以再度說明兩岸是國與國的關係，主要就是希望大家了解，我們要有信心，「最近媒體常提到國內股市跌了一千點，其實這些都是信心問題，面對中共與國際的反應，我們要以信心來面對。」

這時的李登輝已從原先未談「一個中國」，修飾爲現在不是「一個中國」，同時保留「一個中國」的未來性，企圖就局勢進行減壓。

二十日當天，同時有另一個事件可以看出李登輝當時是以個人意志帶領政府團隊作戰。早在一週前，國安會就感覺情勢迫人，積極規劃由李登輝在二十日親自召開國家安全會議，就「特殊國與國關係」的後續發展妥爲研商，包括副總統連戰、蕭萬長院長都已接獲開會通知，但是李登輝卻在當天九點臨時將這個會議取消。他認爲，政府各部門依執掌如常因應才是正途，貿然開會的目的不明，卻可能驚擾民衆。

在這段兩岸箭拔弩張、相互叫陣的緊張期間，李登輝所掌握來自軍方的對岸情資報告，充分了解共軍確實出現了不尋常的跡象，武嚇的意圖十分明顯。

其中，中共的二炮部隊從七月十六日開始實施戰備，到九月份仍在持續之中。七月二十二日，八一五導彈旅也開始在福建龍巖、漳平一帶機動演練。中共的第一線戰機，自七月十五日起出進率大幅提昇，並且不斷逼近海峽中線，殲八與蘇愷二十七夾雜其間，七月二十五日與七月三十日更是兩次越過台海中線，一次五公里，一次十公里，而後隨即離開。李登輝研判，中共軍機當時極可能是在試探台灣是否會因此主動動作，也有施壓的目的。

當時在地面方面，中共將南京軍區、福建軍區、濟南軍區的人員召回，停止休假，數月未予解除，不過部隊並沒有異常的調動與集結。依據共軍犯台能力及這段期間的異常活動評估，我軍方認爲從當時到次年三月總統大選投票之前，中共可能對台採取的擾台行動可能包括心理神經戰、導彈射擊、戰機出海封鎖與攻佔外島。

這些報告送到李登輝手上，李登輝當即在軍事會議中下令三軍在面對中共的武力挑釁時，秉持「不挑釁、不示弱」的原則，沉著自制；並且嚴格管制機、艦、飛彈的第一擊權責，未經國防部核准不得射擊，以避免挑動戰端。

針對當時的台海情勢，美國高度注意，曾多次向中共表達對其軍事演習與軍隊移動增加的關切，並重申美國的政策，希望中共不要對情勢誤判；台美兩國的國防部也增加互動，以保持密切聯繫。但是，美國卻也對台灣未能「力持自制」一度產生誤解。

美國當時曾由極高階官員明確警告我方，根據他們的軍情顯示，八月中旬當中共軍機逐漸減少活動的情形下，台灣軍機不僅沒有相對減少，並且也有超越台海中線的情況，次數比中共更多，計達八次。美方認爲，雖然很難判定那一方是採取行動，那一方是反應行動，但是台灣應該格外謹慎，不要太接近危險的邊緣，否則中共可能採取軍事威脅行動，因錯估而造成意外的機率也將升高。

對於美國的「指控」，台灣立即澄清，我方軍機接近或超越中線，都是屬於例行性軍機訓練與巡邏性質，也有可能是民航機飛往金門、馬祖離島所致。

然而有關民航機的說明，卻仍引發美方不悅，美方官員對我反駁指出，他們幾乎每天早晨都會看到台海上空軍機活動的圖片，因此非常確定超越中線的是軍機，不是民航機，美方並嚴詞表示，戰鬥機飛越中線是極度危險的事，希望台灣方面注意。我軍方則感到相當無辜，因爲，台灣飛往金馬的民航機，通常都由軍機護航，因此經常發生過中線的問題，絕對不是主動挑釁。

當時，美方高層甚至提醒我當局，江澤民面對中共內部強硬派與軍方的壓力，必須有所應付，從現在到明年三月，中共在兩岸關係上將極不穩定，需加密切注意，尤其是十月一日慶祝完建政五十週年之後。

面對美國的示警，台灣曾經要求，既然美國覺得這段期間兩岸情勢可能牽涉到軍事活動的可能，不如由美國與我國防部建立秘密直接熱線管道，將更爲有效快捷。

但是美方以「保密不易」爲由，加以拒絕。事後我方研判，美國當時對於穩控局面應是具有相當把握，對我的強硬說辭應是在迫取台灣在政治上有所軟化。

直接訴諸民意

特殊兩國論經過發酵後的演變，勢必激起國內統獨議題的辯論，李登輝早有想像；他認爲，這未嘗不是一次極佳的啓蒙運動。李登輝因此決定站在第一線，直接訴諸民意，進行另一種形式的危機處理。

兩國論爲何提出？時機是否恰當？決策過程是否草率？這些種種問號，無法假手他人，李登輝必須自己出面講清楚。唯有這麼做，所有支持與反對他的人民才有可能在面對對岸強大的文攻武嚇壓力下，拋開驚恐與疑慮，共同理性的來思考台灣的前途問題。

七月二十七日晚間，李登輝在台北賓館宴請二十三縣市的正副議長，希望地方民代在基層發揮穩定政策的力量。他告訴大家，多年來兩岸關係的定位過於模糊，時間一久，對我們愈不利，也因此阻礙了中華民國的發展空間。他在這個適當的時機提出特殊國與國關係，這在國際法是史無前例的，「若按照內戰法則，戰敗國在戰後是被消滅了，特殊兩國論則讓中華民國復生。」

八月初的一個週末下午，章孝嚴、邱正雄、王又曾多位黨政與企業界人士與李登輝在球場聚敘。揮桿之餘，李登輝再度侃侃而談，他說明提出兩國論的原因，不是爲了自己的名聲地位，而是出於宗教的道德勇氣，心情就像當年蔣經國，毅然決然突破現實困難，宣佈解除戒嚴，開放大陸探親。他認爲，如果不是蔣經國的道德勇氣，他繼任後要達成政治改革，恐怕要花更多的時間，現在提出兩國論，反應了人民的心聲，也在爲繼任者奠定長遠發展的基礎。

李登輝解釋，汪道涵預定九月間來訪，中共十月一日要擴大慶祝建政五十年國慶，「一個中國、一國兩制」勢必成爲國際宣傳的重點，台灣必須預爲因應，「因此我搶在前面」，申明兩岸的現實是特殊國與國關係。

他強調，美國本來從未說過「一個中國」，是江澤民訪問美國後，強力向美國推銷「一個中國」原則，陷台灣於「叛離的一省」地位，他必須站出來駁斥；同時爲了讓兩岸政治對話在平等基礎上展開，避免彼大我小，彼中央、我地方，他也必須拿出道德勇氣，說出事實。

對於外界的若干批評，李登輝則不以爲意的說，當年修憲，他反對委任選舉，主張公民直選，也曾引起極大的批評，今天沒有人再質疑公民直選的必要。未來人民應該會了解兩國論的必要。

對於當時的國際反應，李登輝分析，兩國論提出後，幫美國找到下台階，跨出誤炸使館事件造成美中關係僵局，美國與中國恢復交往，台灣事實上是幫了美國與中共的忙。他舉例，台灣的美國友人很多，尤其台灣的資訊科技業極爲發達，最近就有好幾筆高達幾億美元的訂單，若台灣安全出問題，美國的企業也會出問題，因此稍早國務院傳出對我不利的說法，美國企業界即主動向白宮與國務院施壓。

他也認爲，美國次年將舉行總統大選，屆時需要向企業界募款，來自企業界的壓力會繼續出現，因此對於國務院是否倒向中共的問題，他從來不擔心。一場原本是舒動筋骨的球會，李登輝嘴裡談的全是兩國論。

決策風格，是政敵攻擊的另一個焦點。李登輝則充分利用在總統府接見各種社團的機會，不只一次當著上百人的場合澄清，國家的發展和地位必須有確定的策略，當國家人民的權益被侵害時，身爲國家領導人，他有責任保護人民及國家的權益。

李登輝認爲，他主政十多年來，究竟爲國家與人民做了什麼？他不必去細數，但是他認爲最重要的就是確保中華民國的生存與發展，爲了國家進一步的發展，很多事情必須提早確立步驟與方法，讓人民在穩定中生活與發展。

李登輝不以爲然的說，「有人說總統不要亂講話」，但是政府做事是有目標、有理想的，不是想到什麼就說什麼，「我講的每句話都經過深思熟慮，並且預先將兩三年後的發展先提出來討論，不是想到就講」，大家可以好好思考。

當時李登輝也安排了一系列下鄉的行程，直接去和民衆互動，到了地方上龍門陣一擺開，李登輝天南地北的話匣子就不是廟堂可以羈絆的。「我像是一匹馬，只要大家給我鼓掌大聲一點，我就會跑得更快，爲大家來打拼」，這類形同下里巴人的語言，被人批評爲大搞「民粹」，在當時不可否認確有幾分安定民心的效果。

經過主帥親征式的捍衛政策，當時各種不同立場的機構所公佈的民調，特殊兩國論始終都得到逾半數民意的肯定，最高的一個數據曾高達七五％。

美方反應極爲過度

「特殊國與國關係」後續最爲艱困的一關，不是對岸的壓力，而是最大的盟友美國一度對我採取劃清界線的立場。

李登輝九日週五接受德國之聲的全部談話，對於「一個中國」問題的處理，在言詞上保留了彈性，李登輝發表後未久，美國在台協會台北辦事處很快就把講稿全文傳眞回了國內。國務院在了解內容後，並未將之解讀爲一項新的政策宣示，週一上班的第一次記者會僅輕描淡寫的表示，李總統有權發表自己的看法，美國希望兩岸對話持續進行。

美國當時的處置，與已經暴跳如雷的中共形成強烈的冷熱對比，不過，這樣的局面沒有維持超過二十四小時。

七月十二日下午，陸委會主委蘇起在正式記者會中明確詮釋：政府今後將不再使用「一個中國」的說法，以避免中共用「一個中國」的原則扭曲我方的善意！由於這是台灣政府官員首度公開做此表述，不少媒體將此片段突顯，形成「一個中國」將被丟進垃圾桶的總體印象，終於挑動了美中台最敏感的神經。

蘇起十日由美返國，十二日記者會之前，他曾個別與府內若干熟識的官員聯繫商議，總統府當天並未就此召開高層會議確認，因此完全屬於陸委會的行政裁量範圍。

美國剎時間的反應非常激動，國務院十三日的記者會言詞明顯加劇，數次意有所指的重申「一個中國」政策，要求兩岸雙方不要再發表談話；並不客氣的表示，美國政府將透過外交管道請台北澄清近日提出的兩岸關係新定義。《紐約時報》與《華盛頓郵報》當時也皆以頭版頭條處理台灣已表明將放棄「一個中國」的報導，並一致做出「美中關係將更加緊綳」、「台灣已經走出了保護傘」、「此舉震驚敵友」的負面評論。

九九年，美國甫因大使館誤炸事件與中國關係陷入低迷，美國各界對於台灣在這個時候「出狀況」，並不諒解。即使在相對友我的國會，同樣議論紛紛，不只親中議員提出撻伐，與我往來密切的議員也公開抱怨「這麼重要的事情，爲什麼沒有事前溝通」。一名美國學者並直接點名蘇起的發言是嚴重的挑釁，爲台灣仗義發言的聲音顯得前所未有的微弱。

蘇起爲何會做此延伸表述？有人認爲，蘇起是太老實，把「只能做，不能講」的事情給宣佈了。平心而論，蘇起的話並沒有錯，「一個中國」確實不宜再提，但是政府默默的做就是了，不必敲鑼打鼓、畫蛇添足的通知大家、尤其是敵人。蘇起事後認爲自己擔負了不少「善後者」的工作，但是除了「善李登輝的後」外，事實上，應該還包括「善自己的後」才對。

七月十三日，美國在台協會台北辦事處長張戴佑任期屆滿卸任，臨行前的上午十一點，他由外交部長胡志強陪同前往總統府，藉著向李登輝辭行，事實是代表美國政府對台灣表達關切。李登輝了解他必須爭取美國的理解，但是過去與張戴佑交手的經驗，他始終對這位處長並不具太大信心。

張戴佑果然一開場就主動詢問李登輝：「貴國的大陸政策有沒有改變？」

李登輝堅定的澄清，「我提出兩岸是特殊國與國關係的宣告，並不表示我們的大陸政策有任何改變，我們仍將持續推動兩岸的交流與對話，這個立場沒有改變。」李登輝並且詳細的解釋，事實上，中華民國在經過修憲後，國家統治權僅及於台澎金馬，「與中華人民共和國已經成為兩個國家」，因此這是一個主權事實的宣示。「把兩岸關係的定位講得更清楚明確，就長期來看，對兩岸關係具有積極而正面的意義。」

但張戴佑未被說服，他重申，美國的既定政策是兩岸問題應以和平方式解決、美國不介入兩岸紛爭，以及美國仍然支持「一個中國」政策。

對於張戴佑端出「一個中國」，李登輝也不表同意的說，中華民國經過兩次修憲，以及人民直接總統後，管轄權只及於台澎金馬，國家權力統治的正當性只來自台灣人民的授與，與中國大陸人民完全無關。

他又說，「我提出特殊的國與國關係，是從現實、法律與歷史的角度，把兩岸關係的定位講得更清楚，宣示的是一個主權的事實，所以中華民國與中華人民共和國早已經是兩個國家。儘管兩岸是兩個國家，但是我們沒有放棄在未來追求和平統一，這個目標我們並沒有放棄。」張戴佑最後告訴李登輝，他對台灣的立場表示理解，他將在返回美國後，將相關訊息向國務院轉達。

張戴佑返國後，顯然並沒有達到釋疑的效果，來自美國的消息依舊不善，美方接著在七月二十二日派出在台協會理事主席卜睿哲到台灣了解實況。

當時，李登輝曾經不解的對幕僚們說，「事情怎麼會這樣，大家要好好處理，把話說清楚。」李登輝認爲，這是一個既有事實的描述，中共與國內統派有意見，早在意料之中，但是美國竟「反應過度」，簡直毫無道理。

卜睿哲尚未抵達，美國的壓力已撲面而來，白宮安全會議顧問柏格一通電話打給丁懋時，對於台灣毫無預警即貿然行動，有所抱怨。

李登輝找了丁懋時商詢後理解：「美國似乎對我方未事先磋商相當在意！」久浸於對美事務的丁懋時建議，「當前最好的解釋是：這不是一個新的政策，也不意味政策有重大調整，因此才會未事先告知。」

二十三日一整天，卜睿哲連續與外交部長胡志強、國防部長唐飛、陸委會主委蘇起、行政院長蕭萬長、國安會秘書長殷宗文與副總統連戰一一晤面。

蘇起與卜睿哲的對話是安排在上午十點半，他多次告訴卜睿哲，他在記者會的聲明不該被斷章取義，他的意思是反對一個中國是中華人民共和國，卻被人誤解爲反對「一個中國」政策。但是卜睿哲卻表示，他曾參加多場白宮的內部會議，「華府目前對整個事件是非常的震驚與詫異。」

當天下午五時半，李登輝看完了卜睿哲與每個官員的交談紀錄後，當天下午五時半，他找來丁懋時陪同接見卜睿哲，殷宗文、胡志強、蘇起、林碧炤、美國在台協會台北辦事處代處長楊甦棣都一同在座。這次的談話幾乎是李登輝侃侃而談、卜睿哲作筆記聆聽。

李登輝首先對於美國總統柯林頓近日發表談話，表達美國對維持台海和平局勢的堅定立場，表示感謝。接著就詢問卜睿哲，是否已經詳細閱讀過德國之聲的專訪全文？卜睿哲回答：「看過了」。

李登輝告訴卜睿哲，專訪中所說的歷史與法律事實，就是他提出「特殊國與國關係」的根據，其中的理由已經很清楚了。中華民國推動建設性對話與良性互動的大陸政策，並沒有任何的改變。他提出特殊國與國關係是一個能讓台、中、美三方都獲益的三贏策略。兩岸如果能站在對等的立場上，許多目前不便談的議題，未來就可以更進取的深入來談，如此一來，既可以保障台灣的安全、可以符合中共的期待、也能維護亞太區域的安全，因此更符合美國的戰略需要。

他進一步解釋，中共當局一直希望兩岸能夠就政治議題進行對話，但台灣若不能處在對等地位，政治協商將非常困難，因此對岸如果能冷靜下來，深入思考，相信必定能明瞭此一談話的正面的意義。

卜睿哲在仔細紀錄李登輝的講話後，向李轉達，美國政府希望兩國能夠恢復互信，並且在這一基礎上，能有良性的互動。

爲了爭取美方來使對台灣更多的理解，李登輝第二天再邀卜睿哲到鴻禧山莊打了一場高爾夫球，卜睿哲球技不佳，頻頻揮空，加上又穿了條短褲上場，爲詭譎的國際氛圍製造了意外的輕鬆畫面。

結束了球敘，卜睿哲由桃園返回台北已近傍晚，直接就到台北賓館用餐，並聽取台灣政府就「特殊國與國關係」的正式官方簡報。這場關鍵性的簡報是殷宗文對卜睿哲的建議，殷宗文認爲，卜睿哲到每個部會「蜻蜓點水」，恐怕很難得到全貌，不如大家坐下來說個清楚，有助於增進了解。

李登輝非常讚許這個提議，他要丁懋時與殷宗文一起主持，提供外交專業上的協助。除了殷、丁二人，美方另有楊甦棣在場，台方則包括黃昆輝、辜振甫、胡志強、蘇起、林碧炤、胡爲眞，陣容之大幾乎是政府所有決策體系的總動員。

殷宗文回憶，這次的重要簡報中，台美官員腦力激盪，希望在雙方的立場中間找到連接點，以化解爭議，尋求解套。台方非常堅持，李登輝講出的話，是一個事實的陳述，「不可能收回，也絕不會收回。」卜睿哲則表示，「我們沒有要求要把『特殊國與國關係』收回。」但是，卜睿哲也強調，美國的政策很清楚是「一個中國」，至於一個中國究竟應該如何定義，應由兩岸去談，以和平的方式解決。

在整個簡報過程，卜睿哲很清楚的傳達美國對「一個中國」政策的在意，認爲只有保有這個模糊的空間，才能維持穩定的局面。卜睿哲並在會中詢問，過去台灣曾提出「一個中國、各自表述」，這個政策是否還存在？

我方回答，這個政策還在。卜睿哲此時建議，台灣何不再次提出！以避免誤解。

爲了不與美國「一個中國」政策牴觸，並給柯林頓總統一個面子，台方在會中同意將「特殊國與國關係」解釋爲即是「一個中國、各自表述」的進一步演繹。對此，卜睿哲表示可以接受。

在台美獲致初步默契後，政府內部經過研商，並呈報李登輝裁示，決定給予美方善意回應，具體的行動就是在海基會董事長辜振甫七月三十日即將發表的公開信中呈現。

在卜睿哲返美之後，政府多個管道都傳出美方要求撤換蘇起以化解僵局的消息，蘇起本人也有所了解。八月間的某一天，蘇起心情鬱悶的到總統府某辦公室找朋友聊天，說著說著便紅了眼框。蘇起認爲，過去陪連戰過境美國時，由於爲記者做簡報，弄得他新聞局長做不下去，如今兩國論的問題，他擔心自己又會被犧牲掉。朋友則安慰他，政務官爲政策負責，本來就是天經地義的事，無須如此在意。

事實也說明，李登輝並沒有換掉蘇起，直到兩千年五月二十日才與李登輝一起卸任，作爲國家領袖，兩國論是由他宣佈的，他當然負起所有責任，李登輝從來都不是只聽命於美國而辦事的傀儡。

繼卜睿哲之後，連續一個月，陸續包括吉爾曼等數批重量級參、衆議員到達台灣，李登輝多次對美國會訪問團直率的批評美國政策不應該向中國傾斜，希望全面形塑「了解台灣」的國際輿論。

李登輝認爲，一九七二年的上海公報，美國對於「一個中國」的立場，很清楚是由海峽兩岸人民決定，但是現在美國政策卻有所偏離，國際間充斥中共所說的「一個中國」是指中華人民共和國，中華民國已不存在，而是中華人民共和國的一個省。台灣無意去改變美國的「一個中國」政策，但是這種論調已把中華民國推向角落，無法生存了，他基於職責，必須說明中華民國的立場。

他也直言不諱的批評，美國人不要只看中國大陸的市場大，也要注意購買力的問題，台灣對美國貨物的進口是中國的一點五倍，大家應該更重視台灣的聲音。尤其，中共解放軍以「戰略領域」的想法，積極進行軍武擴張，自以爲如此可以將中國的勢力範圍不斷擴大。中共建國後，十次對外出兵，有九次就是為了國界問題；為了防止此一不正常現象的發展，美國應該與東亞民主國家更密切連結，以維護亞太地區的和平與繁榮。

美中兩國，各懷算盤

七月二十三日台北賓館的簡報，台美交鋒的整個過程，美方最為關注的是「一個中國」的處理，並未在意台灣是否會修憲、修法的問題，但是當天會議結束後，卻發生一件奇特的事。

若干媒體在晚間卻突然接到胡志強的電話，胡志強主動透露，「台方已經向美方承諾未來將不修憲、不修法落實兩國論。」有媒體當場不解的再確認「這是眞的嗎？」得到胡志強的答案是「難道要兩岸打起來？」部分媒體立即轉而向總統府求證，卻遭到斷然否認。

在事實面，簡報中的重點確實不是修憲與否的問題；在現實上，擁有修憲權的國大將至九月才會閉會，行政部門何以向美國提出保證！尤其修憲是一個國家的內政，美方勢必小心謹愼。全程出席簡報對過程知之甚詳的胡志強，為什麼要擴大解釋？他決定引導輿論的目的為何？令總統府相當質疑。

當時政府內部的歧見並不只此一件。送走了卜睿哲，殷宗文接著連續多日召開擬稿會議，就如何將「特殊國與國關係」與「一個中國、各自表述」接軌的問題進行討論，每次會議幾乎都長達五個小時以上。會中經常出現兩派意見的拉距，曾參加卜睿哲簡報的官員多主張回歸「一中各表」；屬於主權研究小組的成員者則力主不能失去特殊國與國關係的原味。

七月三十日，折衷意見版本終於出爐，辜振甫以談話稿的方式傳眞海協會，這次的講話若說訴求的對象是中共與美國，圈內人都了解，後者的比重恐怕遠超過前者。辜振甫當時的主要訴求點是，民國八十一年兩會曾有「一個中國口頭上各自表述」的共識，然而大陸方面卻一再宣揚其「一個中國」原則；我方則認爲「一個中國」是未來式，兩岸現在是對等分治，同時存在，因此可以特殊的國與國關係加以定位。

這封傳眞函當天在下午二時發出，隨即在下午五時就被海協會退回；海協會並致函批評：貴會所傳「談話稿」已嚴重違背一九九二年兩會關於「海峽兩岸均堅持一個中國原則」的共識，我會不予接收，現予退回。

台美中三方的初步互動方歇，陸委會突然在八月一日星期天下午無預警的又公佈了一份說帖，名爲〈對等、和平與雙贏——中華民國對特殊國與國關係的立場〉。這份說帖長達八頁，臨時在事前以傳眞方式給多位府內官員過目後即對外發表。

說帖舉列七點建議，其中第四點「兩岸應該回到『一個中國、各自表述』的共識」，以及第五點中述及「政策未變，自不存在所謂修憲、修法、修改國統綱領的問題」，引起外界極大的爭議，認爲政府一退再退已經失去了原則。

總統府內部也認爲，多次召開的擬稿會議是就辜振甫的談話稿而來，從未就陸委會的說帖有所討論，說帖中的文字不僅將解釋空間更爲壓縮，有關不修憲、修法的部分，更涉及國民大會與立法院的職權，只能做爲政府內部對未來情勢的研判，並不適合作爲政府的政策說帖發表。總統府因此下令政府「說帖」應該到此爲止，要求一切回歸李登輝的原始講話，辜振甫的談話稿則是最後底線。

爲此，蘇起曾專程赴總統府進行說明，府內官員則當面對蘇起坦言，多談李總統的原文，方是上策。當時，政府若干官員的動作過多，除了顯露政府部門的應變慌亂與路線不一外，其餘並無實際效益。

美國國務院八月四日在被問及對台北陸委會說帖的看法時，就稱「美方並不知悉對兩岸情勢的發展有何正面效益」。中共中央台辦宣傳局、國務院台辦新聞局在稍後也發表的一篇五千字的長文〈一個中國是無可爭辯的事實〉，駁斥陸委會的說帖，並警告：「特殊兩國論」一日不收回，台灣海峽局勢就難以保持和平穩定，未因陸委會的「好言相勸」而善了。

在陸委會急著將不修憲、不修法文字納入政府說帖的背後，當然顯示蘇起對時局的判斷與兩岸前途的觀點，他曾經私下對多位府內官員明示「如果要修憲，我就不玩了！」李登輝對於他的政策宣示，竟然造成部屬各自表述的情況，完全瞭然於胸，政務官在關鍵時刻的膽識與判斷如此，李登輝則相當憂心。

對於「特殊國與國關係」經由修憲、修法加以落實的問題，隨著時間的推移，國內、兩岸、國際情勢不斷演變下，李登輝盱衡全局，逐漸做出了通盤的思考，約在八月中旬不得不考慮現實問題，決定放棄原議。

首先是當時的國大情勢，李登輝認為，兩國論牽涉的修憲內容，若要獲得朝野超過四分之三的同意，至少需要幾年的時間來醞釀與推動，以總統直選案為例，即使是民間共識超高，由提出到修憲完成也花了兩年時間，何況是國家定位此一具有高度敏感性的問題。

李登輝了解，即使是政府本身，都對修憲問題出現了不同主張，貿然推出已無意義，即使勉強拿出來，各種反對勢力介入運作，通過的機率也不高。他也觀察，兩國論提出後，民意支持度頗高，但當民調問及是否應該修憲、修法時，民意則出現遲疑，理由之一是對國大不信任。也就是說，當國大積極推動延任案時，兩國論的修憲就失去了先機，運作將不再單純。至於修法的部分，經過檢討，涉及的法律高達一百多項，牽動範圍更大，以立法院的議事效率，情況可以想見。

李登輝因此評量，這個工作如果在九六年當選時就著手進行，將可以如願完成，如今任期只剩不到一年，恐怕很難在其手中完成，只好、也必須交由下一任來繼續推動。

更重要的是，中共北戴河會議結束後，陳雲林在八月十三日經由新華社示警：如果台灣方面根據兩國論修憲、修法，「和平統一」將變為不可能，這個說法對國大凝聚共識具有相當的干擾效應。

中共一年一度的北戴河會議上年因水患而停開，九九年這次則是兩年來的首度召開，根據政府當時掌握的情資，中共當局在會中做成的對台策略是「一拖、二看、三準備」，並以兩國論是否修憲、修法爲底線，認爲汪道涵訪台的基礎已不復存在，兩岸冷中帶緊張的關係將持續至明年三月。這個訊息，李登輝必須加以衡量。

當時，李登輝找到了一個「自我說服」的理由，即憲法第四條有關國家領土規定的「中華民國的領土，依其固有之疆域」，並未明示疆界範圍，目前台灣有效支配的區域是台灣、澎湖、金門、馬祖，因此也可以說這就是國家的領土，不需要再特別修憲，刺激中共採取行動。

九月上旬，丁懋時奉命前往美國進行高層對話時，正式向美方傳達，台灣的大陸政策並未改變，因此未來不會進行修憲與修法，國統會與國統綱領也仍將繼續運作。這個時間點，距離胡志強與蘇起早在七月下旬與八月初就「棄甲卸兵」，意義當然有如天壤之別。

耐人尋味的是，對於兩國論的處理，美國當時只關心「一個中國」的問題，對於台灣是否修憲、修法並不特別在意，既未主動要求避免，在我方對美表述後，也未曾追問，著眼點與中共並不一致。

直至兩千年五月李登輝卸任，「特殊兩國論」始終僅只於口頭宣示，難免令人有「功虧一簣」之憾，但若因此斷言兩國論已經「人去政息」，恐怕是言之過早。

新政府上任後，所成立的兩岸跨黨派小組，在二千年十一月間由全體成員一致通過「三認知、四建議」共識中，第二項認知特別強調中華民國與中華人民共和國互不隸屬，就使人有會心之感。特殊兩國論的影響力事實上到今日仍在繼續進行中，並改由沉潛的方式不斷的深植於各個政策層面，等待下一個浮上水面的契機。

美中台三方，角力不斷

中共始終認為要處理台灣問題，必先理順大國關係，以「兩國論」為名目，中國持續對美國施壓，希望藉此談條件、換得更大交換利益的策略，在當年九月中旬紐西蘭APEC柯江會議前後達到最高峰。七月底，江澤民寫了一封信給柯林頓，信中主要向柯林頓提出三項要求，包括美國應該強迫李登輝收回兩國論；停止對台軍售；壓迫李登輝與中共進行政治談判。

柯林頓則是在八月中旬回函江澤民，表達他不支持台北所提的特殊兩國論，他將鼓勵兩岸進行政治對話，但不同意停止對台軍售。江澤民未能完全如願。事實上，在「特殊國與國關係」提出時，台灣曾立刻透過直接管道與美國各部門進行政策溝通，當時美國防部私下已經向我明確保證，「對台軍售政策不會改變」，美國出售武器以提供台灣足夠防衛力量的政策，將持續並堅定執行。

早在雷根政府時代，中共即曾經要求美國停止對台軍售，因此在美中簽訂「八一七公報」之前，美國對台灣提出「六項保證」，強調美國在對台軍售時，不須與中共事先商議。因此，依據台灣關係法與美對台的「六項保證」，江澤民以特殊國與國關係為由，對柯林頓再次提出類似要求，美國之加以拒絕，是無庸置疑的。

接著，北京又在八月上旬，開始透過駐美使館官員向美國提出「警告」表示，中國可能採取軍事行動懲罰台灣，其目標是對台灣造成最大的打擊，而又不致促使美國捲入；但是卻得到美國政府的「反警告」：假若中共對台灣採取行動，將招來美國的報復。中共的頻頻動作，爲柯林頓政府解讀爲恐嚇成分較大，主要是當時美國五角大廈雖然清楚共軍確有不安跡象，但尚未擴大到立即軍事行動的徵兆；同時，九月中旬柯江即將會面，十月一日中共也將慶祝建政五十週年，在此之前動手的可能性不大。

八月十三日，《華盛頓郵報》與《紐約時報》同步刊出中共低階官員暗示考慮對台動武的消息，當天白宮安全會議發言人隨即表達，亞太和平是美國的基本國家利益，如果中共以非和平手段解決台灣問題，美國將「嚴重關切」的立場。台灣政府當時猜測，這些消息的背後，由美官方主動向新聞界透露的痕跡十分明顯，美國維護台海安定的決心因此溢於言表。

站在美國的角度，若在處理兩岸問題時過於偏向中共，將會使自己面對外交難題，採取平衡立場對美國較爲有利，對於「特殊國與國關係」事件，美國在結束「未獲告知」的震怒後，基本上便是以「動態平衡」的態度爲處理方針，並隨即展開密集的國際調停。

首先是九月四日，行政院長蕭萬長出訪中南美過境美國時，美國在台協會理事主席卜睿哲就特別向我方保證，即將在紐西蘭舉行的APEC柯江會談，並不會出現令台灣意外或驚訝的結果，美國將按照既定的政策處理兩岸問題。所謂的既定政策就是「一個中國」政策，希望兩岸問題透過和平、對話解決，以及美國將信守台灣關係法，反對中共對台動武。卜睿哲同時對蕭萬長反映，美國對於台灣海峽的情勢仍然持續關切，因此希望兩岸雙方都能夠自我節制。

九月上旬在美國舉行的第二軌道對話，我方代表也同時帶回了美國官員在會中的詳細發言內容，美國國務助卿謝淑麗很明確的勸告在座的中共代表，「應該要好好面對兩國論的問題，不能將其只視爲是李登輝個人的意見」，「這項看法在台灣具有高度的民意，因此中共與其抱怨與打壓，不如好好思考與檢討對台政策。」

對照於卜睿哲的態度以及謝淑麗與中共代表溝通的過程，美國官方的對台態度確實出現轉圜。尤其關鍵的是，在柯江會召開的前三天，台美制度化的兩國國安會會談悄悄在波士頓舉行，在這次的對話中，美國詳細對我方說明柯江會的可能發展，並保證在會議結束後將立即對我簡報。

柯江會之前，美國與中共的關係以自誤炸大使館之低點逐漸改善，柯江會對美而言爲一關鍵時刻，美方希望藉此增加改善雙邊關係的新動力。美方預料中共將在會晤時批評美國對台軍售的問題，也可能再次就美國的中國政策提出詢問，因此美方對我表示，柯林頓將重申既定政策，但絕不會犧牲台灣的利益，任何美國政策改變的暗示，均將導致嚴重的影響，希望台灣方面能夠了解。

美國也強調，這次會議的主要目的在維持區域和平，美國將會把此一訊息明確傳達予江澤民；也同時希望台灣在這段敏感時期，能夠保持與美國的諮商，不論採取任何行動，都應先了解有關的後果。

台灣當時特別要求，外傳中共一再要求美國以書面或公開聲明的方式譴責「特殊國與國關係」，台灣對此非常關切，「特殊國與國關係」僅是強調兩岸分治的事實及追求兩岸對等，並爲兩岸未來政治談判預作準備，因此希望美方不會對中共讓步。

九月十一日，柯江會正式在紐西蘭登場，江澤民在會中提出汪道涵訪台的兩原則，一是李登輝收回兩國論，二是李登輝需以國民黨主席身分接待。江澤民也反對美國將台灣納入戰區飛彈防禦系統（TMD），並且要求柯林頓阻止國會通過售台先進武器的法案。

這些，柯林頓如同原先對台灣的承諾全未回應，同時強調美國將遵守台灣關係法，提供防禦性武器給台灣。更不尋常的是，柯林頓在次日的企業領袖高峰會早餐會演說時，打破APEC不談政治議題的慣例，坦率表示，「兩岸目前處於極關鍵時刻，和平的未來，將使台海兩岸人民的後代子孫同蒙其利；反之，若任令目前的困局持續惡化而引發對抗，終將使所有人民受害。」

歷經兩個月的激烈鬥爭，中共原本期待在柯江會上做總結並驗收大國孤立台灣的成果，但是卻幾乎在台灣問題上空手而回，柯林頓僅重申了「一個中國」，連「三不」都未再重提，確保了台灣未失城池。

中國在柯江會上要脅未成，是否會轉而對台灣惱羞成怒？當時政府內部已準備著手因應，並未掉以輕心。然而就在十天之後，台灣卻爆發百年僅見的「九二一大地震」，這場浩劫造成重大傷亡，國際關懷紛至，台灣轉而全力救災，在天災的肆虐下，對岸對兩國論的攻防，因時空不宜，至此偃兵息鼓，不得不暫時歇手。

台灣力抗美國壓力

當美國國會的輿論逐漸傾聽台灣的聲音之際，柯林頓政府希望台灣在「一個中國」政策上回到一九九二年「一中各表」的壓力並未間斷。

九月上旬，美方經由正式管道，依舊向台灣當局抱怨，美國不了解台灣爲什麼選擇七月九日這個時機發表「特殊兩國論」，也不了解台灣的若干堅持用意何在，例如堅持李登輝必須以總統身分見汪道涵。美方當時主動提及七月三十日辜振甫給汪道涵的信中提到了「一個中國各自以口頭表述」，但是卻認爲我方的說法並不清楚，而且不夠積極。美國並且抛出了一個「時間表」，希望台灣在柯林頓於九月十一日與江澤民於紐西蘭會面前後，能夠採取改善兩岸關係的做法。

在交涉的過程中，台灣曾辯解，辜振甫上年十月訪問大陸，特別強調對等與民主的原則，但北京未與正視，反而推動大國外交孤立台灣，並且企圖影響美國政府，導致柯林頓在上海說出了「三不」，對台灣的國際地位造成衝擊。

但是，美方並未因此鬆口，依舊認爲，七月九日之前，台灣的「一個中國」是模糊的，是尚未眞正統一的一個中國，但七月九日之後，台灣不論在邏輯與哲理上，都讓人以爲台灣不再支持「一個中國」，已經和美國的政策有所落差。美方更要求，李總統應該在公開場合聲明支持柯林頓的中國政策，「也希望台灣未來能再回到『一個中國』的立場」。這樣可以使台美有一個共同的立場，有利於台美關係再往前發展。

柯林頓政府的看法是，美國將繼續一個中國政策，中共也說一個中國，這會讓美國與中共在一中上更爲一致，這樣的發展對台灣不利，因此建議台灣最好還是回到「一個中國各自表述」，使國際間能針對一中有三種不同的定義，美國也可維持自己的定義。

當時美國甚至建議，汪道涵曾經對「一個中國」提出八十六字解釋，是否可作爲未來討論「一個中國」原則的基礎，如果台灣不能接受，是否可在公開場合對其做直接引述？美國同時提供我方一份英譯本，再次詢問，美國是否可以對這八十六字講一些正面的話，如果台灣對中文解釋有意見，能否接受英譯文作爲雙方解釋的依據？

對於美國完全聽信中共那一套，台灣高層非常憤怒，隨即則送了一份中文本給美國，嚴正表示台灣不能接受汪道涵八十六字的說法。台灣方面告訴美國，一個中國的定義已經變成中華人民共和國，這是我們不能接受的，一個中國應該是未來的、民主的中國，現在就是「特殊的國與國關係」。

我方且主動表明，「特殊的國與國關係」不表示大陸政策的改變，因此我們不會修憲，國統綱領也不會改變，我們也將繼續推動兩岸交往。

我方因此駁斥，汪道涵的八十六字解釋，外人以爲是合理的說法，事實上卻是毫無新義，汪在其中三次提到一個中國，從前後文看來指的就是中華人民共和國，並且主張台灣的政治地位並非對等，這對台灣相當不利，不能做爲兩岸處理一中的基礎。同時也對美國說明，外人一直以爲中共對一中採取內外有別的做法，但是上年辜振甫訪問大陸時，錢其琛明白表示一中沒有「內外有別」，中共對一中的看法非常僵硬，希望美國友人不要存有幻想。

台灣方面當時也釋出善意，向美國表示台灣願意在近期邀請海協會秘書長張金成訪台，如果對岸不願意，台灣願意派海基會秘書長許惠祐去大陸，甚至再請辜振甫到對岸一趟，來營造良好氣氛。

見台灣絲毫不退讓，美國之後又向我方宣稱，美國獲得情報，江澤民現在正面臨中共強硬派的壓力，因此美國希望台灣對一個中國原則能夠回到從前的表述，好讓江澤民有所交代。不過，台灣仍然力爭，「我們已經不修憲修法，中共毫無理由再霸道」，並未給予正面答覆。

十月十日，柯江會與中共建政慶祝已經分別結束，台灣在尊嚴上並未受到明顯的傷害，為了讓中共與美國不再有話說，李登輝乃在國慶祝詞中述及：「我們了解，當前國家尚未統一，臺海兩岸對『一個中國』各有不同看法，但我們認為，兩岸關係為特殊的國與國關係，乃是歷史與法律的事實，兩岸應當正視此一事實。」

這段談話，外界有人認為是退回到了「一中各表」，但是李登輝私下認為，所謂「各有不同看法」，在他個人可以解釋為「我的看法就是根本沒有一個中國，一個中國是他們的」，至於外界如何看，就讓大家各取所需。

不論如何，對於美國而言，李登輝雖然沒有放棄「特殊國與國關係」，但仍算是給了他們一些回應，並非全然相應不理，至少李登輝提到了「一個中國」。

拋出理想之球

在沉重的國際壓力下，李登輝經過了幾個階段的迴旋轉進，從「兩個國家」到「一個中國是未來」，再退到雙十文告的「兩岸對一個中國原則看法不同」，不過，十一月間他又趁勢重回七月九日的原點，並且把觸角伸向國際知名媒體，希望在國際文宣上爭取認同。

美國《外交事務》是李登輝選擇的標的，他在十一月號的雙月刊上發表專文，詳盡的向國際意見領袖深入闡述，兩岸關係目前是「特殊的國與國關係」，過去「政治實體」的模糊稱呼，使台灣陷入不對等地位，也與事實不符。一九二二年創刊的《外交事務》雙月刊，是美國民間「外交關係協會」所發行，一向以美國本土事務與國際關係爲主要研討範圍，七十年來已成爲各國政要、學者及意見領袖必讀的刊物。

美國多項重要外交政策在形成前，多位政策執行者都曾利用此一刊物來拋出風向球並謀求共識，如尼克森、季辛吉；也有不少學者藉此介紹個人學說來促成共鳴，如美國稍早對中國的「圍堵政策」。

李登輝在這篇名爲〈了解台灣：跨越認知差距〉的專文中陳述：台灣的民主發展已爲一不歸

路，台灣人民已無法接受不具代表性的政府，同時也高興他們的國家有能力作爲國際社會上有責任感的一員。北京如能擁抱民主，而非圍堵民主，將符合區域甚至全球最佳利益。因此當今國際社會應更新對台灣的了解，並給台灣應享的國際地位與角色。

他形容，「叛離的一省」是北京作爲威脅對象的稻草人，每當中華民國在國際社會尋求代表權時，即藉以作爲威脅的對象。實際上，北京從未統治台灣，國際法也不允，其劣行是對區域和平與穩定的一大威脅。而北京笨拙的武力恫嚇與挑釁，不僅使台灣人民對其印象極爲反感，也厭惡共黨極權缺乏政治可靠性，尤其強化了台灣內部尋求宣佈獨立的呼聲。國際對台灣現狀的認知直接影響台灣安全與未來發展，也涉及海峽兩岸的政策制定，因此必須基於事實現狀，而不是北京一廂情願的想法。

這是中華民國元首第一次在此具決策影響力的美國重量級刊物發表政論性專文，外交事務雙月刊並以「中華民國總統」稱呼李總統。

專文中，李登輝以「稻草人」向國際訴求，目的在凸顯中共爲了孤立台灣，設立了許多虛構性的目標，讓外界似以爲眞，因此台灣必須加以揭發，讓外界認清台灣是主權國家的事實。文中絲毫未提台灣對「一個中國」的看法，這出自李登輝的刻意，他不願再在複雜的法律與政治理念中兜圈子，使外國人搞混了台灣的眞正意見。

自七月兩國論提出後，相較政府官方在受壓後所公佈的諸多「說帖」，這篇闡述兩國論的專文「純度」極高，在李登輝爲兩國論奮戰不懈的過程中，具有特殊意義。

十二月中旬，台灣已經進入熱鬧的選季，卜睿哲再次來訪並與李登輝晤面，這次的卜睿哲明顯輕鬆很多，李登輝不忘再次告訴卜睿哲，「特殊國與國關係」是中華民國無可退讓的最基本立場，卜睿哲不假思索的回答「我完全了解」，不再多所置言。

李登輝推著「兩國論」逆水行舟的過程，也曾經發生過一段有趣的插曲，讓美國人領教到李登輝的「厲害」。

二千年元月，美國衆議員邵建隆等人，奉美國衆議院議長之命，在台灣總統大選舉行之前，及時穿梭兩岸調解歧見。十七日，一行人剛結束北京、香港訪問行程來到台灣，李登輝接受要求在總統府接見。

曾經公開「勸告」李登輝不要再出言挑釁中共的邵建隆，一開場就直接對兩岸問題有所請教。李登輝則在一個多小時的晤談中，不厭其煩的將「兩國論」的背景、成因、意義，反覆闡釋，席間，李登輝刻意詢問邵建隆，「你們剛從北京來，恐怕只有聽到中共高層的意見，少有機會和對岸的一般民衆交談。」

他對著一臉納悶的邵建隆繼續說，「假如你們在北京、上海能夠搭乘計程車，和司機與民衆們接觸，應該可以想像到大陸人對台灣民主自由環境的肯定」。「我提出特殊國與國關係後，當時北京的電視台幾乎每一個小時就在電視上罵我是『壞蛋』，是主張獨立的分離主義者，但是我相信，大陸的普通民衆是不會這麼想的」。

對於李登輝「針對性」的講話，會講華語的邵建隆立刻回答，「我們不會認爲你是『壞蛋』，事實上，我們不是沒有機會與大陸民眾接觸，我們對於台灣民主改革、經濟發展獲致的成就有非常深刻的印象。」李總統又對邵建隆說，「歡迎你們多到台灣來看看，這次來也應該多到各地去走走，實際深入了解台灣的現況，一定會發現兩岸根本完全不同。」

面對曾把特殊兩國論的嚴重性與中共九六年試射導彈相提並論的這位美國議員，李登輝不假辭色的說，「特殊國與國關係」就是兩岸的現況！在不對等的情況下，台灣無法和中共談判，如果違反對等的原則，所有人都不會接受。李登輝更倒打中共一耙指出，兩岸開啓辜汪會談事實上是他所主導的，之後所以中斷，只因他回母校康乃爾大學演講，這說明所有的問題都出在中共，末了他要美國議員公正評理，讓先前「來勢洶洶」的邵建隆當場無話可說。

兩國論最終受限於國際現實，無法在總統任內親眼目睹其開花結果，李登輝很早就有了心理準備。九九年十一月下旬，一群台派的會計師由美返國，李登輝如同看到「知己」，私底下說出了不少心中秘密。

李登輝對這些台僑透露，他在兩千年五月退休後，有很多重要的計劃要推動，現在不便說明細節，但他打算以平民的身分繼續努力台灣問題，積極落實「特殊兩國論」，唯有特殊兩國論才能代表台灣存在的價値與對等的地位。當天有與會者詢問為何不採取公投直接訴諸民意？李登輝認為，「兩國論要慢慢推動」，就算採取公投，中共也不會承認。

李登輝坦承，特殊兩國論涉及的範圍很大，包括美國也會介入，並不是簡單的問題；但是李登輝也辯解，如果他在卸任前不講（特殊兩國論），「那有誰會比我更有資格來講」，「我是中華民國總統，我講了兩岸是特殊國與國關係，這個定位現在就已經確定了，兩岸必須是對等的，國際應該重視，並且廣泛討論」。

李登輝當年在談話中顯露的強烈歷史感，在其卸任後，完整在新著《亞洲的智略》一書中呈現，李登輝寫著：現在的中華民國不再是以往的「民國」，而是擁有嶄新內涵的「新共和」。台灣究竟在什麼時候可以正式宣佈爲「新共和」？這一代的人或許沒有辦法給答案，但是台灣是否會按照這條道路一點一滴的匍匐前進？完全端賴於全體台灣住民是否能夠形成沛然莫之能禦的國家共念，而李登輝則在國家元首權力行使的最後一刻，努力的向空中拋出了理想之球。

卷六／台美關係細周旋

美國政府准許李登輝入境

九五年五月中旬，一輛BMW黑色公務車在高速公路上，以超高的速度由北向南，不斷穿越路肩行駛。一個小時出頭，這輛車就由台北總統府殺到了台中。什麼事情如此十萬火急？

李登輝訪問美國康乃爾母校的計劃，美國政府已經批准了！

蘇志誠接到了由外交部轉呈的電報，當天李登輝正好在台中巡視地方建設，爲了讓李登輝立即掌握第一手訊息，蘇志誠兼程飛奔送信。

李登輝看完電報內容後，難掩心中的興奮。前一年，他前往中美洲與非洲進行跨洲訪問時，過境美國夏威夷，受到了有損國格的羞辱，他臨時決定不下飛機，穿著一件休閒襯衫未打領帶在飛機上接見美國在台協會理事主席白樂崎，做爲無言的抗議。

當時美國不允許李登輝在境內過夜，並非不准下機，但是到達夏威夷時只安排到當地空軍基地的一個小房間休息，並由一個上尉階級的軍官接待。

白樂崎從來沒有遇到過這種場面，李登輝以疏懶的姿態接見他，堅持留在機上一個半小時等待再起飛，氣氛雖然有些難堪，但白樂崎在心裡一定暗忖著，「這是一個難纏的角色。」後來，李登輝訪美時再遇白樂崎前來接機，李登輝還調侃說「現在我下來了」。

這個事件引起美國國會與輿論的譁然，一個號稱民主的大國，竟然受迫於另一國家的要脅，在台灣總統過境的問題上採取了失禮的態度。國會開始對這個問題給予高度關注，並對行政部門痛加檢討，若干與台灣友好的議員開始展開連署，要求應該放寬對台灣領導人訪美的限制。

「在國會強大的壓力下，同時康乃爾大學當時的校長也非常熱心，逼著柯林頓總統非做決定不可」，李登輝說。

能夠順利訪美，美國國會所展現的民意是關鍵，李登輝不同意所謂卡西迪公關公司一手促成的說法，如果美國的民主只能靠國會遊說達致，這是對當時幾乎全體投贊成票的議員不敬。

當時的兩岸關係，不論在檯面上如何較勁，在檯面下的管道是暢通的，李登輝在獲知美國之行可望順利成行時，特別透過兩岸檯面下的密使管道聯繫，事前知會中共方面有此行程，希望取得雙方的理解。

在李登輝出訪前，海協會副會長唐樹備如期訪問台灣，兩岸未有任何異狀。李登輝也在總統府召開高層會議，聽取各部會首長的意見，與會者一致主張應該如期訪美，以提振民心士氣，包括外交部長錢復都表示正面的看法。

後來傳出對於訪美一事，錢復曾經在國安會秘書長丁懋時召開的幕僚階層會議上提出「呷緊弄破碗」的保留看法，李登輝並不知情，也未獲得屬下的報告，錢復更從未當面表達過類似的意見。也有說法指錢復當時曾經上書李登輝勸阻訪美行，又曾二度以公文催促批示，則被李登輝斥爲是子虛烏有，他從來沒有接到錢復反對訪美的隻字片語。

美國政府將核准李登輝訪美的消息，在五月間於台灣媒體曝光時，國內民意莫不擊掌雀躍，長達一個月持續追蹤報導相關籌備的細節，新聞熱度發燒不退。而李登輝訪問美國的意義，對於多數國人來說，是一個長期遭到國際孤立、尊嚴與經濟國力不成比例的反撲，李登輝所力言「走出去」的訴求，完全符合台灣人要求合理待遇的需求，因此一片叫好之聲。

李登輝在康乃爾的重頭戲是對母校師生的一場「歐林講座」演講，這篇講稿應該放入什麼樣的內容？國安會秘書長丁懋時召集的幕僚們改了七、八次之多，李登輝都不滿意。原先的講題是「WHAT DO PEOPLE WANT」，後來修改爲「WITH THE PEOPLE ALWAYS IN MY HEART」。

當總統府正在苦惱之際，新聞局長胡志強知道了情況，他說「我有辦法」，自動請纓上陣，接手了講稿撰寫的工作，最後完成「ALWAYS IN MY HEART」的知名作品，中文「民之所欲，長在我心」是由英文翻譯而來，取擇於尙書。

胡志強在李登輝上飛機的前一天晚上才將這篇講稿送到李登輝手上，李登輝閱讀後非常的激賞，文中忠實傳達李登輝認爲存在才有希望的「存在理論」，將中華民國與民主不斷並陳，突顯台灣的價值。「存在的意義非常大，中華民國正遭遇存在的問題，差一點被淹沒，如果國家主權沒了，什麼都沒了」。李登輝另外又自己加上了US OPEN的敘述，他相當得意的說，「美國公開賽是一語雙關，暗示美國的開放。」

胡志強是英國牛津大學的國際關係博士，講著一口道地英國腔的典雅英文，在李登輝成功完成訪美歸來後，次年他即被李登輝派駐美代表，並當上外交部長，足見當時他在李登輝心中的評價。

在李登輝出發前，美國政府曾經私下希望李登輝在演講中不要觸及任政治問題，不過倒是並未要求事先看講稿，李登輝也未將講稿讓美國人先過目，「怎麼樣都沒有理由把講稿拿給他們審核」。

六月十日，李登輝在綺色佳校園發表世紀性的英文演說，不斷強調中華民國，並以台灣經驗，主權在民闡述台灣的政經成就與國際處境。當天CNN有線電視網在每節新聞時段報導了現場的盛況，透過強勢媒體的傳播，中華民國進入每個家庭，做了最成功的免費宣傳。但是，美國政府內部的若干主管東亞事務的官員，在聞悉演說內容後，有些氣急敗壞。李登輝多年後回憶，「政治本來就是看人在玩的，如果束手就擒，台灣永遠沒有機會。」

「BE REALISTIC,DEMAND THE IMPOSSIBLE」，李登輝深信，面對問題時，要面對現實，向不可能挑戰。「到美國這條路，好像去月球一樣遠，經過整整二十七年的時間，終於回到綺色佳，我一直認定，只要有決心和毅力，一定可以實現夢想。」

十一日晚間，李登輝在康乃爾接受遠距獎時發下豪語，「我將會再回來，保證不會再隔另一個二十七年。」卸任總統後，李登輝在兩千零一年將再度實現願望。

李登輝當年在國人的滿意聲中返國，江澤民隨後則去了蘇俄訪問，兩岸當時並無動靜，但是等到江澤民回到北京後，卻受到了中共軍方的嚴厲批判。在此之前，江澤民由於大力整頓貪瀆案件，與保守派起了嚴重衝突。解放軍以李登輝訪美爲藉口，主張在台海進行軍事演習，李登輝後來得到消息，江澤民由於權力基礎不穩，決定向軍方妥協。

中共內部的問題牽動美國的關切，美國因此不斷向我反應，由於康乃爾的演講觸及了政治問題，江澤民已經壓不住陣腳；這個說法並不爲李登輝接受，他認爲自己「談的是歷史問題，不是政治問題」，沒有康乃爾之行，中共軍方遲早也會另尋其他製造鬥爭的導火線。

台海危機，舉世注目

針對李登輝的訪美事件，中共在歷經低調、沉默、憤怒、批判等數個階段後，江澤民終究壓不住內部強硬派高漲的聲勢，在東海發動了兩波軍事演習。第一次從七月二十一日起一連六天於台灣北方彭佳嶼海域進行導彈試射；第二次則是八月十五日起，連續十一天，在彭佳嶼北方一百浬的海域及空域，進行海空聯合作戰。

當年，中共是在演習的前三天，即七月十八日，透過新華社正式公告演習的消息。台灣則是在更早之前的兩天獲得情報，得知對岸將對台進行武嚇。這是台灣自八二三炮戰以來兩岸最險峻的準軍事衝突，政府內部非常緊張，立即著手應變。

當時，台灣得悉中共對於發動演習也相當擔心，由於演習區是在公海，因此事前在內部會議上，曾嚴密要求演習部隊必須注意外國的海空軍是否有所動作，並且訓令其反攻擊部隊待命，以免演習中途遭到外力攻擊。經過驗證，我軍情單位當時的情蒐能力極強，加上與美方充分合作，事前已經確知中共將試射M族短程導彈，包括實際型號、性能、發射的基地，種種資訊都掌握無誤。

十八日深夜，演習消息公佈後，國防部、國安局、軍情局連夜會商，陸委會也發出緊急聲明譴責中共危害亞太和平，並且提出嚴重抗議。根據當時台美兩國軍方的綜合研判，中共軍方依據國際慣例在事前宣佈，排除了正規作戰的突襲要件；對於M族飛彈的性能，以及共軍操作的熟練程度，中共也希望透過演習做較精確的了解；若演習成功，更可以此成果激勵當時呈現不耐與低落的共軍士氣。

因此，台美兩國都認爲，中共的飛彈試射並不會對台灣安全構成立即的威脅，但是其對台進行「神經戰」的政治目的則十分明顯。就此，政府當時擬具了兩套因應方案，對內重點在安定民心；對外則爭取國際重視，目標除了美國，更包括鄰近的日本。由於日本據有的釣魚台距離彭佳嶼並不遠，中共此舉已經造成區域鄰國的驚慌和不安。

二十一日是演習第一天，中共分別在凌晨一點與中午共發射了兩枚飛彈，一顆命中目標區，一顆則失敗墜落福建地區。全程監控的軍情單位隨即向李登輝報告了詳細的演習情況，當局認爲這些資料有必要適當讓國人了解，對穩定人心有助，因此主動向新聞界透露。二十二日《自由時報》獨家刊載了此一消息，隨後並獲得國防部公開證實。

配合導彈演習，中共傳媒當時針對李登輝與所謂的台獨主張進行連續批判，政府內部研判，這是中共介入大選的對台策略之一，明顯鎖定次年三月的總統大選與當年底的立委選舉，企圖強化其針對李登輝一人及壓制島內獨立聲浪的效果。

但是，演習之後所造成公海與空中的交通封閉，國際爲之嚴正關切，不僅美國出面商談，日韓也呼籲美軍加強防衛亞太，各方的反應對中共極爲不佳。而中共原本要對台灣內部進行分化，卻發生朝野一致團結譴責中共的結果，台灣人民反感驟升。尤其，在大陸的台商唯恐兩岸情勢生變，造成投資受創，出現恐慌性的情緒，在大陸經濟膨脹率居高不下的情況下，中共國務院台灣辦公室主任王兆國特別出面進行安撫，種種都讓中共未蒙其利，反先受其害。

此次演習原定爲期八天，中共提前收攤在二十六日結束，事後並宣稱演習期間六枚飛彈全部命中目標，極力維護解放軍的面子。

八月十日，中共又透過新華社發布將在八月十五至二十五日進行更大範圍的演習。這次台灣經過了前一次的經驗，更爲沉著因應。國防部早在八月一日就發現共軍部隊開始移動的所有狀況，參與演習的部隊包括中共東海艦隊、二炮及南京軍區的地面部隊；此類情事，相關系統也已經向李登輝提出報告。

十日下午，李登輝從台灣東部視察後返回台北，立刻約見行政院長連戰交換意見，當時國內金融甫發生「四信案」與「國票案」，府院皆認爲這次演習的經濟衝擊較政治效應爲大，應該立即採取有效措施，安定經濟情勢。十一日傍晚，未待演習正式開始，行政院在緊急會議後立即推出多項利多措施：財政部的振興股市方案，央行的寬鬆貨幣政策，種種皆有備而來，應變的節奏感有了長足進步。

經過了兩次演習的震撼教育，中共是否會在九六年升高衝突？李登輝一直保持警覺。十月九日，這是一個關鍵性的日子。李登輝連續詳閱了衆多情報資料，也聽取高級幕僚意見，研判中共內部問題極為嚴重，勢必以台灣為轉移焦點的標的，他因此約見國安會秘書長丁懋時，正式指示提前就次年總統大選前的台海情勢組成「應變小組」，及早就變局進行規劃與準備。

而中共經過兩次公開式的對台恐嚇，十一月二十五日，新華社突然主動宣佈十一月下旬在閩南沿海的三軍聯合作戰演習，已經成功結束。這是共軍的年度訓練，中共卻採取「事後」宣傳的做法，並引述中央軍委會副主席張萬年「促進祖國統一大業」的談話，也以「南京戰區」稱呼原「南京軍區」，當時正值立委選舉前夕，對岸欲持續擴大島內不安、壓抑台獨意識，藉選舉擴充地盤的目的，可謂司馬昭之心。

這個跡象更顯示，中共強硬派確實蠢蠢欲動，訪美只是其鬥爭的藉口，即使沒有訪美，解放軍也會找到其他理由進行一次軍事挑釁，表達不滿並展現實力。

對於中共的恫嚇，美國當時的態度非常謹慎，始終未對我有任何實質的承諾與保證，但是十二月十九日，美國航空母艦尼米茲號戰鬥群，卻悄悄的由台灣海峽經過，事實上這支戰鬥群是五、六艘同時通過，並非外界想像的一艘。美國事前與事後都未對台灣透露，我國海軍則經由雷達，由頭至尾清楚掌握了航行動態，但也未做聲張。

這是自一九七五年越戰以來從來，未有的重大事件，中共貿然演習，對美國的公海航行權形成挑戰，為了維護海權，美國以實際行動讓中共了解其海軍勢力所行使的範圍。美國海軍對美國在國際公海的自由航行權高度重視，不僅已成為海軍的傳統，兩次世界大戰都有海軍積極決策的事實，因此對於中共藉軍事演習行軍事擴張，美國海軍採取了相對於其他軍種更嚴重關切的視角。

九六年一月，一位美國共和黨的重量級人物來到台灣，主動提及美國已經派出航空母艦前來之事，消息因而在媒體傳開。當時美國在台協會基於不過度刺激中共，也不願台灣就此做文章，對外公開的說法是，尼米茲號上的官兵是由日本橫須賀港前往香港休假，通過台海當天，主要原來的東部海域航道的海相不良，因此不得不改變航道從台灣西部經過。

這個說法當然只是外交辭令，因爲根據當時的氣象資料，十二月十九日台灣東部海域的風浪實較台灣海峽爲小，並無AIT所言之事。美國爲了維持其在東亞地區的空間與利益，直接介入台海危機，對於台灣產生了深遠的影響，民心也爲之振奮。

另一方面，李登輝下令組成的「應變小組」，則由丁懋時召集殷宗文、曾永賢、張榮豐、林碧炤、鄭文華、林清修，與作戰幕僚單位積極運作。討論過程中，外交背景者多主張寫說帖因應，但未被李登輝採納，因而改由安全系統主導，在累積九五年的經驗後，幕僚群對於九六情勢的研判與掌握更爲精準，經過數月的沙盤推演，終於對台灣政治、經濟、選舉、社會、心理各層面可能的影響完成總共二十八、九套的應變計劃，這套計劃由非軍事的角度進行戰略部署，軍事的部分則由參謀本部負責。

李登輝後來在競選時公開表示他已經做好了「十八劇本」，早有萬全準備，民衆可以放心。這「十八劇本」的十八意指許多，並非剛好十八，事實上高達二十八、九項，劇本則是senario，也就是國安會的這套應變計劃。李登輝得到應變計劃的報告，早在中共發動軍演的三個月之前，他對專業幕僚的規劃十分滿意，並交代殷宗文指揮國安局提供支援。

九六年二月七日，李登輝親自召開重要的高層會議，行政院長連戰、國民黨秘書長許水德、國安會秘書長丁懋時、總統府秘書長吳伯雄、參謀總長羅本立、國防部長蔣仲苓、陸委會主委黃昆輝、外交部長錢復、台灣省長宋楚瑜、殷宗文、蕭萬長、曾永賢、張榮豐、林碧炤等相關首長全員到齊。會議由下午五點半討論到晚間七點半。

會中，國安會提出的應變計劃正式交付討論，國安會並且明確掌握，中共可能在「三月五日」再度宣佈將在台海舉行軍事演習，相關部會必須提前按計劃切實執行應變。這三月五日的預判，事後獲得驗證，一天也不差。

丁懋時在會中曾補充說明，這套應變劇本的內容，衡諸中共當前的動態，已經有四、五項與預判吻合。李登輝則對著所有與會者強調，這套劇本早在十二月就做好了，不是現在才臨時塡上去的。言語中充滿著自信。由於已屆選季，高層會議上並主張，李登輝做爲國家元首與總統候選人兩種身分，在對岸武力威嚇期間，正値國際媒體前來觀選，必須採取強硬的發言，才能凸顯台灣在辦理民主選舉，中共卻在軍事威脅的兩極印象，有助於引起國際對台灣的注意與同情。

李登輝在戰略層面指出了方向，連戰則負責在戰術上加以執行，行政院因此在二月十三日成立了「兩岸臨時決策小組」，由國安會提供幕僚作業，密集開會就穩定股匯房市提出強力措施。國防部也在二月二十九日成立代號爲「永固」的專案作業小組，指導三軍全面備戰。

九六年三月，中共果然發動了更大規模的軍事演習，其中公開宣佈的有三波，分別是八日至十五日、十二日至二十日、十八日至二十五日在台海的演練，實則進行了五個階段，第四波之後則轉往閩粵進行山地作戰與城市巷戰。

當時我方研判，按照中共的軍制，每年一至三月是新兵操練，四至六月是專長訓練，七至九月爲各兵種演習，九至十二月才是三軍聯合演習，因此中共會在三月進行三軍聯合演習，可以確定這次演習的定位爲針對性，而非例行性。基於兩岸關係的特殊，除了少數防衛項目，中共幾次自內地模擬我機場、空軍炸射演習，以及二炮部隊的實彈發射，都可以解釋爲針對台灣而來。台灣當時也就中共實際軍事能力進行評估，中共尚缺乏應付攻台所需的後勤補給能力，就台海間高科技戰力的比較，中共平常也誇大軍力之實。

演習期間，美國以公開宣佈的示警方式，先後派出兩支航空母艦戰鬥群前來，而「獨立號」與「尼米茲號戰鬥群」來台巡弋的位置，非常耐人尋味，我安全官員就指出，從戰略著眼，它阻擋了共軍由琉球群島及巴士海峽繞道至台灣東岸的可能路徑，也就是中共演習進行，萬一假戲眞做引發衝突時，台灣屆時不至腹背受敵，而能集中全力與共軍在西部沿岸決戰。中共原本預定這次的演習在三月二十五日結束，最後則在二十三日提前收場，軍情單位認爲原因應該是台灣選舉已經圓滿完成、其政治目的未成；其次是天候不佳，造成演習不順，傷亡發生，原本排定的登陸戰大幅縮水，不得不草草喊停。

不過，九六年三月的台海危機，應當重視的焦點倒不在是否攻台的問題，而是在時間上，這是針對我總統選舉而來，有其政治目的；在地點上，其彈著點極接近台灣，具有強大的恐嚇性。這段期間，李登輝在第一線競選，發表措詞直率的講話，將民氣鼓舞到最高點；同時也隨時與台北聯繫，了解行政院執行的最新情況，兩手各有掌控。中共鎖定李登輝，要脅台灣人民讓他落選，卻反而成爲李登輝最有力的助選員。

選舉時，李登輝告訴大家中共的飛彈是「啞巴」，不要怕，他事後特別解釋，「那是要安定人心。」最值得觀察者是，選後李登輝以五十四％高票當選，中共在策略失敗後，立即採取文宣修補動作，包括對外解釋該次演習不是爲拉下某人的票數，而是遏止台獨勢力的擴展，來爲自己尋找下台階；對內則宣揚共軍的英勇，例如誑稱「中共的潛水艇一出，美艦立刻後退一百海哩」等，以強固其行動的正當性。

李登輝笑笑說，「中共總是用一些公式反覆套用，四十年前用這一套，四十年後還照樣沿用，似乎沒太多長進。」中共的這種論調並非第一次，八二三炮戰中共戰事失敗後，中共也是對外宣傳，砲擊從來就不在奪取金馬，而是火力搜索，在台灣的脖子上套上繩索；水鴨子一上料羅灣，以及中共一開砲，負責護航的美艦掉頭就跑。

事實上，爲了配合三月軍演，中共軍方體系極早就在文宣上有所準備。九五年十二月與九六年二月共軍雜誌《戰略與管理》即由軍事科學院戰略部人士，分別以八二三戰爭邊緣、清康熙收復鄭氏王朝的策略得失內容撰文。藉以積極鼓吹「無壓迫即無對話」、「對台談判必須以強大武力爲後盾，方可能成功」的論調，並揭示武力進攻、和平統一；建立海上優勢、縮短統一進程的結論。特別是舉康熙與台灣鄭成功十六次政治談判的歷史，在對台關係上藉古喻今，一度成爲中共內部的「顯學」。

有趣的是，李登輝當時在閱讀相關資料後，競選時有次回母校淡江中學參加校慶致詞時，直言調侃：「中共要拿康熙對付台灣的那一套對付我們，國際情勢與時代背景已經不同，根本就沒有用了！」對中共加以奚落一番，據說消息傳到對岸，還曾引起中共方面的光火。

無獨有偶的是，有情資顯示在演習結束後，當年六、七月間中共中央文宣小組召開檢討會議，軍方的上述言論也遭到黨中央的直接點名批判，認為軍方不該誇大武力因素，是明顯錯誤，可見中共內部不見得都認同這一套，以武力恫嚇台灣的效用更是適得其反。

台美會談，妥慎處理危機

中共試射飛彈造成台灣海峽情勢緊張，不僅威脅台灣國家安全，也對美國國家利益和亞太區域和平造成重大的影響。美國當時同步對中共與台灣展開「預防性」外交，有效遏阻了解放軍的蠢動，也因此與台灣建立了高層的戰略對話機制。

在這段台灣危機時刻，美國與台灣如何共同危機處理？著名的丁懋時與柏格對談內容，至今尚未完整曝光，如今多位當事人詳細勾勒出當年的精采全貌。

九六年三月三日，五角大廈在台海情勢秘密簡報會上，決定介入這場四十年未見的區域爭端，當天下午柯林頓授權國防部，派遣獨立號號航空母艦駛往台海附近水域進行巡弋。同時，美國國家安全會議也在柯林頓指示下，主動與台灣當局聯繫，要求派員來美就台海問題當面進行磋商，以便及時針對緊張局勢有效降溫。

中共國務院外事辦公室主任劉華秋當時在華盛頓訪問，三月八日與國務卿克里斯多福、白宮安全顧問雷克、國防部長裴利會面。

中共官方事後說明，劉華秋在會談中與美方取得默契，只要台灣不獨立，中共就不會對台灣發動眞正的軍事攻擊；中共軍事演習的目的主要在嚇阻台獨。但事實上，劉華秋當時的態度相當強硬，對於美國堅持台灣問題必須以和平方式解決的立場，並未有所回應。爲避免中共誤判，美國因此決定由波斯灣將第二支航空母艦尼米茲號戰鬥群調往台灣海峽巡弋。

台灣方面在三月五日接到美方會談的要求後，李登輝立即指派國安會秘書長丁懋時於三月九日啓程前往紐約，丁懋時是資深的外交官，曾任駐美代表與外交部長，是當時的不二人選。丁懋時受命率國安會副秘書長鄭文華，以及負責紀錄的國安會秘書處長林清修到達紐約後，三月十一日在紐約市的Helmsley飯店與白宮安全副顧問柏格、國務次卿塔諾夫等人進行了長達五小時的會談。

由於台美會議前，美軍已經早一步採取實際行動保衛台海安全，因此這次商談中，美國除了明確告知我方，該國已經對中共不得採取強硬路線提出嚴正警告外，主要重點在於確認台灣在完成總統大選之後的大陸政策走向。

針對台海發生危機，美方在會中對我方的主談人丁懋時說明，這次的會談是由柯林頓指示召開，美國總統、國務卿、國防部長、國家安全顧問已經一致口徑的向發動軍事演習的中共表明，「這是一種挑釁，中共必須對其後果負責」。

美方對丁懋時透露，雷克與劉華秋稍早的會晤曾經坦率的討論台灣問題，劉華秋除重談一貫的說辭，全程大致都是在聽。美國坦率的告知劉華秋，美國希望中共表現彈性，避免情勢激化，「否則將影響美國會五月中如何看待中共的最惠國待遇問題，目前的情勢已比一九八九年天安門事件之後還要嚴重。」

柏格對丁懋時說，美國這次派軍艦赴台海的目的在嚇阻侵略，而非製造緊張；「中共意在威嚇你們的選舉，但無法確定其最終目的爲何」，「雖然我們不認爲他們會出錯，但台灣這段期間採取謹慎克制是正確的」。

在這次歷史性的第一次會談我方向美國做了深入的分析，台灣研判中共這次進行導彈演習至少有五個目的，分別是影響台灣的總統大選；遏阻台獨；試探美國的立場；磨練共軍戰法戰技，以爲未來攻台作必要的準備；同時藉此掩飾其內部權力交班的困難，並轉移人民的不滿與注意力。因此，中共目前雖尙無力全面犯台，但不能排除其進攻我外島及發生擦槍走火的可能性！同時，中共演習區域日益擴大，我預警時間越來越短，預期在台灣大選結束後，中共可能仍將繼續擴大演習。

我方並且詢問，倘若屆時情勢繼續惡化，美方看法如何？美方則認爲，國際輿論至爲重要，美國並已計劃聯合日本、東協、歐洲等國家集體向中共表達關切。不過台灣的示警引起了美國的重視，特別關心台灣在防衛金馬上是否有困難？雙方因此決定未來保持密切聯繫，隨時把金馬的詳細情況向美方告知。

一位資深外交官分析，美國當年以實際行動插手台海爭端，固然是向中共、台灣甚至日本等鄰近國家，表達捍衛亞太區域和平的強烈決心。但是，當年正為美國大選年，美國政府深知處理三邊關係的敏感性，或許不願以共和黨為主導的國會將台海問題引為大選題材，也是柯林頓迅速動作的原因。

兩支航空母艦的到來，確實對台灣民心起了極大的安定作用；但是，美國也同時在檯面下對台灣施加了外界不可想像的政治壓力。美國認為，長期以來，美國之中國政策的有效運作，符合美中台三方彼此關係發展的利益，不僅有助於使台灣有一安定發展的環境，也促進了大陸在經濟上更為開放。美國也強調，過去一年，由於中共內部的政治問題，特別是中共面臨領導權轉移之際，強硬派為尋求個人政治利益與政治籌碼的增加，刻意將台灣問題作為形成大陸內部共識與團結的障礙。

美國曾向丁懋時抱怨，在這段關鍵時刻，台灣非但未能低調因應，反而相對採取若干措施，促使整個問題益為複雜化，也使得美國「一個中國」的政策受到影響。他們不諱言的對丁懋時直指，「李總統的訪問康乃爾，強化了中共認為美國有意對北京抱持敵意，造成雙方誤解增加，美國與中共關係更為困難」。

對於美國將台海緊張的肇因，簡單解讀為一年前的訪美使然，丁懋時早從出發來美前就已經心中有數。因此他立刻根據具體的資料一一加以反駁。中共在九五、九六年之所以在台海有諸多反應，事實上有其背景因素，除了就如美國所分析，中共內部面臨後鄧時期政權轉移的權力鬥爭，實則具有更關鍵的戰略考慮。

丁懋時也指出，自一九九四至九五年上半年，由於中共快速經濟成長及軍費增加，國際輿論尤其美國新聞界多談及中共威脅論，以及對中共的「圍堵政策」。同時在此一時期，美國在亞太地區相繼與北韓、越南、緬甸、印度、巴基斯坦修好或建立安全關係，這些都引起中共的戒懼心理。加上中共對台灣民主化的敏感與憂慮，李登輝的訪美受到國內外媒體廣泛報導，繼之又有行政院長連戰訪歐，中共唯恐骨牌效應發生，因而有此激烈反應。

台方並闡述，台灣自民主化之後，國民亟盼在國際間受到尊重，力主政府應致力拓展國際空間，元首訪美一事當年幾乎獲得舉國一致支持，問題癥結在中共無法接受台灣民主化的事實，又不能反對民主，乃以訪美作爲藉口。

但是台灣代表說明後，柏格依舊堅持認爲，「台灣將李總統訪美一事推至『極限』，特別是那篇在康大的講詞頗具『政治意味』」。柏格進而示意，美中有許多問題待協商，無一像台灣問題那樣受到中共高度的重視，「其程度令人驚訝」，也使美國無法與中共商談其他問題，台灣的一舉一動均將影響三邊關係，因此希望台灣能夠謹愼將事。

會談中，柏格也強調，台海局勢的安定對東亞均勢非常重要，台灣在選後應有新的機會使兩岸關係重趨緩和，希望台灣在選舉告一段落時，能夠儘早恢復兩岸對話。

丁懋時則說明，台灣施行民主，無關獨立，「李總統要求轉告最近有謠言說他當選後將宣佈台獨，絕無此事」，李總統絕不會宣佈台獨；致力維護和平是我政府的一貫政策，台灣會以理性的態度冷靜因應對岸的演習。他並且表示，十二天後台灣就將進行首次總統由人民直接選舉，這是中國五千年歷史的第一次，可作爲大陸的典範。

柏格對此表示贊同，他認爲台灣的經濟成就與政治民主化受到舉世的重視，尤其即將來臨的總統選舉爲「了不起的轉變」，這些成就已經有力的駁斥了那些認爲亞洲國家不適合民主化的言論。不過，柏格也強調，台海局勢的安定對東亞均勢非常重要，台灣在選後應有新的機會使兩岸關係重趨緩和，希望台灣在選舉告一段落時，能夠儘早恢復兩岸對話。

席間，美國關心，李總統若高票當選，是否會在選後推動台灣的國際承認？

美方表示，當前基於「一個中國」政策，美國無法支持台灣加入以主權國家爲會員的聯合國等組織；美國建議，台灣不要透過在美國的友人尤其國會議員，謀使美國支持我國進入聯合國，因爲美國行政部門必要時也會採取行動與國會相抗衡。

對於美方的提醒，丁懋時當場正色解釋，台灣絕無利用美國國會向柯林頓及行政部門施壓的意思，但在國會中，台灣有許多友人關心並支持台灣加入聯合國確爲事實。他藉機轉而表示，台灣政府十分了解加入聯合國並非短期可實現，目前更重要的是盡快加入WTO，因此希望美國能突破政治考慮早日協助完成。

會中，柏格提出，要求台灣在一九九六年一整年都不要推動總統、副總統、院長、副院長四級高階深領導人的訪美事宜。柏格補充提到，若純屬過境，美國將會以個案來考量，但即使如此也希望台灣不要將過境之事予以政治化及象徵化，以免增加美方困難。

丁懋時則告訴美方，李總統目前正忙著選舉，沒有聽說他有任何再訪美的計劃。

在交涉的過程中，丁懋時一再強調，台美兩國自一九七九年以來雖無正式邦交，但實質關係向來密切友好，台灣當局從無意使此一關係受損，爲了使雙方關係順暢，台灣希望美國能調整若干措施與規劃，將美國與台灣的雙邊關係與中共的雙邊關係分開處理。

但柏格認爲，美國今後的政策重點在如何恢復三方互信，而非使關係進一步惡化，因此美國必須採行一個能使能使三方面都有利的政策。

丁懋時在返國後，立即向李登輝提出了報告，李登輝因此深刻了解，台灣的安全已經無虞，但是台灣與中共卻將有一場政治大仗即將開打，戰場就在美利堅合衆國。

對美直接管道，自此暢通

危機經常是轉機的開始，因中共軍事演習而衍生的兩國國安會的戰略對話，此後成爲固定的溝通機制。台美兩國沒有正式外交關係，在駐美代表處之外，能夠提昇政府的交往層級，在外交層面的政治意義極大，這種機會也彌足珍貴。

這樣的定期會商，大致每半年舉行一次，直至李登輝兩千年五月卸任，總共進行了八次，丁懋時一直受命擔任主要的執行角色。詳細的會談時間根據調查，分別是九六年三月十一日、九七年一月十三日、九七年八月十三日、九八年三月十一日、九八年七月二十八日、九九年三月二十三日、九九年九月七日、二千年一月二十七日。會面的地點，除了九九年轉往波士頓舉行外，其餘皆在紐約的數家飯店召開。

在台灣新政府選出後，這個管道也由陳水扁政府接手，在柯林頓任滿前持續與美國互動往來，其之所以重要，在於出席此類秘密會議的成員，都是台美政府實際參與決策並為最高當局授權的人物。美國固定由國家安全副顧問（先是柏格、後為史坦柏格）主談、國務院主管政治事務助卿（先是塔諾夫、後為皮克林）、國安會資深主任與主任、美國在台協會（AIT）出面對話。台灣方面比較特殊，丁懋時的職務前後有國安會秘書長、總統府資政、總統府秘書長三次的轉變，但無改「主談代表」的地位，此外並由國安會副秘書長、總統府副秘書長、外交部次長、駐美代表隨同助談。

由於行之有年，每次會談的型態幾乎已經固定化。首先雙方總會就國際情勢交換意見；其次，則就亞太與中國情勢進行討論，特別是台灣在這方面的角度獨到，美方非常希望得到我方的評估看法；第三，則是就台美兩國切身的「特定問題」逐一詳細商議，例如，美閣員訪台、台灣高層過境美國、台灣加入WTO、兩國論等。

這八次會晤，除了第一次事出突然，其餘美方約會在預定碰面前的二至四周左右通知台灣，雙方並且就當次的議程事前交換意見並預為排定。曾經五度參與台美會談的林碧炤回憶，在出發前，有關成員都會召開密集幕僚會議，就議題中我方的立場表述與談判策略反覆推敲，最後做成定稿，並向李登輝報告。

多次的台美對話開展時，李登輝這些年始終持續著一個談話主軸，他會特別交代對談代表一定要向美國強調：台灣是亞太地區安全與繁榮的穩定力量，台灣的存在是亞太平洋重要的樞紐，台灣也將樂於積極扮演此一角色。

除了凸顯台灣的戰略價值與地位，李登輝也要談判隊伍對美說明，台灣政府在兩岸政策上會秉持穩定與交流的原則推展關係，不論中共如何批評與攻擊，這個立場不會改變。儘管美國自「八一七公報」以來不斷聲明不做調人，但是這類台美會商的重大影響在於，美方已經不自覺扮演起兩岸調人的角色，以避免兩岸兵戎相見，損及美國利益。自九五年李登輝訪美後，美國行政部門儘管對台灣有諸多誤解，但美國行政當局也體會到，直接與台灣高層溝通，可以避免誤解，並且取得彼此的最大共利。

因此，柯林頓從九七年初第二任開始，正式將兩國國安會對話機制常規化，並由新上任的史坦柏格接手負責；台灣也開始由外交部與駐美代表加入談判行列。當時，柯林頓獲得新的民意付託，體認今後四年將是建立政績的重要時刻，因此召集所有閣員舉行政策會議，其中一項重點是柯林頓今後將積極參與外交政策，在亞洲方面將支持台灣民主化，維持與中共穩定關係。

第一次會談正值台海危機之時，美方用意藉雙方高層會談向我表達美國維持台海穩定之決心，並請我方自制，以免實際發展難以控制。

次年，兩岸並無明顯立即危機，美國則在其新政府召開首度政策會議後，立即援例與我舉行會談。這次的目的顯然是在向台灣說明美國新政府的對台政策底線，希望了解台灣在兩岸關係上的可能作爲，並希望台灣今後在兩岸關係上的重要措施，能先知會美方，以避免我政策措施影響到美國與中共關係的整體佈局。台灣也因而要求，美國今後與中共高層互訪的內容，應該逐次向台灣詳細簡報，事後美國履行了這項承諾。

一位前政府官員透露，經由這個管道，美國在歷次會談中，除了正式的議題，也提出了很多「私密性」的要求。例如，美國曾經關切台灣購買美波音客機案，希望台灣當局能夠協助促成。

當時，華航原表示有意願購買波音七七七客機，後來經過研究後認爲該機型並不符合華航當時的需求，另一家長榮所需的七七七機型也需要再修改，因此未作成決定。台灣當局基於政府不宜過於干涉民間商業行爲，因此儘管美國表達了意願，我方仍然對美說明，我航空公司所購波音客機已達三十二架，遠超過原來計劃要購買的十架，希望美方能夠諒解。

當年，針對外傳台電將核廢料運往北韓處理，美國也經此管道表達嚴重反應，認爲北韓取得核廢料之後的用途，令人難以想像，恐將造成東北亞安全的緊張，當時南韓也透過美國向我施壓。台灣則透過會談直率的表達不滿，認爲南韓應該直接與我溝通，不應繞道表態；台灣並且向美國明白表示，台灣的核電廠都是與美國廠商簽約，如果核廢料無法順利處理，勢必影響核電廠在台灣的民意接受度。

李登輝主政的這十二年，歷經布希、柯林頓兩任美國總統，台美關係在共和、民主兩黨不同的政策路線下，有著迥然的起伏與挑戰。小國與大國，尤其是超級強權的交往，經常並無外交可言，受制於人、聽命行事的成分居多，但是李登輝是個不輕易妥協的領導者，台美關係在他手上時而順服低調，時而主動出擊，經常讓美國人也不敢掉以輕心。

然而台美國力懸殊、台灣的國家安全又必須仰賴美國給予充分協助的情況下，高層負責官員的面對面溝通，就更有其必要性。台灣經由最直接的交談，明確了解彼此的想法，減少猜測與誤判，也可及時就誤解加以澄清，對這些年來台美兩國既有關係的維繫，發揮了正面助益。

兩岸在美國的攻防日劇

一九九七年，柯林頓第二任期就職後，在白宮幕僚的建議下，認爲應該善加把握重建國際秩序的良機，因此積極展開與中共關係的修復政策，影響所及，台灣面臨了以往未見如此明顯的促談壓力。

李登輝很早就感受到了諸多不尋常的跡象，首先是九六年大選順利當選後，基於台海危機期間對美國的承諾，他因此在五二〇就職演說中特意向中共釋放善意，不僅重申期盼兩岸簽署和平協議，並公開宣佈願意赴大陸從事和平之旅。這篇講詞發表後，中共遲遲未做公開且正面的回應，事後台美雙方曾經就此一問題有所討論。

台灣當時認爲，中共默不作聲的主要原因，或許是在後鄧時期的集體領導體制下，無人敢作斷然之決定，這個現象似乎顯示江澤民的主導力量尚未完全確立。

美國基本上同意我方的看法，也研判中共迄無反應，可能與其內部問題有關。不過，美國一方面表示樂於見到台灣採取增進兩岸互信的措施，另一方面又告知台灣，美國自中共內部所獲得的訊息，中共隨時可以恢復兩岸協商，只待台灣展現誠意。言下之意即是希望台灣再多做努力。

之後，美國在柯林頓連任後未久，即向台灣強烈暗示，「未來美國與中共高層互訪將會非常頻繁」，因此要求我方不論採取任何重要措施，即使是台灣民主化後的結果，由於事關重大，都要事先知會美國，好讓中共也有所了解。美國並且向李登輝私下傳達，有關「一個中國」的歧見，希望台灣不要再做進一步界定。

柯林頓政府認爲，無論出於理性或非理性，將台灣界定爲主權國家，都將導致中共的反應，美方期望中共爲本身的利益採取彈性措施，台海任何一方都不應逼迫對方急速解決爭端，同樣的美國也無法承認台灣爲一主權國家。

美方當時對台灣解釋，之所以這麼做，並非要向我施加壓力，而是倘若我方重新主張主權，台灣將因此付出代價。美方甚且對我當局表示，美國的政策是承認一個中國政府，而這個政府即爲中共；不過美方同意在中國大陸旁有一民主台灣的存在，是符合美方利益的。美國的上述動作，對於歷經總統民選後的台灣實是一大諷刺，讓台灣方面再度警覺事態有異。

在美國戰略調整的大前提下，柯林頓政府對於上年緊縮台灣副院長以上高層首長訪美的「禁令」，不僅未予放鬆，並且變本加厲。

副總統連戰在九七年元月率團過境美國時，發生時任新聞局長的蘇起非正式與新聞界作簡報事件，美國除了當場嚴重抗議，在新政府組成後，還另外透過管道向李登輝方面直接表達關切。

當時美國官方對我嚴詞表示，台灣高層過境美國，美國所遵循的原則是中共不能指揮美國的政策，反之台灣也不能置喙；甚至近乎質問，「今後如有更高層人士過境美國，會不會利用過境作為公開與媒體接觸的機會？」美方不假辭色的說，過境就是過境，不能向新聞界作背景說明，更不能接受訪問。美國的行為令台灣十分不解，除了立即表示遺憾，也力陳「出事後雙方溝通說明即可，美方實無須作此過當反應。」

李登輝在九七年預定有兩次出訪的計劃，一次是應非洲國家邀請於當年三月底、四月初往訪，這個構想未曾曝過光，之後因各種因素考量未成行；另一次則是九月間巴拿馬舉行世界運河會議，李登輝擬赴中南美洲訪問。

基於對美國的尊重，台北方面事前曾經知會美方，不料美國高層居然回答「三月間美副總統將有大陸之行」，言下之意是對李登輝三月出訪案有所保留。

在台灣說明李登輝三月如果成行將取道歐洲、九月才需過境美國後，美方才表示「美國處理過境有明確的政策、非中共所能過問」，未再多加置喙。

當年兩岸在美國戰場上的攻防愈形熾烈，中共獲知李登輝可能前往邦交國巴拿馬訪問，立刻派出劉華秋到美，後並轉赴巴拿馬施壓。台灣當局當時也隨即向美方表達關切，美國才告知，劉華秋曾與國務卿克里斯多福及白宮安全顧問雷克，提及李登輝訪問巴拿馬之事；美方已經向中共強調，美方政策很明確，並尊重巴拿馬的政策。

李登輝充分了解美國當時最為關切的是致力與中共修復往來，因此稍後在選擇前往巴拿馬的過境地點時，他親自決定過境夏威夷，而不過境美國本土，避免增升波折。

美國後來在八月間通知我方同意有關李登輝過境夏威夷的要求，同時再度提醒台灣，這次過境仍將維持安全舒適、個案考量的原則，美方不希望見到任何預期之外的事，過境不能有任何模糊之處，美方希望我方能配合。美國也同時直接指示該國的夏威夷州官員，李登輝在夏威夷不能有記者會，他們僅能以私人身分參與接待。

美國一再強人所難

在美國與中共全面交往的策略下，美國與中共的關係逐步加溫翻升，針對當年十月江澤民訪美事宜，兩國高層曾多次往訪，展開密集磋商。

為了營造江澤民到訪美國的良好氣氛，連六月我國軍例行舉行的漢光演習，在事前、事後都遭到美國的關切。美國在事前所持的理由是，在七月一日香港主權轉移前台灣進行軍事演習並不適當，我方雖然已經澄清漢光演習爲年度例行性演習與香港交接無關，但得悉美方有意見，仍然決定縮小演習規模，並提前結束所有演習。

不料事後，美國竟又對我反應，演習結果較預期有更多的宣傳與報導，因此已經產生了困擾，並且要求今後台灣若再有重要演習，應事先告知美國。

對於稍早已經美方同意的李登輝過境夏威夷事，在江澤民訪美的效應下，美國又再次「叮嚀」台灣，這次的過境在時機上極爲敏感，務請儘量配合不舉行記者會與公開活動。

八月，國家安全顧問柏格訪問大陸，繼續與劉華秋進行對話，雙方從戰略角度談及區域問題、朝鮮半島情勢、武器繁衍及貿易等四項問題，雙方也就柯江會談的安排有所討論。另外柯林頓也差人向李登輝說明，美國十分重視這次江澤民來訪，認爲這是維持中美對話重要的一環，雖然美國與中共在武器管制與人權問題上有歧見，但必須繼續對話。

在歷經種種不平待遇後，台灣認爲有必要對美國具體表達憂慮，當時台灣特別提醒美方，根據情報的了解，中共非常重視江澤民此次訪美之行，並希望訪問能夠成功，藉以鞏固江澤民對內的領導地位，錢其琛上次訪美主要即在爲江澤民訪美之行預作安排，故台灣深盼美方在各項接觸會談中能堅定既定立場，勿受其影響。但是美國當時卻很坦率的回答，中共認爲江澤民順利來訪並不足夠，必須在實質問題上有所「進展」，才算成功。

對於美國不避諱將讓江澤民帶些「禮物」回去，李登輝認爲不能再保持沉默，立即派員向柯林頓政府私下但正式的提出了四項要求，並且直接向白宮高級幕僚進行關切。

這四項要求分別是：

第一，希望美國不與中共就台灣問題進行討論，若對方提及台灣，我方強烈籲請美方不做任何可能影響我國權益、或損及我與美國合作關係的事。

第二，我方強烈籲請美方勿簽署所謂的「第四公報」，如果必須發表某種聲明，必須提及三公報時，我方強烈要求美方應平行強調「台灣關係法」。

第三，我方希望美方於柯江會談後，密派資深官員至台北向李總統作簡報。稍早，美國原承諾將在高峰會後向我駐美代表進行簡報。

第四，我方對未來所有美國與中共間高峰會談討論和簽署任何形式第四公報之可能性，均至為關切。這包括柯林頓總統計劃明年訪問中國大陸在內。

在我方嚴正表示下，美方知道台灣已經不耐，因而向我說明，美國已經與中共談過，這次會談中將儘量避免談及台灣問題，此次柯江會不會犧牲任何第三者的利益，尤其不會犧牲台灣的利益，這也不會是「反台灣」的高峰會。美方並且保證，未來將就江澤民訪美事與台灣保持聯繫，不會造成意外，也將促成雙贏的局勢。不過，美國也以江澤民訪美不僅能引導中共遵守國際規範、且對整個亞太地區安定有幫助為由，希望我當局屆時能公開表示樂見其成，或發表正面聲明。

對於美國的強人所難，政府十分憤慨，立即回應美方：中共一向對我採取強硬敵對立場，上年並對我舉行軍事演習及飛彈試射，台灣民衆實在難以忘懷，在當前兩岸關係情況下，台灣很難對江澤民訪美做出正面評論。

美國當時「促談」的提議始終沒有間斷，認爲自李登輝訪美後，中共固然對於推辭兩岸會談找了許多藉口，但這些藉口都已經成過去，重要的是未來將如何？因此認爲台灣應該自己尋找恢復會談的方式。然事實上，李登輝自當選後到九七年上半年，至少已經二十三次公開希望恢復兩岸會談，但江澤民並無任何反應，美方卻仍認爲我方所爲不足。

當時美方居然還告訴台灣一位決策官員，希望轉告李登輝，「台灣如果追求國家地位以致損及兩岸關係，並不符台灣的國家利益。」

錢復得罪李侃如

在美國對台政策的基本路線下，執行政策的「人」雖然不足以超越政策，卻是個不容輕忽的重要變數。在美、中、台敏感且模糊的三角地帶，「人」的影響經常牽一髮動全身，成爲台灣對美工作的主要標的物。

柯林頓政府自第二任期起擺出的重要人事陣容，不少側重以大陸市場的經濟利益為導向者，列名其中，令台灣備受掣肘。繼柏格、史坦柏格分任國家安全會議顧問與副顧問，九八年柯林頓進一步延攬李侃如為國安會資深主任，更使台美形勢雪上加霜。

李侃如是兩岸「五十年和平協議」的倡議者，言論一向親中疏台，消息傳來，當時台北政壇莫不憂心忡忡，疑慮這位與台灣交惡的學者在進入決策體系後，是否會在台美關係的鋪展上再設下「矮板凳」！果然，李侃如在進入白宮後，不論是對柯林頓兩岸政策的影響，或是在與台灣互動時的觀點與態度，都出現了讓台灣忐忑的發展。

國防部的坎培爾以美國區域戰略為著眼，高度重視台灣在亞太的關鍵角色，因此是台灣對美關係的重要橋樑之一，但是，李侃如卻與其衝突不斷，甚至要求坎培爾去職。後來，美國國防部長柯恩直接找上國家安全顧問柏格，聲明要坎培爾辭職，免談！才使李侃如知難而縮手。

表面上李侃如固然是以美國外交利益為出發，在兩岸天秤上傾向中共，看似言之成理；但是他與台灣更有一段頗不愉快的交手經驗，種下因果的則是當年的外交部長錢復，這段過往讓台灣付出了代價，也凸顯出傳統外交圈的行事風格問題。

九五年十月，時任密西根大學中國文化研究中心主任的李侃如，參加了一份名為「處理台灣問題」(Managing the Taiwan Issue──Key is Better U.S Relations with China)的連署。

這篇文章係由鮑大可(A.Doak Barnett)所草擬，此人在華府的中國圈，向來有「中共不用付錢的最佳公關者」之謔稱。文中主要鼓吹改善美中關係應優於美台關係，並認為李登輝在該年六月訪美已造成美中關係的倒退，美國今後有必要對台美高層官員往來做出較大的限制。

李侃如在上述文件簽名後，令錢復大爲光火，決定對李侃如有所「示意」。在他下達指令後，芝加哥代表烏元彥在九六年一月二十二日，寫了一封信給密大中國文化研究中心新上任的主任狄伯格(Robert F.Dernberger)，信中很坦率的敘述，對於貴中心所提出的第二期三年合作計劃，本人很遺憾的告知，台北有關方面已經決定終止，主因是李侃如簽署了「處理台灣問題」文件，李侃如同意鮑大可對我國家的不友好言論，使台北有關單位別無選擇，必須採取此一作爲。

當時，政府爲鼓勵美國大學與研究機構對台灣研究的興趣，由外交部以三年爲期，提供四十五萬美金給密大作爲研究經費。外交部的懲罰性措施，使密大感到壓力與錯愕，一月二十七日，李侃如爲了試圖挽回，寫了一封電子郵件給過去在美有所交往的國安會諮詢委員陳必照，將烏元彥的信函內容全盤告知。

李侃如並且威脅，他預備將烏元彥的信對外公開，向外界揭露台灣竟然意圖利用金錢控制美國的言論自由，這種行爲已經使台灣多年走出的民主形象毀於一旦。

陳必照在了解事情原委後，感到事態嚴重，他立刻向李登輝報告，李登輝因此指示國安會秘書長丁懋時負責出面協調，希望圓滿解決爭議。由於研判這筆研究經費可能有所轉機，陳必照特地打了越洋電話給李侃如，強力要求李侃如暫時不要採取動作，以免使事件無法轉圜。陳必照並且在二月十日再去信給李侃如，較爲詳盡的說明他正在台北從事翻案的努力。

二月十五日，李侃如回給陳必照一封信，表明他最遲只能等到二月二十四日，在此之前他必須知道結果。密大原計劃在四月份舉行「台灣政治民主化問題研討會」，在經費不確定的情況下，準備作業無法如期推展，李侃如同意予以取消。

在李侃如等待台北消息的同時，他也把烏元彥的信函內容告訴了專欄作家吉博（Leslie Gelb），吉博自認與錢復有交情，爲此寫信給錢復關切此事，但是錢復的回信中沒有說明烏元彥爲何做此表述，只是簡單澄清，「這是誤會，密西根大學未獲經費與政治無關」，顯示無意改變先前的決定。二月二十二日，在李侃如「期限」的催促下，丁懋時針對本案召開了內部會議，國安會兩位副秘書長鄭文華、林碧炤與陳必照與會共商。丁懋時在會中先點名鄭文華就與外交部協調的經過進行報告，鄭文華表示，經他與外交部聯繫，外交部已經回覆，該部一向做出了決定，就不會改變。

陳必照當場質疑，如果這個決定未來可能對國家利益有傷害，也同樣不改變嗎？鄭文華表示「是！」令陳必照當場爲之氣結。由於主持議事的丁懋時當場亦保持沉默，未做積極處理，會議無疾而終，翻案的努力至此宣告失敗。

九六年四月十日，《紐約時報》終於在一版刊出烏元彥當初寫給密大的信函全文，美國記者並且在文中批評，處於民主轉型中的台灣，卻沿用威權時代企圖利用金錢左右輿論的做法，十分令人遺憾。並稱及，台灣在華盛頓大作公關，經常手法不高明，這就是一個活生生的例子。

《紐約時報》這篇文章對台灣的國際形象造成極大衝擊，在華府引起軒然大波，原本就比較接受中國觀點的李侃如，自此與台灣的關係益形惡劣。

李侃如在進入白宮後，九九年就開始在兩岸軍事問題上，私下推動「軍事信心措施」的概念，並且親自向台灣當局反應。

針對中共在福建沿海不斷增加飛彈的部署，台灣應該參加TMD作爲防衛，是李登輝的政策，但是李侃如則認爲，解除台灣軍事威脅的最好做法，應該是透過政治方法處理，因此鼓勵兩岸應該簽署軍事互信協議，才是上策。李侃如過於天眞的想法，當時不僅讓台灣有受壓的感覺，對能否參與TMD不再篤定，事後中共也毫不領情，對此未有反應，事實驗證純屬李侃如個人的一厢情願。

李侃如事件是一個縮影，反映出台灣外交官的集體心態，也反映出台灣與大陸在美國的角力幾近慘烈，絲毫輕忽不得，這些過往隨著民主黨的下台，或許能讓台灣暫時鬆一口氣，但是新的李侃如事件是否會繼續重演？就要看有多少政府官員記取教訓，靈活應變了。

柯林頓說出「三不」

柯林頓訪問大陸期間，在上海說出對台「三不」政策，美國在事前絲毫未曾告知台灣，九八年三月，兩國的國安會曾經舉行戰略會議，儘管美方在會議上宣稱「兩國國安會層次對話爲雙邊最主要的溝通管道」，卻依舊未對我提早透露些許徵兆。

美國安會當次對我簡報指出，柯林頓訪問中國，包括安全合作、防止核武擴散等九項議題，其中並無台灣問題。並稱，去年十月第一次柯江會，美國在台灣問題上堅守立場，目前的立場並無任何改變。

這次的丁懋時與史坦柏格會談中，美方特別告知台灣，柯林頓訪問大陸將提前至六月底，原因是美國與中共雙方都有此意願；由於九七年柯江第一次會談後雙方達成若干具體結果，美國認為雙方均有進一步改善關係的意願，因此應該把握這個時機，落實合作的項目。

美方也說明，北京在中共召開第九屆人代會後，預期新政府亦將有新的政策，因此美國認為在時機上有利於推動與中共的交往，而台灣乃是第一個被正式告知消息的外國政府，希望我勿對外透露此一消息。

美國當時曾要求，柯林頓訪中的九項議題雖無台灣議題，但預期中共仍將會提出台灣問題，倘若兩岸關係有所進展，例如兩岸開始對話，中共就可能比較不會在柯林頓訪問大陸時提出台灣問題，因此美國希望兩岸在六月前能夠恢復對話。

三月間正是兩岸兩會積極就復談相互密集函件往來的時刻，美國方面對於中共為何選擇在二月間欲與台灣恢復會談？也感到好奇。

當時台灣方面分析，早在九七年初我方就已經研判，兩岸會談的恢復大概在今年春天，因為在去年一年中，中共有幾件大事要處理，分別是香港在七月一日回歸，江澤民十月間訪問美國，中共在十一月十五屆黨大會的人事安排，今年三月中共人代會的舉行和政府機構人事的改組。中共要先處理這些事情，然後才有時間談兩岸關係，因此根據時間推算時間大致在今年春天。

台灣方面並認爲，隨著香港順利回歸、柯江會談順利舉行，提昇的江的聲望，將在黨十五大會中進一步鞏固他的領導地位，最好的說明就是喬石在黨大會之後已經脫離了權力核心，對江不再是威脅。

美方在席間也特別詢問，汪道涵的地位、說話的份量不知如何？

我方則告知，汪道涵的確與江澤民關係密切，本年一月裴利訪問台北時透露，江澤民接見美方代表團時，三次稱汪道涵爲老師，可見一斑。

但是我方也提醒，汪道涵的談話究竟無法完全代表中共，因爲汪談話被報導後，隨即又被外交部及國台辦方面的聲明所更正，故此恐爲中共的一種策略運用，對外表示彈性，倘若此話是由江澤民說出，則意義又不同。

面對三個月後即將登場的第二次柯江會，美方在這次晤談中不願深入觸及，我方因此主動向美表示，兩岸事務非僅爲大陸與台灣間的問題，也影響攸關美國利益的西太平洋穩定，希望美方在表達有關問題看法時，能避免使用所謂「台灣問題」的說法，而改稱「台海問題」，以避免使人誤認台灣爲問題的根源，使兩岸爭議的本質模糊不清。

我方並且強調，由於兩岸已面臨復談的微妙階段，我期盼美方於公開談話時能夠注意兩岸關係敏感性，避免引起美國支持中共立場、或對我施壓的疑慮。

我方也當場舉例，八〇年代美國行政當局在有關發言時，經常以「老朋友」稱呼我國，表示不會背棄中美間長久且堅實的關係，但近年來美方於公開發言時除強調中美關係「非官方」性質外，已經少以朋友之詞形容；美方如能恢復使用此詞，當可使我民衆了解美國雖要求與中共改善關係，將不會以犧牲我國利益爲代價。

但是長達四小時的會晤中，美國從頭到尾並未顯露將有重大演出的異狀。

丁懋時在回國後，三月底與總統府秘書長黃昆輝主持的跨部會會議中，與會高層高度警覺奈伊、裴利、雷克、李侃如等人，趨近中共的主張與論述，在近期有顯著增加的趨勢，這個不尋常現象是否顯示，柯林頓於六月訪問大陸時，其幕僚將企圖影響台灣利益以增進美中關係？首長們都認爲應該即刻加以因應。

駐美代表陳錫蕃當時受命向美方查證，並向當局提出報告，李侃如建議兩岸應維持現狀五十年，與奈伊所提「一國三制」，均屬於個人意見，迄未對美國政府立場造成重大影響；但値得注意的是，已漸有知名學者主張，美國應在兩岸關係上扮演更積極的角色，若任由現狀自行發展，將對美國與中共關係及西太平洋安全，造成不可測的危險。

代表處認爲，這個跡象確實不宜輕忽，台北應該積極且迅速回應中共對兩會交流的提議及來函，以便將兩岸關係的改善之責歸給中共。

李登輝在五月間繼而從外交部得到報告，一個月後的柯林頓大陸行，應密切注意「三不」的政策化。

當時由胡志強呈報的分析認爲，美國近一個月來一再公開保證或聲明，柯林頓此行訪問大陸，將不會與中共簽署內容涉及台灣的第四公報，對華軍售政策亦不會改變。目前跡象看來，柯林頓此行對我利益及台美關係應不會有損害，或令人驚奇之舉。不過，胡志強也提出警示，去年江澤民訪美後，國務院發言人魯賓曾在例行記者會上片面陳述美方的「三不」，即不支持一中一台、兩個中國；不支持台灣獨立；不支持台灣加入以國家身分為會員資格的國際組織。此一「三不」，四月三十日且為國務卿歐布萊特將訪北京時答覆記者所重申，因此我方確實不能大意。

台灣高層因而私下高度關切，美國是否會在柯林頓訪問大陸時以任何方式、片面或聯合聲明重申「三不」，或重新申述其「一個中國」政策，使之更傾斜而偏向中共的定義。

外交部因此向李登輝建議，針對「三不」，我方不宜全盤反對，否則中共將據此作為「台獨」的指控，較好的反對理由應是，美國與中共無權對任何有關台灣的事務，進行雙邊交涉並加以規範，此亦將開創惡例，給予中共與外界錯誤的認知。

當時，外交部也提報了一份因應方案，主張一旦美國提出「三不」，我方應該要求「三要」，以「新三不」對「三不」。內容即要求中共在台海不使用武力；應協助我加入不限國家為會員的國際組織如WTO、WHO，中共不應阻擾打壓；台、美、中的「一個中國」各有不同意涵，中共不可以自身之義強加於台灣與美國。

同時，以「三文件」對「三公報」。即一九七九年台灣關係法、一九八二年的六大保證，一九九四年的對台政策檢討。台灣並計劃，若柯林頓果真做了台灣不願見到之事，政府將透過在美國的各層面關係，如國會、智庫、輿論為我仗義執言，要求美行政部門對台灣進行補償。

柯江會究竟會不會簽署「第四公報」，並將「三不」納入？到五月初為止，美國當時已經向我陸續進行了高達了六次的說明，美方代表無論是何層級，始終前後態度一致，表明不想將台灣議題放在檯面上討論，也無任何議題値得美方犧牲台灣利益，來換取中共的合作，因此美國不會簽署「第四公報」，也不會就對台軍售與中共磋商。

六月，柯林頓到達北京，在北大校園與記者會發表了多場自由、民主、人權的精采演說，卻在稍後轉往上海訪問時，在白宮幕僚遞紙條提醒下，公開說出了「三不」。

三不果然發生，政府失望之餘，並不意外，隨即展開應變處理。

美國當時依約派遣卜睿哲來台說明，總統府則在七月三日先行召開會議，會中就我方官員與卜睿哲對話的口徑，達成了四點結論。

首先，應該肯定美方對台灣的承諾；其次要求美方在提出「三不」後，在台美關係整體發展上應有補救措施；第三是我方推動的兩岸協商將照預定計劃進行，但日期尚未確定；最後則是強調，美國對軍售的政策沒變，將對台海安全有助。

黨政高層也認爲，這次柯江會中共首度將西藏問題與台灣掛勾，美國的立場爲何？應要求卜睿哲說明。當時，台灣官方的策略是，先不讓「三不」被擴大解釋，稀釋其效應以減低衝擊，再設法向美國要求應提出對台灣的相對提法。

卜睿哲到台的第一個行程原本計劃與海基會董事長辜振甫見面，就兩岸進展交換意見，也被我方改爲先與胡志強會晤，讓我方對柯江會詳細了解後再談其他。

卜睿哲提出「對台六大保證」

卜睿哲這次到達台北，除了晉見李登輝，就柯林頓總統大陸行有所說明之外，並且也在離台記者會上公開提出對台的「六大保證」，有意化解台灣對柯林頓在上海說出「三不」的關切及疑慮。之後，台美雙方針對「三不」的後遺症又由兩國國安會進行了一次更高層級的磋商。台灣積極要求美國必須對台採取具體的補償措施，否則無法穩定台灣的未來動向。後來，美國向台灣承諾將批准MK46魚雷、兩用針刺飛彈、空射魚叉飛彈三項軍售，同時將派出國家情報官秘訪台北，提供專業意見交換。這些攸關軍事安全的實質保障，讓台灣不致因「三不」而實質受害。

在這次的溝通中，美國向我詳細說明，九六年開始，柯林頓總統認爲應與中共展開元首級的密集對話，而美國與中共的交往政策，不僅對美中的雙邊關係有利，同時對於區域穩定也有幫助。因此有九七年十月舉行的柯江會以及六月柯林頓的大陸之行。柯林頓從不認爲與中共交往，會以犧牲台灣的利益來增進美中的關係，因此柯林頓在訪問中國時特別注意透明化，絕對沒有「秘密協定」或「秘密諒解」，美國一向與台灣維持坦白與公開的關係，且對台灣有所承諾，因此絕不會做出損害台灣利益的舉措。

美方也解釋，十至十五年前中共明確抗拒多邊合作關係，並且自外於國際社會，美國經由繼續與中共交往的過程，協助將中共帶入國際社會的規範，使北京逐漸採取國際所認同的行爲標準，也減低了對區域的威脅。因此柯林頓此行最大的成就是藉由柯江聯合記者會公開宣揚美國所信守並堅持的價値及原則，並表示美國認爲一九八九年的天安門事件是一個錯誤，如果柯林頓不去北京，這些成果都無法達成。

美國並且轉述，這次高峰會，中共提出台灣問題，向柯林頓說明和平解決台灣問題的長程看法，以及在「一個中國」架構下兩岸持續對話，並在「一國兩制」的原則下達成統一，屆時台灣可與中共並存，台灣維持現行社會制度，實施高度自治，並保有軍隊。但是柯林頓回答，「這是台灣與中共之間的事務，美國沒有立場」，因此拒絕與中共討論這個問題。

美國認爲，針對台灣問題，這次有好消息，也有壞消息。好消息是，江澤民除了重複提出以往的立場，並沒有新的要求；壞消息則是，柯林頓一再敦促中共放棄對台使用武力，中共則堅拒放棄對台用武。柯林頓清楚向中共表明美國對台政策主軸是「一個中國」、「三個公報」與「台灣關係法」，其中台灣關係法是美台重要政策，因此針對中共提出美國對台軍售問題，美國回答一切依據台灣關係法，也不會與中共商談有關問題，因此這次柯江會，台灣問題沒有任何「意外」，也沒有和中共發表聯合聲明。

中共在這次會談中企圖將對台軍售與反武器擴散議題掛勾，但美國明白告知，這兩者毫無關係，美國不接受掛勾，美國希望今後中共不要再把對台軍售與反武器擴散問題相提並論。江澤民也有意向美國推銷推動兩岸關係的計劃即「一國兩制」舊調，另外錢其琛也在與歐布萊特會談時花了極多時間討論台灣問題，一再重申台灣問題是美國與中共的核心敏感問題。柯林頓非常清楚台灣的立場，也知道這個問題敏感，因此在回程經過香港時已避免提到「一國兩制」，在言詞上不願意產生任何暗示。

不過台灣當時仍然對美國抱怨，柯林頓六月三十日在上海提出「三不」被廣泛報導後，引起台灣國內的震動不安，並對我民心士氣造成打擊，李總統基於與柯林頓的友誼，藉接見中美洲六國外長時，特別在講詞上加上一段，肯定美國對我承諾。美方此時表示，柯林頓總統對李總統的談話表示感激。我方則要求，美國應該採取具體措施加以補救。

台灣並且提醒美方，中共高層高度評價這次柯江會的成果，中共認爲經過兩次元首互訪，已使兩國關係進入新的發展階段，建立雙方「戰略夥伴關係」已經取得重要進展。對於柯林頓首度公開提出「三不」，並在大陸舉行正式訪問時說出，已爲中共外交與對台工作創造有利條件，江澤民親自就台灣問題對柯林頓作針對性的工作，爲與美鬥爭的重大勝利，是對台灣當局與台獨勢力的重大打擊。將大大壓縮台灣的國際空間，預期明年將有一至兩個台灣邦交國與台灣斷交。

台灣以此對美交涉，中共最近也頻頻透過媒體宣傳，柯林頓的三不是將一個中國政策明朗化，代表美對台政策已經做出重大調整，越來越向中共傾斜。使得不少台灣民衆相信，美國已經接受中共的立場，國際間亦多認美國已傾向中共，對台灣國際地位與關係影響甚大。台灣內部本來就有統獨之爭，統派人士，主張加速統一，獨派人士則感到失望，更加激進主張台獨，這將激化台灣內部的辯論，進而影響台海的穩定，對台灣年底選舉可能會有影響。

在台灣的頻頻關切下，柯林頓確實在當年的九月初履行了對台的承諾，公開宣佈MK46魚雷、兩用針次飛彈、空射魚叉飛彈多項對台軍售案。這三款戰術性的武器對台灣實質戰力的強化，具有相當的效果，也是台灣軍方急需補強的項目，不過是否因「三不」所提早促成，則恐怕是不少人所始料未及。

有效控制「三不」的骨牌效應

柯林頓在九八年在訪問中國大陸時說出緊箍咒般「三不」之後，中共總理朱鎔基又於九九年四月七日訪問美國，是否會藉經貿對話再次翻掀起政治效應？再次引起台灣方面的高度重視。

事後證明「三不」的骨牌效應並未延燒，但是美國行政部門希望台灣能在朱鎔基訪美前，運用在美國會的影響力，協助對中「永久最惠國待遇」法案（PNTR）順利通過。

朱鎔基訪美前夕，李登輝在當年三月指派高層官員與美國交涉，並向柯林頓表達關切。美方向我保證，整個過程將會相當透明，不會有秘密外交，訪問的結果一定會儘快讓台灣知道，絕不會有所隱瞞。

事實上，在柯林頓說出三不之前，事前美國同樣向我承諾不會有驚人之舉。我方擔心歷史再度重演，此次不願輕信美國的保證。因此台灣方面具體向美國反應，這次朱鎔基來訪，美國是否因朱或媒體的要求再提「三不」，我方嚴重關切。

台灣當時向美國抗議，柯林頓總統在上海的談話對我人民與士氣打擊極大，誤以為美國已經傾向中共，而「三不」可能產生的骨牌效應，將更進一步危害我國際地位，我方強烈反對在任何美國與中共的會談中討論台灣問題。

九八年江澤民訪日前夕，台灣曾經立即與日本溝通，有效的化解了江澤民欲壓迫日本也做出「三不」的企圖，台灣認為，美國與中共、美國與台灣、台灣與中共為三組平行關係，這三組平行關係若穩定發展將對三方有利。同時，九九年台灣即將進入選季，八月將有總統候選人的提名作業，次年三月也將舉行大選，倘若此時美國再提「三不」，將激化台灣內部的統獨之爭，也將影響兩岸關係的穩定。

在溝通的過程中，美國的態度是，美中與美台應是兩組關係，有其一定的可預測性，「三不」美國總統已經說過，現在太注意它並無必要，若把眼光全部放在「三不」上，並不能了解美國的整體政策。

美方也試圖轉圜而指出，最近國務卿歐布萊特訪問中國，就不再提「三不」，可見「三不」不是太重要，朱鎔基來美時，美國總統很可能在記者會上會被問到這個問題，美國將會謹慎處理，「美國不會為台灣製造困難，但也不會讓北京誤會美國的政策有變。」

對於美方模稜兩可的說法，台灣當時非常不放心，堅持認為，「三不」對我民眾的心理障礙非常嚴重，希望美國能夠找出一個模式，不要再重複以前的「三不」後，美方行政部門才終於同意將簽報柯林頓注意。之後朱鎔基於四月的訪美全程，柯林頓確實未再提及「三不」，算是承諾兌現。

當年朱鎔基訪美的主要議題是與美國磋商中共WTO入會事宜，台灣入會的進度不應與中共入會相連結，是我方一再向各國呼籲的重點。

台灣當時積極對美遊說，兩岸入會應於九九年底完成，再參加兩千年新回合談判，否則屆時兩岸入會需要再納入新回合談判的新議題，將使過去多年來已經達成的入會減讓成果受到影響。因此，朱鎔基訪美之行是否能與美方達成協議？影響我入會進度甚鉅，因此台灣在事前也向美方進行了解。

美方當時傳來的消息是，即使美國行政部門與中共完成有關WTO的入會諮商，但若美國國會無法通過給予中共「永久最惠國待遇」，則仍舊無法執行美國與中共之間的雙邊協定，也就是說中共還是無法入會。

在美國強調國會通過給予中共「永久最惠國待遇」非常重要的同時，美方高層官員接著也希望了解台灣對這個法案的態度。台灣的回答是，有關美國給予中共最惠國待遇，屬於美國與中共的雙邊關係事務，我國一向不採取任何立場，尤其自一九九五年中共以飛彈威脅台灣後，我國對本案不再表示任何立場。

美方此時對台灣強烈暗示，中共加入WTO對各國有利，美國希望台灣支持中共加入WTO，並且「毫不含糊」的支持，美國不會要求台灣公開說明，但是希望台灣在私下被徵詢意見或討論時，能夠表明支持的態度，這對美國會通過「永久最惠國待遇」將有幫助。

美國甚至露骨的建議，「希望台灣的駐美代表能夠在美國會協助化解議員們對中共的成見」，「最好是在朱鎔基來美之前就暗中接洽」。美行政部門當時對要求台灣協助在美國國會運作的解釋是：台灣單獨入會困難較多，兩岸同時入會則較爲順利。台灣只有不置可否的說，「這不是台灣的立場」，不過既然美國正式要求，台灣將進行研究。

台灣同時反問美國，是否可明確告知台灣究竟將在何時入會？這牽涉到當年是否同意給予加拿大頭期款。但是美方卻無具體答覆，僅表示，美國行政部門對台灣入會非常努力，若今年無法完成入會，並不是美國的關係，而是中共因素。

自九九年初開始，美國曾經多次向台灣提出能夠運用在國會的影響力，支持「永久最惠國待遇」順利通過，直到兩千年正式立法爲止，這是一件最赤裸的國際現實，但是並未換來中共對台灣的起碼尊重。

九九年剛好是台灣關係法屆滿二十週年，台灣的國家安全問題，受到國際學術界的廣泛討論，台灣關係法如何繼續維持其完整性，並獲得美國進一步執行，是台灣外交工作的重點。

當時，中共不僅繼續堅持不放棄對台灣使用武力，並且已經在大陸東南沿海大量部署M9與M11飛彈，對台灣以至東南亞及南海地區的安全造成極大威脅，也嚴重影響亞太平洋航道。

台灣因此向美國反應，在維持亞太地區安定的議題上，美日安保機制將扮演十分關鍵的角色，美國的領導地位，將是解決世界及區域危機的最重要因素。

九六年四月，台海危機發生後，美日發表了安保共同宣言，美日防衛合作新指針的「週邊事態」，對台灣極爲鼓舞。此時，美方向我方透露，日本首相預計將在五月（九九年）訪美，到時美日雙方應已批准共同防衛新指針，這是美日兩國在亞太政策上極重要的一部份，美國將會繼續的推動。

美方也告訴台灣，中共在南海的活動，已經受到東南亞各鄰國的重視，目前雖然並無立即的危險，但是這些國家希望找出解決問題的方法，也希望中共能與外界維持交往關係。美方當時更主動述及，適逢台灣關係法二十週年，最近包括戰區防禦系統（TMD）及臺海兩岸軍力評估報告剛出爐，美國認爲面對北韓及中共的飛彈威脅，TMD是必要的，美國的基本立場是TMD不排除台灣，將來是否邀請台灣加入，完全看台灣是否有防衛上的需要，這種決策考慮與過去二十年來美國出售台灣防禦性武器的立場一致。

不過美方認爲，TMD是防禦性的，但未必是最好的防禦武器，美國希望兩岸是以和平方式解決歧見，台灣與中共的第二次辜汪會談達成四點共識，令人欣慰，未來應朝此方向努力。

九九年月，裴利分別訪問北京與台北，到達台北時曾向李登輝建議，以中共暫停部署飛彈，來交換台灣不加入TMD，而台灣停止爭取小國邦交，交換中共對台灣基入國際組織採彈性做法。台北方面對此意見原本並不在意，不料事後美國行政高層透過管道試探我當局的反應。

我方獲悉後，十分謹慎的回覆，TMD既是防禦體系，中華民國爲主權獨立的國家，應有充分的自衛權力。至於我方是否參與TMD，應取決於大陸當局的動向；台灣全然了解TMD的技術仍在演進中，耗資龐大，以及兩岸戰略上的不確定性，是否參加我方還在審慎評估中。

台灣並要求，大陸當局擴張軍備的行爲以及未來在軍事上是否可能自制，將最終決定我方的考慮，請美方就此保持開放的態度。

當時台灣方面曾向美國提出質疑，中共已經在福建部署飛彈，對台灣造成威脅，美國政府應該正視這個事實，並且讓台灣知道美究竟將採取何種適當的行動來回應。美國則回答，美國不會排除台灣參與加入TMD，美國將以如何協助台灣維持穩定，作爲台灣是否加入TMD的主要考量。

美方也承諾，中共在台灣沿海增加飛彈部署，確實危及整個區域的安全，美國將繼續向中共當局提出關切與質疑，希望中共不要破壞地區的穩定。不過美方另外又向台灣建議，要解決這向爲基最好的方法是使用政治手段，例如兩岸若建立「軍事信心措施」，就可以解決。

台灣則以高度保留的態度告知，行政院長蕭萬長曾經在立法院提出軍事信心建立措施，但中共並無反應。美方見我方並不看好，轉而表示，台美之間有多重管道，未來可以繼續溝通這個問題，至此乃結束此一毫無交集的討論。

兩千年台灣已經進入選季之際，「台灣安全加強法」在美國會進行攻防，美行政部門轉而又向台灣進行施壓，認爲當前的台灣關係法已經足以防衛台灣安全，台灣安全加強法反而會陷台海於緊張。

台灣高層當時向美說明，國會友我的議員作此提案，並非我政府所策動，我駐美代表陳錫藩就是因爲並未介入，反而遭到我國立法委員嚴重質疑，可見事實眞相如何。但當時美方並不接受此一說法，並繼續批評台灣人公共事務協會（FAPA）與卡西迪的運作角色。

美方的態度，令台灣當局哭笑不得，FAPA的成員都是台裔美人，已是美國公民，以FAPA長久的政治立場與屬性，也不是國民黨政府能夠指揮控制的，美國竟也正式向我提出質疑。

柯林頓總統周邊的中國政策幕僚，是否對中共的認識過於天眞？一直是李登輝心中的疑惑，柯林頓本身在外交上並不在行，他的重要智囊在向中共傾斜的過程中扮演何種角色，這由九八年上海「遞紙條」的動作提醒「三不」，或可窺之。

對於李登輝來說，柯林頓第二任的四年，是他最感苦惱的時刻，以台灣的利益爲主體，決不言聽計從，是其應對之策，美國親中人士曾指李登輝爲「痲煩製造者」，但若了解民主黨政府這段檯面下言談的過程，相信沒有人會同意國家的元首去當乖乖牌。

隨著李登輝與柯林頓兩人的分別卸任，以及共和黨的勝選上台，台美關係是否能在不同的基礎上重展新局？將是台灣新領導人的肩頭重擔，也將攸關台灣前途的走向。

卷七／決策憶往人和事

「拉法葉艦」全揭秘

台灣經過政黨輪替後，新政府積極掃黑除弊，陳總統下令徹查尹清楓命案，拉法葉艦採購弊端因此重啓調查，包括監察院與檢調單位逐一過濾當年決策流程，多位軍中將領與軍官遭約談訊問，隨著法國方面的司法行動也如火如荼展開，這起陳年舊案重見光明的可能性愈來愈高。

事實上，早在李登輝任內，軍中內部就已經開始對當年拉法葉採購案深自檢討。根據不少文件顯示，九七年十月十四日，參謀總長羅本立在第一次政策小組會議上，討論到這件採購案，就曾經沉痛的說，「本案顯示少數單位不能依法行政，因循鄉愿，使缺失延宕惡化，以致措施解決時機，甚至因時間久遠，相關人員均已離職，致責任無從追究，此一疏失才是國軍當前最大的弊病。爲奠定國軍長遠根基，大家均應秉諸良心，建立制度，兢兢業業從事建軍備戰工作，以爲後人樹立典範」。

後來在九八年四月二十四日，參謀總長已換是唐飛，他同樣發函給海軍總部表示，「本案建案後，雖有二段造艦與全艦在法建造的重大修改，有未能預期因素存在；但預算一再墊借，無視預算制度存在，全案復經多次修改計劃，或未經正常程序修改，更導致延宕多年，對戰力造成影響，計劃無管制可言，國防部與海軍總部均有失職，全案結案時，應一併檢討，作爲全軍殷鑑」。可見之後的軍方高階將領無不對此痛心疾首，認爲是國軍建軍以來最大的恥辱。

新政府上台後重新調查尹案，李登輝十分樂見其成，當年無法突破的問題，在政黨輪替後，若能以不同的方法找出蛛絲馬跡，當然是可喜之事。

要了解蔚山艦與拉法葉艦的始末，必須先從海軍光華二號計劃談起。爲了因應國家防衛需求，與台海軍力平衡，九三年六月國防部核定海軍光華二號計劃案，以籌建新一代的兵力；海軍並在當年八月成立光華小組，開始蒐集歐美商情，作爲分析評選的參考。

海軍兵力整建的內容究竟應該如何充實？參謀總長郝柏村於八四年十一月，明確的在海軍年度工作檢討會上指示，籌建第二代艦爲海軍建軍的重點工作，應儘早規劃定案，可設計一千噸左右的輕型艦擔任護航與巡弋，三千噸左右的較大型艦爲主戰兵力，艦型力求統一與簡化，以十年或二十年爲時程，每年一艘爲目標，依所冒風險最小，最經濟且符合我作戰需求爲原則。

基於以有限的資源滿足最低的作戰任務需求，海軍經過反覆討論後，選定PFG-2艦作爲第二代主戰兵力，該艦是以反潛爲主，並且具有反水面艦與自衛的空防能力，是目前台灣可獲得的最佳反封鎖作戰艦；但是它的建造時間較長，造價較高，在衡量國防經費無法應付大量建造的情況下，因此海軍決定以稍遜的PCEG艦，來補PFG數量上的不足。

在評選的過程中，海軍當時曾經針對當前自由世界七種PCEG艦進行比較，最後認爲韓國現代公司設計的HDF-2000艦最符合我方的作戰需求。海軍總部因此在八八年二月向國防部提報，建議在韓國建造四艘，後續十二艘由中船建造，總預算約一一五二多億元，平均每艘預算爲七十二億多元。郝柏村於是在同年五月主持光華二號的簡報會議上，同意海總的計劃；全案並在八八年五月十七日於總統召開的軍事會談中討論，經李登輝裁示，光華二號以韓國蔚山艦建案正式確定。

至於之後爲何轉爲購買法國拉法葉艦，八九年五月八日郝柏村訪問法國期間拍回國內的電報是重要關鍵。郝柏村在電報中指出，「本軍與韓國現代公司對光華二號計劃之合約洽談，稍事拖延，勿有所定論。」郝柏村返國後，並在當年九月核准雷學明中將等六人前往沙烏地阿拉伯與法國參訪拉法葉F-2000建案事宜，經過實地了解，海總主張採用法國新設計的FLEX-3000，郝柏村則在十月五日正式發文同意，短短五個月即匆促定案，直至此時，拉法葉案始終未呈總統軍事會談討論。

九零年三月，我駐韓大使館打電報回台，告知韓國現代公司要求就蔚山艦重新報價，海軍總司令葉昌桐當時批示「本軍PCEG艦案正積極進行相關備案之研析，於未定案前尚不需令韓方重新報價，以免爾後不採韓案而衍生困擾」。

當年的十二月十八日，葉昌桐在軍事會談中向李登輝報告二代艦籌建計劃及執行進展，卻稱「請韓方重新報價，但韓方遲不回覆，故形同擱置」，兩者前後矛盾，即被監察院認爲似乎有意蒙蔽。

對於蔚山艦在軍中洽談不順，當時的外交部長錢復非常光火，曾跑到總統府抗議，認爲蔚山艦的購艦計劃若有閃失，將造成韓國邦交不穩。

因此九一年八月六日，李登輝在軍事會談上指示葉昌桐，「中韓傳統友誼深厚，應持續保持，韓國現代造船廠在該國政經方面均甚具影響力，目前正著手建造蔚山艦，並有意向我國促銷，未免損及兩國情誼，海軍宜愼密處理，並向本人提出書面報告」。在李登輝作此裁示時，事實上，海軍已經與法方完成合約草簽，雙方並在大福營區進行最後階段的議價，葉昌桐卻未當場立即向李登輝說明，十分啓人疑竇。

反而是已經擔任行政院長的郝柏村早就接到葉昌桐的報告，並在七月二十九日核定拉法葉艦以「機密採購」的方式辦理；八月三十一日，中船公司因此代表海軍與法方代表湯姆笙公司正式簽署合約，總價爲二十五億一千多萬美元。拉法葉採購案轉向確定。李登輝如今不諱言，之後韓國與台灣斷交，「蔚山艦事件可能也是原因。」

由這個決策過程，不難看出當時在軍事採購的主導權上，郝柏村強勢的角色並非李登輝所能控制，即使在軍事會談上有清楚會議記錄的指示，葉昌桐也只把他當作耳邊風。尤其，軍事是高度專業的領域，當時初繼政權的李登輝根本很難有所置喙。

九三年六月四日，郝揆任內，我方與法方又修訂合約，委託法國完成整體建造，合約款調增十二億六千多萬法郎，加上原合約船段建造款，全案的預算增加了二億多美元。此一合約修訂的動作，事先並未經國防部核定，國防部因此在九三年七月二十八日與九月七日兩度以「嚴重違反紀錄」糾正，並要求議處。但是海軍總部無視國防部的糾正，各項重要工程與預算仍然繼續執行，遲至九五年才呈報國防部審查，國防部對海總的監督管制，約有兩年形同空窗，完全喪失功能。

兩千年十月，監察院完成第一階段調查報告，監委們認爲光華二號計劃在八八年五月十七日軍事會談以韓國蔚山艦定案，後改爲法國拉法葉F-2000型艦，最後又變成拉法葉FLEX-3000型艦，等於是重疊執行光華一號計劃，其間的轉折過程急促紊亂，未能依照重大方案所需要件的作業程序辦理，非但不符合作戰需求，而且系統未經建造驗證，風險極大。

同時，全案多次修訂計劃，預算一再借墊追加，並以爭取時效爲由，規避國防部投審會審議及立法院追繳預算；系統分析尚未審查通過，就匆促同意建案，公文核決不符規定，又未依程序擅自修改合約內容，嚴重違反紀律，導致整被時程延宕多年，嚴重影響國軍戰力與國家安全。

據此，監察院以重大違失理由，正式彈劾當年負責決策、規劃、執行的葉昌桐、雷學明、姚能君三位前海軍將領；並接著著手第二階段的調查工作，希望就軍中是否有與不肖軍火商長期勾串舞弊的事實繼續予以釐清，這起軍中舞弊案未來是否持續撥雲見日，正受國人注目。

回憶起逾十年的這段往事，李登輝表示，「購買拉法葉艦這件事，軍方當時早已做了決定，才向我提出報告，一方面造價高出許多，同時原先計畫購買的蔚山艦已經談了這麼久，爲什麼要更換？當時我心中確實感到有些怪怪的。」

但是由於當時台灣的國防戰備實力、戰機與船艦皆嚴重不足亟待補強，軍方也堅持拉法葉的功能較佳，李登輝因此尊重軍方的專業意見。不過當軍方事後將採購案呈送批示時，李登輝非常愼重的批示「閱」，並未批「可」或「不可」，亦即「這是你們決定的，我沒有意見。」

設計室軍官後來在接受司法調查時，對外宣稱拉法葉採購案曾向李登輝報告，李登輝非常不以爲然，他斥責，「能向總統報告者依制度爲參謀總長，最多是國防部長，這些人根本沒有資格來報告！」

李登輝也想起，後來尹清楓命案發生時，相關調查單位曾全力追查但始終無法突破瓶頸，這段期間軍火商涂太太曾經直接寫了幾封信給他，信中敘述海軍內部某某人、某某人有問題，涂太太也表示她願意親自回國晉見說明案情。「涂太太的說法是否屬實？是否具有參考性？我非辦案人員並不懂，需要由專業單位來認定，因此我把每一封信都轉給參謀本部，由參謀本部處理。」

「自從擔任公職以來，對於錢的問題絕對自我要求，公務與私領域嚴格切割清楚，除了薪水全部交給太太運用，自己只有一個台灣銀行的存摺，供臨時所需之用，這個存摺通常只有幾十萬元，從未超過一百萬。」

「我這個人很簡單，在錢的問題上沒有模糊地帶。」李登輝十分坦然的表示。

農運蜂起，直接溝通

台灣的農民運動，「五二〇」是一個重要的標記。

八七年七月，蔣經國宣佈解除戒嚴，僅僅半年，這位政治強人即撒手人寰，民間的社會力澎湃洶湧，隨時在尋找宣洩的出口。八八年五月二十日，李登輝才剛上任四個月，「台灣農權會」動員五千人由南北上，在立法院前發起農民請願抗議活動，卻不幸爆發嚴重的流血衝突事件，一百零三人遭到警方逮捕，七十九人被判刑入獄。當時的遊行者因與官方缺乏溝通，導致農政訴求被暴民認知所淹沒，極度同情農民處境的李登輝對此留下極其深刻的烙印。

此後一年間，台灣遊行示威與自力救濟的事件，高達兩千多次，李登輝描述，當時社會結構變化太快，許多團體突然湧現，紛紛提出各種要求，說明社會趨於多元化，但是理性與法治的民主基本要件還不足。

要怎樣才能讓民間社團以合理合法的活動表達需求，改善人民與政府的關係？李登輝思索著社會亂象背後的意義，就像許多發展快速的國家一樣，台灣正面臨轉型期的挑戰。經濟結構的改變與工業化的迅速發展，包括農業等產業出現了調適的困難，這些難以避免的問題，要以耐心與經驗逐一解決。

九三年，五年前屬於農權會的同一批運動者，在服刑出獄後捲土重來，以當年三倍的群衆人數一萬五千人，在五月二十日重新回到台北街頭抗議政府的農業政策。這次定名爲「五二〇再出發」的萬人遊行，提出公地放領、單一全民健保、設立農業部、農會總幹事直選、加入GATT前制定農業因應政策，共五大訴求。

在「五二〇」的強烈陰影下，社會彷彿如臨大敵，所幸運動者對於街頭運動操作觀念的蛻變，以及政府與警方處理群衆運動的技巧漸趨成熟，遊行當天在總統府秘書長蔣彥士、農委會主委孫明賢登上宣傳車對五大請願訴求給予善意回應後，群衆在當天傍晚即和平解散。

但是，五二〇之後，農運團體在等待與觀察後，卻認爲政府先前的承諾遲遲未有實際行動，而愈發不耐。八月十六日，農權總會在南投召開的「農民會議」中，農運人士一致決議必須再行施壓取得戰果，否則醞釀在當年十月一日展開絕食靜坐，並在雙十節再動員十萬農民到總統府前廣場抗爭。

李登輝高度重視有關單位呈報的相關情勢報告，他調出這個熟悉的名字——農權總會長、遊行總指揮林國華的詳細資料，「林國華，台大土木系畢業，出身貧困的農業縣份雲林，五二〇事件被捕，判刑兩年十個月，九〇年十一月九日假釋出獄」。

一邊翻閱林國華爲農民權益奮鬥奔走的事蹟，以及農權會在整個農民團體體系中的邊陲抗爭位置，李登輝對這號人物與這群「異議份子」的好奇與興趣逐步加深。「這個問題不能再不面對」。看完了完整報告，自認對台灣農業問題獨具見解的李登輝，交代辦公室想辦法與林國華聯繫上，他要走到第一線親自與林國華見面。

總統要約見社會底層的農運份子！這在當時的環境下是前所未有的大事，當總統府告知林國華李登輝想當面聽取意見時，連這位一身反骨的運動大將都感到錯愕與無法置信。

約定見面的當天，李登輝指示侍衛室派出的旅行車專程到雲林將林國華等十餘名農權會幹部接到台北，直接進入總統官邸密商。爲了方便之後行政院能夠銜接配合與落實，李登輝也找來政務委員黃石城在旁作陪，紀錄農運代表的建言。

李登輝早年在農復會擔任技正時，曾經在「風頭水尾」的雲林虎尾鄉下住過，對於當地的人文民情記憶猶新，「當時我住的宿舍非常簡陋，窗戶玻璃破了，只用報紙糊起來擋風」李登輝這麼說。因此，見到林國華浩浩蕩蕩一行人，李登輝絲毫不生疏，他使用最熟悉的語言與他們溝通農業政策上的歧見，數回合下來，彼此都發現雙方的差距並沒有原先想像的大，反而在「護農」的立場上有高度共識。

李登輝也告知，包括加入GATT後的農業衝擊，開辦農民年金照顧農業人口的退休安養，都是政府該做與正在做的事。對於農民運動如何有效的對政府產生正面壓力，李登輝也不避諱的提供建議，他認爲農權會應該到日本與韓國去考察，吸取國外農運的經驗，將有助於農權會的成熟與壯大。

李登輝居然「指導」他們如何從事運動，這讓林國華等人感覺不像是在與抗爭的對象談判，反而比較接近是和自己人在聊天，心理武裝大爲卸除。

當天，李登輝帶著林國華等人逛他的官邸庭院，特別介紹他所飼養的幾隻羊，這個舉止與誠意，在多年後依舊感染著這群農民運動者。九六年總統大選時，他們擔心國民黨出現三組人馬會使李登輝票源分散，曾經自發性的在地方上爲李登輝奔走拉票；之後，他們也眞的走了一趟日、韓，實地驗證李登輝的主意到底有沒有用。

經過李登輝檯面下的溝通，九月十四日，黃石城在行政院主持協談會議，二十三名農權會派出的代表，在長達六小時的會議中與農政官員唇槍舌劍的辯論，最後獲得具體承諾，行政院長連戰並親自接見協談代表，正式爲政策背書。會議結束後，全台各地的農運人士與農民至爲振奮，紛紛奔相走告，農權總會接收到最直接的鼓舞，評估運動成功，隨即在九月十六日公開宣佈取消雙十抗議行動。

李登輝主導的這次對話，事前與事後都未對外張揚，政府內部也只有少數官員知情，但是經由李登輝搭築的橋樑，行政部門與農運團體卻學會了如何嘗試一條比上街頭抗議更快速的對話管道，也終於摸索出如何建立體制內的陳情機制，讓官民的隔閡與誤解降低到最小。

九三年之後，台灣不再出現大規模的農民請願活動，李登輝親自進入風暴核心解決爭議的行事風格，爲其獨特的領導術留下值得記載的註腳。

三月學運加速改革進程

九〇年二月，國民黨臨中全會剛結束赤裸裸的權力角逐，鬥爭大戲轉至國民大會上演，「主流」與「非主流」的代理人在陽明山中山樓展開第二回合的殊死戰。

當盤根錯節的各方勢力進入國民大會，擁有總統、副總統投票權的部分資深國代，憑藉六年一度、競爭情勢千載難逢的機會，公然在議場項莊舞劍，提案要求國大擴權，不忌於全國人民面前遂行勒索。

代表法統、四十年未改選的老代表們，在他們手中曾經選出蔣中正、蔣經國兩位總統，即便是同額競選，要他們舉手，每回「好處」從來都沒少過，何況這次的副總統候選人李元簇並非實力派人物。老代表在中山樓的一言一行，透過媒體陳篇累牘的報導，激怒著每個國民的心。

三月十六日下午，台大大氣科學系周克任等十餘名學生，並無組織性的在中正紀念堂大中至正門前拉開帳棚，聲言發起聲討老國代的靜坐抗議活動。前一年，大陸剛結束天安門民主運動事件，台大學生的自發行為，如同星火燎原，霎時點燃了人民鬱積已久的火藥庫，也催生出國民政府遷台以來第一宗學生民主運動。

十七日週六，台大學生會與各校學運成員立即決議加入，靜坐行列迅速擴增為一百五十人，這個史無前例的場面，撼動了廣大朝野。學生們在廣場前搭起野百合花，勇敢的向不合理的國家體制挑戰，他們輪番上台演講，提出解散國民大會、廢除臨時條款、召開國是會議、擬定政經改革時間表四大訴求，吸引圍觀與鼓勵的民眾不斷增加。

青年學子們的怒吼，李登輝非常清楚的聽聞了，當時他為著國民大會能否順利選出他圈定的副手李元簇正費神等待，二十二日即將進行投票，學生運動這時發生，對他而言，形同「兩面刃」，必須妥善面對，因勢利導。

李登輝因此召見行政院長李煥、內政部長許水德、教育部長毛高文及治安單位首長入府會商，李登輝說，參加靜坐活動的學生都有滿腔愛國情懷，非常可愛，而且是有理想的年輕一代，國家絕對不能讓他們受到傷害。當時民進黨已經申請將在次日星期天於同一地點舉行群眾大會，李登輝特別指示要全力維護學生的安全，並且將近在咫尺的民進黨活動與學生靜坐加以區隔，避免政黨介入學生運動，讓局面的掌控複雜化。

對於學生的課業問題，李登輝並不擔心，他認爲父母們自會對他們的子弟加以關注，他最不放心的是靜坐學生的飲用水與便當是否安全。

李登輝因此指示治安單位，暗中調查在廣場上供應便當的來源與背景，也派人全天候秘密監視現場的飲用水，防範不肖人士動手腳、甚至下毒。這些保護措施，直到學運和平落幕，沒有任何學生察覺。

高層會議後，李登輝仍渴望獲得更多的第一手資訊。他差蘇志誠到現場去實地看看。蘇志誠心想，宋楚瑜年輕的形象對學生應該頗有號召性，如果宋楚瑜願意出面對學生講講話，應該可以發揮安定的正面作用。他隨即把構想告訴宋楚瑜，但是宋楚瑜卻不假思索的說「不要，不要。」片晌之後，宋楚瑜又回答，「這樣好了，我們『化妝』一下，一起開車到中正紀念堂繞一圈去看看情況」。在宋楚瑜堅持下，蘇、宋二人各戴一頂便帽，脫下西裝，換穿上夾克，坐上一部不起眼的公務車在紀念堂四周緩緩潛行。

週六的下午，靠近中山南路這一側聚集了約兩百位靜坐的學生，不少經過的民衆給他們打氣，並且樂捐金錢贊助。蘇志誠想交代司機暫停一下，以便更清楚其端倪，但爲宋楚瑜所阻，宋楚瑜執意說「我們回去吧！」當天，宋楚瑜把蘇志誠放在李登輝官邸門口，即告離去，透露出當時奇異的氛圍，宋楚瑜也有所忌憚。

三月十八日，示威進入第三天，民進黨正式介入，一場歷年來最大的群衆運動在中正紀念堂上場，由全國各地號召北上的兩萬民衆不斷湧入廣場中央。

當時的民進黨立院黨團召集人張俊雄、國大黨團召集人黃昭輝帶頭上台演說，聲討國大老賊政治勒索，強烈要求立即解散國民大會，總統直接民選，終止動員戡亂時期，並廢除臨時條款。民進黨並持續發起「除老賊，救國難」的靜坐活動，與位在大中至正門左側的學生靜坐地點遙望。由於政黨的呼應，野百合靜坐學生也隨之增為六百人。

十九日凌晨，夜空飄起細雨，李登輝始終未能入睡，他原本想親自到中正紀念堂探視學生，但為幕僚所阻，安全人員認為有政治團體在同一地點活動，情況不易掌握。

兩點左右，他在桌上「台灣省政府主席辦公室」便條上親筆寫下：「請毛部長轉告同學們，你們關心國是，我知道，我肯定地向大家保證，改革的事情一定會加速做，一定會儘快給大家明確的交代，天氣這麼冷，請大家愛惜身體，早點回家休息去。」毛高文與研考會主委馬英九奉命在兩點二十四分到達學生靜坐區，轉達李登輝關懷之意，但學生們向毛高文重申四項訴求，並未軟化。

隨著靜坐學生由三千人、六千人跳升，一百多位教授加入夜宿，四十三名學生組成「絕食團」以更激烈的手段抗議，民間開始瀰漫不安的氣氛。

此時，李登輝卻接獲有關方面報告，指國民黨內已有政治力量插手原本單純的學運，並有具體事證顯示該系統業在政治大學發動學生擴大抗爭，而幕後的可能指使者竟指向李煥的政院系統。

李登輝對於這項消息十分重視，不論是否屬實，他都必須採取積極的作為加以遏止，以免純淨的學生遭到不當政治運用。而盱衡主客觀整體情勢，學生的逼退，已經對老代表產生足夠的壓制作用，沒有比現在更好的滅火時刻。

李登輝因此決定提前宣佈他將在總統大選後一個月內召開國是會議，邀集朝野共商國是；總統府同時對外施放總統有意願與學生們見面溝通的消息，希望在學運組織內部產生變化。

學運依舊如火如荼，立法院為之震動，二十日院會，朝野立委就李登輝國是會議的構想熱烈發言，最終做成決議，建請總統儘快召開國是會議，宣佈終止動員戡亂時期，提出明確的改革時間表，以回應學生的改革期待。當天總質詢因此停頓，立委朱高正力勸行政院長李煥一同前往探視學生，但為李煥婉拒。

不過，第二天二十一日清晨六點半，李煥獨自悄悄到達中正紀念堂，當時多數學生仍在熟睡中，李煥在一名指揮中心學生引導下，快步繞行，三分鐘即告離去。在李煥準備離開前，被另一名學生發現，學生不客氣的說，「要關心，就正大光明的關心，不要偷偷摸摸的」，隨扈立刻斥之「要理性一點」，雙方發生言詞齟齬。李煥偷偷去看學生的動作，在李登輝看來，又產生了更多的解讀。

他耐著性子靜靜等待他所釋出的訊號是否得到回響。同樣是清晨六點半，毛高文的電話打到了總統府，部長報告「學生民主廣場」上的兩位指導老師瞿海源與賀德芬希望能面見總統，李登輝聞訊時，當下欣喜的斷言「問題終於解決了。」李登輝知道，他放出的樓梯，學生那方有人願意試試看，表示結束靜坐已經為期不遠。

上午八點半，毛高文陪著瞿海源、賀德芬進入總統府，李登輝坦誠表達，他一直很想去看看學生，但是基於安全的顧慮，並無法如願，他願意在總統府接見學生代表，當面聽取大家對國是的看法。

李登輝並且具體提出下午三點他有空，可以找二、三十個學生代表來談談，瞿海源與賀德芬滿意的離開總統府，回到靜坐區與學生協商。

中午過後，總統府再次接到毛高文來電，表示學生的意見很多，代表產生的方式和名額尙未達成共識，希望增加爲五六十人，約定的時間也恐怕需要向後延。幕僚幾次的請示，李登輝都回答「沒關係，我願意等」。在他看來，意見分歧正是組織瓦解的前兆，因此絕對是好消息。

在接洽的過程，學生方面傳來希望與總統對話的過程，能夠經由三家電視台入內全程錄影，事後在中正紀念堂轉播。但總統幕僚評估，有記者在現場，很容易促使學生激情發言，對溝通並無助益，未予同意，不過，總統府決定必要時在事後可以提供完整的錄影帶，讓學生們能夠帶回廣場播放。

這個安排看似平常，其實背後大有學問。由官方錄影，可以控制將攝影機的位置固定放在學生們的背後，面前沒有鏡頭，可以降低學生的表演慾望，有助於降溫。同時，學生們一腔熱血，但是思想仍然稚嫩，學生代表的臨場表現，在同儕間很容易引發不同的批判，對鬆動學生的凝聚力有利，也可讓學運見好就收，儘早解散，可見當時總統府對處理學生運動手法頗爲細緻。

等了將近五個小時，晚間八點，李登輝與學生的對談終於得以舉行，瞿海源與賀德芬帶著五十一位各校學生代表與李登輝、李元簇見面。

李登輝接續在一個小時晤談中，以溫和的形象對學生們的訴求給予善意回應，肯定這是愛鄉愛國的理性行爲。李登輝更說，自從知道同學們於風雨中在中正紀念堂靜坐，他的內心就相當沉重，

「可能是我一生中心情最沉重的一刻，連日來幾乎都無法好好睡覺。」他也以直率口吻解釋，除非革命，否則總統沒有權力直接解散國民大會。

夜間十一點半，新聞局將錄影帶送達廣場播放，現場以投影的方式播出，收音效果並不好，學生的發言聲量非常小，畫面上呈現，學生代表數度打斷李登輝的講話，並以「李登輝」直接點名道姓，在場的教授則含淚向李登輝鞠躬道歉。錄影帶播出後，總統府預期中的效應陸續產生，現場反應兩極，各校代表爲應否停止靜坐爭執不休，也有部分身份不明的「學生」則要求採取更激烈的抗爭。

二十二日凌晨一點三十分，四十三名絕食團學生經過表決，做出了關鍵性的決定，他們以三十八票通過停止絕食決議，要求全體學生結束靜坐活動，回到校園。絕食學生表示，改革是持續且長遠的路，不必急於一時。

野百合學運歷經七日翻騰，至此圓滿畫下句點，李登輝妥善的處置，讓行走在刀鋒邊緣的學生運動免於失控，並且援引爲體制內改革的重大外部力量。三月學運之後，台灣的改革進程驟然加速，也開啓了之後李登輝不斷善用民意後盾的大門。

國是會議援引民間活力

兩蔣時代實施威權統治，對外採取隔絕，兩岸關係與外交空間受限閉門政策，無法正常化開展；對內則進行獨裁，人民權利遭到控制，民主難以行使。

要解開套住台灣的枷鎖，首先必須將動員戡亂時期儘速終止，放棄國共內戰的遺緒，建構全新的兩岸關係；同時逐步透過修憲還政於民，將人民權利一一加以恢復。

做爲開創型領袖的歷史角色，李登輝選擇了阻力最小、無須流血的漸進式改革路線，十二年來在蜿蜒曲折的道路上邁步。在不斷前進的過程中，有時遭遇阻力而暫時停頓，如推行總統直選，歷經三年才完成；有時面臨既得利益的強力挑戰，如凍省簡化行政層級，最後爆發國民黨的分裂，意外促成政黨輪替提早在台灣降臨。

台灣要走向全面的民主改革，頭一個關卡就是萬年國會的存廢問題，既要在體制內進行改革，需要老代表舉手廢除動勘臨時條款，又要讓老代表自廢武功，達成國會更新，是既矛盾又極其困難的挑戰。

李登輝甫由主流與非主流的對抗中脫身，自己的權力基礎尚在逐步尋求穩定的階段，如何在保守勢力盤據的結構下，進行頗大幅度的政治更動？李登輝思考只有引進體制外的力量來解決。一九九〇年三月在中正紀念堂的學生運動，主要訴求就是廢除國民大會與總統直選，李登輝抓住了這個機會，提議召開國是會議，搭建一個能集合朝野菁英共商國家大計的舞台，來對抗脫離民意的內部既得利益階層。

李登輝十分清楚，國是會議若要召開成功，達到加速改革的預期目標，必須給予反對黨某種程度的地位。反對黨八六年宣佈組黨時，擔心蔣經國下令採取行動，八九年民進黨因人民團體法通過而合法化，蔣經國則已經過世，如今到了李登輝手裡，他認爲是承認反對黨發言力量的時候了！

九〇年五月二十日，李登輝就任中華民國第八任總統，宣佈「一年內完成終止動員戡亂時期，兩年內完成國會全面改造」。他在就職演說中表示，國內最重要的兩件事，是革新憲政體制與建立政黨政治，唯有經由政黨公平競爭，國是訴諸全民，才是貫徹民主憲政的最佳保證。當天李登輝並頒布特赦令，特赦黃信介、呂秀蓮、姚嘉文、林義雄、施明德、許信良、陳菊、林弘宣等二十位政治異議份子。特赦令恢復了他們的政治權力，也把他們送進國是會議成爲座上賓。

就職後，李登輝指定總統府秘書長蔣彥士主持國是會議籌備事宜，並由當時的行政院副院長施啓揚、總統府副秘書長邱進益、國安會副秘書長董世芳與國民黨副秘書長馬英九四人協助推動。籌備小組密集在台北的空軍招待所開會，討論出席名單應如何擬定？應透過何種途徑邀請？蔣彥士親自拜訪民進黨主席黃信介，請託他帶領反對黨共同參與這次具有決定歷史走向意義的關鍵會議。

六月二十八日，國是會議在圓山飯店召開，一百五十位受邀者，有一百三十六人出席，這是台灣史上不同政治立場者首度同台的盛況，統治階層的軍頭與昔日階下囚握手言歡，笑泯恩仇。李登輝也在開幕致詞中提出兩個目標，分別是「健全憲政體制」與「謀求國家統一」，希望藉由各界代表的討論達成共識。

歷經一週的熱烈發言，雖有許多未盡一致之處，但在相忍爲國、尊重歧見的精神下，仍然做出總統直接民選、資深中央民代儘速退職、省長民選、廢除臨時條款等重大結論。朝野普遍體認總統由國大選出的方式應該改進，至於究竟由人民直接選舉、或由委任代表選舉產生？國、民兩黨各有見解。

與會者同時高度認同省長民選是地方自治民主化的重要內涵，且爲民意歸趨，不可抗拒，應該經由法制化途徑制定省自治法，加以實施。尤其是黑名單的解除，海外異議份子從此得以回到台灣本土，在新創的政壇上從事政治活動，對彌和國內對立起了相當號召。在兩岸關係上，會中肯定「兩府」的概念，主張兩岸爲兩個分別在台灣與大陸擁有統治權的政治實體。

國是會議的成功，爲接續的國會改革注入了來自民間的活力，也爲兩岸關係的開展奠定了基本基礎，更成爲揭起「李登輝時代」的一個重要的起點。引進了新興的力量，達成符合民意的革新共識，李登輝隨之回到體制內，依靠當時國民黨強大的黨國機器來尋求落實。一方面在黨內，由李元簇召集成立憲政改革小組推動修憲，一方面則在總統府成立國統會，著手進行兩岸關係調整的重大歷史工程。

六次修憲的心路歷程

一九九一年至二千年，國民大會一共進行了六次修憲，在這條漫長的憲政改革過程中，前一時期是以恢復長期戒嚴遭凍結的人民權利爲軸線，貫穿每次的憲改議題。第二時期則依照台灣以總統爲領導中心的國情，開始移動中央政府體制，使憲法由偏向內閣制的精神導向偏總統制的雙首長制，使民選總統獲有相對的權力調整。

李登輝主政初期，民間反對力量雖然萌芽，但尙未齊結成功，以致缺乏實踐能力，不足以完成艱鉅的憲改工作。李登輝憑藉黨主席權力的行使，巧妙地運用國民黨這個有效的工具，不斷跨過四分之三高門檻，實現民主化改革。他也以民進黨交互爲用，時敵時友，構成恐怖平衡的槓桿，來快速推進國民黨有時耽於保守的遲疑。

民主改革每進展一步，國民黨政治獨占的地位就減損一分，反對黨派的勢力版圖就擴大一寸，恐慌的國民黨人罵李登輝是袁世凱，民進黨則笑稱李登輝是戈巴契夫，改革成功時就是下台之日。不過，李登輝既不是袁世凱，也不盡然是戈巴契夫，李登輝就是李登輝，他在台灣所操作的改革模式，在新興民主國家，恐怕已經成爲典範。

國是會議之後，李登輝在黨內成立的憲政改革小組，是牽引國民黨扮演改革主導者的重要窗口，首先採取「一機關兩階段」的修憲步驟，由第一屆老代表進行「程序修憲」，於九一年廢止臨時條款，公佈憲法增修條文，為第二屆新代表的產生訂定法源。第二階段再由台灣選出的新代表進行「實質修憲」。

國會全面改選、省長民選、總統民選，是一系列恢復人民權利的設計，李登輝配合著社會民間的主要脈搏，循序漸進逐一進行。九〇年六月二十一日，大法官會議第二六一號釋憲決議，所有中央民代依法應於九一年十二月三十一日前全面退職。李登輝是國大選出的總統，雖然可以依憲行事，「但是要求自己的選民通過廢止臨時條款自我終結，確是情何以堪」，李登輝認為。為此，他採取與當初拜票時相同的方式，一一再訪六百多位國大代表，動之以情，請他們接受優渥的五百萬退職金與優惠存款退職，獲得了資深國代的回應，完成不流血的革命。

九二年總統直選的推動則是更加曲折起伏。當年，不少人原以為，國民黨屬意的「民選版」委任直選將在三中全會通過定案，但是在大會前夕，李登輝發現國民黨前進的方向與多數民意呼聲出現了岔路，因而臨時煞車喊停。

憲改小組的研究案原本是委選案與直選案並案討論，但是幾次黨內會議召開後，直選案卻逐漸不見，只剩下委選案繼續討論。李登輝愈看愈不對，為了證實自己的疑惑，他交代秘書蘇志誠直接一一與全省二十一縣市黨部主委電話聯繫，實際了解地方民情的反映。在這次的逐一詢問過程，多數的主委表示，一般老百姓對直選比較聽的懂，還是直選比較好；只有三個縣市主委認為，如果採用委選，一定要好好宣傳和說明，則不見得一定對年底的立委選舉不利。

這份類似意見調查的探詢結果，方向已經再清楚不過，李登輝猶如吃下定心丸，民意確實與黨意大相逕庭，李登輝因此約見憲改小組召集人李元簇，坦承交換意見，請託他把直選案重新拿出來並案討論。

爲了爭取黨內的認同，李登輝也特地在官邸請客，把施啓揚、馬英九幾個規劃憲改的主要幹部都找來，當面溝通聽取意見，席間馬英九代邀的學者姚立民也在座。然而，施啓揚當時對總統選制改變公開說出「民意如流水」，以及馬英九反問記者「今後你們還相信我的話嗎？」仍然令大衆印象深刻，說明改革的曲折與不易。

果然，九二年三月九日國民黨舉行臨時中常會，經過七個小時的討論，無法達成共識。隨後召開的三中全會上，直選派與委選派更出現激烈攻防，中午休息時間已到，包括李煥、邱創煥在內一百多個中央委員寧願餓著肚子，爭相排隊上台，把李登輝的政策急轉彎罵得「臭頭」。

一旦總統直選，將失去全中國代表性，形同台獨，是當時反對者對他最大的抨擊。對於當年遭到黨內同志群起羞辱的這段往事，由於場面驚心動魄，李登輝至今記憶猶新。他事後回憶，原本的間接選舉，國民黨可以完全掌控局面，直接選舉後，國民黨的掌控力下降，也必須面對嚴厲的挑戰，因此他非常了解黨內既得利益者不願面對挑戰的心情。但他心中也很清楚，人民要的是政黨的競爭與民衆的參與，因此即使衆多責難，他仍必須堅定的推動總統民選。

很少人了解，三中全會上，李登輝的處境幾乎是孤立無援。他在中山樓的辦公室一一約見李煥、邱創煥、郝柏村等人溝通，黨秘書長宋楚瑜卻遲遲未見蹤影。他差蘇志誠去找宋楚瑜，宋楚瑜見到蘇志誠時，在會場的大柱子旁神情緊張問道「你看，不會有問題吧！」顯然宋也慌了手腳。李登輝一直懷疑，推動總統直選案時，宋楚瑜是不是受到了黨內反對派的壓力與恐嚇，以致態度搖擺。

李登輝記憶深刻，國民黨在討論取消閣揆副署制度時，也曾經發生，原本黨內會議通過的方案，到了秘書處卻突然不見的事。他當時曾經故意用開玩笑的口氣質問宋楚瑜：「你怕什麼？難道『有人』派軍隊站在你家門口嗎！」取消副署權等於削減了行政院長郝柏村的權力，郝柏村反對的態度非常明確。

由於黨內鴻溝過深，為了避免摩擦過大，李登輝在三中全會接受妥協方案，決議「總統選舉方式由總統於民國八十四年五月二十日任滿以前，召集國民大會代表召開臨時會，以憲法增修條文明訂之。」將總統選舉方式延至九四年的第三屆國民大會再討論，拉長了戰線，也暫時平復了爭議。但是曾經為推動直選被憲兵抬出總統府的黃信介，當年底在花蓮參選立委以十萬票高票當選，他重回總統府並成為李登輝的座上賓，當面調侃李登輝：「我的民意基礎比你的六百票大多了」，還是讓李登輝哭笑不得。

九六年，李登輝在首次大選中高票當選第九任總統，選後挾著強大的最新民意基礎，李登輝著手另一層次的憲改計劃，副總統連戰接續過去李元簇的角色，成為黨內憲改小組的負責人。

援引當年國是會議成功的範例，李登輝在同年十二月二十三日召開為期一週的國家發展會議，讓反對黨再次成為改革的關鍵推手。李登輝有步驟的善用在野力量促進改革，由他當年在中山樓與民進黨代表餐敘時的一段私下對話，可以清楚呈現。李登輝說，「新的制度通常要有人起頭才比較好做，需要民進黨先扮黑臉的推動。」

這次的憲改工程，牽涉的制度與權力更迭極爲龐大，主要包含兩大類，第一類屬於憲政體制，一爲取消立法院對總統任命閣揆的同意權，同時引進總統對立法院的解散權，與立法院對行政院長提出不信任案的倒閣權；二爲停止省長及省議員選舉，並簡化省政府的組織與功能。第二類爲政策性者，包括對原住民及殘障者權益的保障。

國民大會參照國發會共識，在九七年七月通過憲法增修條文，落實了李登輝第二時期的憲改目標。這次修憲之所以對總統、行政院及立法院三者之間權力互動關係作修訂，主要原因是反映民衆希望民選總統應具有憲法上的適當權力，以求權責相符，同時反映立法院未來可能三黨不過半的政治現實，以化解未來可能產生的政治僵局。

李登輝認爲，「雖然是雙首長制的架構，將行政院長提名無須立法院同意，並將解散國會的恐怖平衡納入，使得整個制度較爲偏向總統，可以讓民選總統較有做事的力量，也未完全忽略立法院的重要性。」

李登輝與負責執行的連戰，當時心中預想的未來政治發展是，總統可望繼續由國民黨當選，國會在國民黨席次逐漸下滑的趨勢下，民進黨勢必將版圖擴張，甚至有朝一日成爲相對性的多數。如何確保國民黨總統的政策推行力，必須給予足夠的權力，當時連戰的接班地位已經十分明顯，因此這個調整一方面是反映現實需求，一方面可以視爲是替連戰量身裁衣，專爲連戰訂作的憲法服飾。

同。

不料，兩千年的大選，國民黨當年的政治算盤被推翻，民進黨的陳水扁當選總統，國民黨反而暫時維持國會多數，天地倒轉，效應自然完全相反。連戰在落選後，就曾經私下向一友人感嘆「沒想到是這種局面。」作爲國民黨主席，在自己設計的遊戲規則下感到不夠「盡其在我」，心情想必不同。

省長與省議會停選，當年在國民黨引起政潮，宋楚瑜絕地反撲，激烈程度較總統直選的推動有過之而無不及。當時，有一家綜合性報紙前所未有的以連續四十多天的社論抨擊李登輝的修憲方案，相當能代表社會保守一派的焦慮。一位高級幕僚曾經就這個特殊的現象向李登輝提起討論。李登輝回答得很妙：「罵就讓他們罵，舉手的又不是他們，沒什麼好擔心的。」

李登輝的堅強抗壓性，一直是他十二年來推行政策的特色，很少人知道，凍省後引起的統獨效應，當時連美國都曾經至少兩度對台灣表示關切。第一次是在國發會召開後，美國特別向台灣高層打探朝野兩大黨達成省府調整的共識具有什麼考慮？台灣當時特別說明，省府調整案的目的在減少疊床架屋，資源浪費，藉以改善行政效率，這與廢除鄉鎮長選舉的情形相同。美國這次的態度較爲隱諱，末了還曾解釋，美國向來不對他國內部安排事宜表示評論，除非牽涉區域穩定者另當別論。

第二次則是國大完成修憲之後，美國這次不再有所遮掩，非常慎重的反覆向我詢問有關凍省的效應。台灣高層因此向美國陳述，在中華民國目前管轄權所及幅員中有四級政府，中央政府與台灣省土地有百分之九十八、人口有百分之八十五重疊，不僅造成政治組織疊床架屋，而且影響行政效率，而省政府大部分一級單位的功能和中央部會重疊，有些政務中央部會在推動，省府也在推動。

台灣方面也說，中華民國有九種公職人員選舉，幾乎每年都在選舉，社會成本過高，修憲後台灣省作爲省的地位並無改變，台灣省政府仍繼續存在，只是回到以前不需選舉的型態，並調整其功能、業務與組織。此外，台灣民衆仍可直接選舉中央政府的總統及立法委員，以及地方的縣市長及議員，經由投票表達政治立場的參與管道並未受限。特別是，精簡省政府無關國家認同和國家定位問題。

儘管說明詳細，美國仍然認爲，這是認知的問題，顯示充分溝通的必要性，否則很容易引起誤會。並且進而追問，我國進行凍省修憲時，是否曾經獲得各方的同意？

台灣方面告訴美國，這是國發會的共識，大部分人都贊同，但仍有部分人士有不同意見，例如宋省長曾表示並不反對省府組織的精簡，但作爲首任民選省長，他不便支持凍結省級選舉；而省府有數萬名員工，他們對自身利益自然有所疑慮，不過這些問題經由充分溝通，應能解決。

美國之後仍然不放鬆的傳達，「中共認爲這是走向廢省及台獨，事關重要，基本上這是雙方的認知問題，可見有些事情不能只從個別決定來看，需考量政體影響。」保留的態度顯露無疑。台灣爲此曾經直率反駁，中共近來將台灣一切的制度改革和拓展國際活動空間的努力，都誣指爲台獨或製造兩個中國，這種成見既無助於兩岸交流進程，也無益於兩岸人民的和平福祉。

李登輝當年並沒有理會美國的嘮叨，繼續透過行政院執行精省。他不諱言，除了行政效率的考慮，精簡省級當然有政治作用，中共與美國的警覺並未錯誤，但是這也是台灣民主化後必然的結果，根本回不了頭，更不應阻擋。

修憲風波，意外廢掉國大

九九年九月四日凌晨，國民大會在議長蘇南成的領軍下，以迅雷不及掩耳的速度，三讀通過第三屆國代延任、第四屆國代改為政黨比例代表制的修憲案，這個既成事實造成後，李登輝當晚在官邸大發雷霆。「蘇南成一定要辦！」這是李登輝十年推動憲改以來第一次失控。

九月三日下午，蘇南成在國民黨與民進黨延任派國代的浩大聲勢簇擁下，以前所未有的無記名投票方式，在第二度投票時將延任案在二讀會闖關成功。在混亂的議事過程中，李登輝透過所有的管道要求蘇南成「停手」，但是蘇南成相應不理。

上山督戰的黨秘書長章孝嚴，在通過無記名表決案後，立即到中山樓主席台旁的議長休息室，找蘇南成溝通，蘇南成不為所動，章孝嚴見情勢不妙，只有丟下了一句「唉！這個蘇議長」，即先行離開會場。早在前一天晚上，章孝嚴宴請全體黨籍國代重申黨中央反對延任的立場，蘇南成已經十分不給面子的說「不要恐嚇黨籍國代，有什麼狀況，我會扛下來。」擺明已經吃了秤陀鐵了心。

總統府秘書室主任蘇志誠奉命再與蘇南成直接聯繫，但是打了辦公室電話、手機，全沒辦法對上話。好不容易接通了蘇南成的太太陳舒珊，在如此緊張的時刻，於國大擔任顧問的陳舒珊卻輕描淡寫告訴蘇志誠「老大（指蘇南成）做事，你還不放心嗎？」。

蘇志誠察覺有異，只好打到黨團書記長陳明仁的手機，要陳明仁拿著手機去找蘇南成，親自交給蘇南成接聽。這次終於和蘇南成通上話，蘇志誠再三強調總統不同意延任案，不可以硬搞，但是蘇南成在電話的另一端卻只有「哦、哦」敷衍式的回應，隨之掛上了電話。

在各方施壓下，蘇南成不僅未稍有遲疑，並在一天之內連過三關，不惜挑燈夜戰在四日凌晨三讀通過了國代延任案。

國大的荒腔走板演出，雖然以第四屆國代改為政黨比例產生的國會改革為包裝，但卻以自我延任為交換條件，事後引起普遍的民情激憤。

四日上午，經過一夜折騰的李登輝，一到辦公室就差人通知蘇南成，「自己做的事，自己負責，自己自動把國大議長的職務辭掉。」

在總統府傳達李登輝的指令時，陳舒珊曾經試圖緩頰，提出可以在次年三月總統大選之前，再由總統召集國大臨時會修憲補救的建議。「開什麼玩笑！」李登輝在獲知後當即以憲政不可輕率兒戲加以否決。

李登輝隨後在六日周一正式在總統府約見蘇南成，當面請蘇南成自動請辭。國民黨同時在當週召開考紀會議，開除了蘇南成的黨籍。雖然採取了最嚴厲的處分，但事後國大卻出現李登輝「默許」國代延任的傳言不斷，民進黨國代劉一德也公開說李登輝是「不反對、也不介入」，經過總統府查證根源係輾轉來自許文龍。

原來，國策顧問許文龍稍早曾經受民進黨人士之託，將民進黨的憲改意見資料傳眞到總統府，希望代轉給李登輝。李登輝也確實看過這件由許文龍以專函方式傳來的資料，但內容只是民進黨有關公投入憲，及國代全部以政黨比例產生的國會改革修憲草案，其中並未有延任案。事後，他沒有表示任何意見，也沒有與許文龍答覆，此外更無其他任何與民進黨有關係的接觸。

李登輝無法回應民進黨公投入憲的提議，幕後的原因其實是，在台灣進入修憲熱季的初期，美國就已經對公投表示了關切。當時，美國一位知名的高層官員曾經不加修飾的詢問我方，外傳民進黨有意以公投入憲交換總統任期延長，是否眞有此事？「國民黨是否在任何條件下都不會在公投問題上讓步？」台灣高層隨即澄清，國民黨不主張公投入憲，李總統也已經表示任期不會延長，因此所謂的交換條件根本不存在。

爲了打消美國的疑慮，台灣當時也不厭其煩對美方詳細比較了國民黨與民進黨在複決與公投主張上的不同。國民黨支持在憲法中已有規定的複決，涉及政府公共政策事項可以使用複決來處理，但認爲民進黨的公投主要涉及國家定位，是殖民地在獨立時所使用，台灣不是殖民地，因此並不適用。既然已經知道了美國的憂慮，李登輝自然無法回信給許文龍，又何來另一不相干的國代延任案？

不過，倒是在國大表決修憲案之前，蘇南成曾經在九月二日到總統府求見，向李登輝遊說本屆國代延任的種種好處，是否蘇南成據此向國大方面散佈曖昧言辭？

其實，當天與蘇南成見完面後，李登輝就有所警覺，在蘇南成尚未走出總統府，便叫蘇志誠追上去再次叮嚀蘇南成：總統很難同意延任。當日，李登輝也要總統府秘書長黃昆輝與章孝嚴聯繫，提醒黨部必須密切注意蘇南成的動向，絕對不能讓延任案過關。

「蘇南成一向喜歡在法律邊緣游走」，這是認識蘇南成長達二十多年的總統府副秘書長黃正雄對蘇南成的形容。不論是當年在高雄市長任內與議員唇槍舌戰的爭議性，或是之後在國大超越中立界線強度關山的主導議事，事實說明國民黨事前都輕估了蘇南成的能耐。

蘇南成後來在辭職記者會上說明，延任是為了換取兩年後得以凍結國代選舉的改革目的；同時，延長的任期中，國代可以徹底研商適合我國國情的「根本大法」。固然上述看法見仁見智，但是李登輝從開始就未同意過。早在八月十一日，李登輝在中常會結束後，就由章孝嚴陪同與蘇南成、陳鏡仁在黨部進行懇談，明確告知沒有總統延任或國代延任的問題，也沒有制定基本法的政策。沒想到蘇南成事後取消了總統延任案，卻照樣推出國代延任，弄得舉國譁然。

兩千年三月，國民黨敗選後，大法官會議四九九號解釋出爐，判定國大延任案違憲失效，中選會預定在五月初辦理國代選舉。

歷經激烈大選爭戰的國、民兩黨，在各有盤算，又同時擔心親民黨挾宋楚瑜高票入主國大的共識下，再度聯手召開國大臨時會，於四月二十五日凌晨一舉通過廢除國大的修憲案。

龐大的廢國大工程，竟是因國代提出延任案反而快速成功，過程的峰迴路轉，眞是老天爺的巧意安排，李登輝看到整個事件得以化險為夷，十分慶幸台灣確實是個有神庇祐之地。在總統卸任前，憲政改革最後以廢國大為句點，對李登輝而言，純粹是個意外的驚喜，這不是他原本的修憲草圖，但卻是他心嚮往之的修憲結果。

人道援助科索沃

九九年六月七日，李登輝大手筆的宣佈，將以三億美元援助柯索沃難民，究竟是什麼決策考慮？外交部長胡志強的三億台幣與三億美元風波，到底眞相爲何？

九九年南斯拉夫聯邦在科索沃地區爆發衝突，在美國的介入下，當年三月二十四日，北約組織開始向南斯拉夫發動空襲，因而造成大量難民潮，難民湧入鄰近的馬其頓、阿爾巴尼亞、土耳其，使得巴爾幹半島的重建與復甦，成爲國際矚目的大事。

台灣當時初與馬其頓建立邦交，在李登輝批示下，外交部立即在三月二十七日宣佈將捐助兩百萬美元給馬其頓，這項行動引起美國方面的注意，並透過管道向我國安會與外交部，分別傳達希望台灣能夠更積極作爲的訊號。馬其頓該年即將舉行大選，主張與台灣建交的總理喬傑夫斯基一派與美國、歐盟較爲親善，美國因而希望台灣能夠協助維持馬其頓政權的穩定。

基於人道與國際參與，尤其是台馬關係的鞏固，外交部因此在四月八日再宣佈對馬其頓援助五百萬美元的醫藥與物資。另方面，國安會則又另外從北約得到情報，美國及歐洲各國爲共同解決巴爾幹半島因戰亂導致經濟凋蔽與難民安置問題，正在研擬戰後重建計劃，並亟待其他各國能夠伸出援手。

根據這些訊息綜合研判，國安會秘書長殷宗文經與國安會相關同仁多次交換意見後認爲，基於國家的利益，若能以大戰略考量，參與整個援助巴爾幹半島的計劃，藉此在國際間打出知名度，這對開拓國家的生存空間將極具意義，因此立即向李登輝提出了報告。

殷宗文回憶，科索沃戰事是全球關注的焦點，台灣若適時表示願意伸出援手，既可使國際了解台灣的實力，也能讓外界感受我國即使在外交與國際空間上備受打壓，但在人道援助上，台灣有意超越政治現實作出貢獻。在台灣公開宣示後，未來倘若眞能作成，則對我國在國際間的聲望與影響力，必然將產生正面效應。

殷宗文的想法與二次大戰時的馬歇爾計劃模式相同，美國當年在戰後援助歐洲的戰後復興，五、六十年後美國得以繼續在歐洲立足，馬歇爾計劃實居功闕偉。

李登輝在聽取殷宗文分析後，十分贊同，決定將科索沃問題由一般的外交層次提升到戰略角度研究，他批示由國安會負責主導，召開跨部會會議詳加規劃，柯索沃經援案的決策權因此由外交部轉移至國安會。

國安會在殷宗文主持下，先後舉行過兩次跨部會會議，內政、外交、國防、主計等相關單位首長全程參加，台灣應該人道援助科索沃是各部門一致的共識，問題是規模大小應該如何才適當？則有各種意見，殷宗文認爲，規模與戰略價値是成正比的。

經過參考各國援外經驗得知，波斯灣戰爭期間，英、日等國援助科威特的方式，均是在本國採購物資再運送至戰區，兼收擴大內需、挹助國內經濟的效益，因此跨部會議同意，台灣援助科索沃的物資來源，應以台灣貨品爲優先，例如帳棚、藥物、民生物資都向國內廠商採購。

在安置難民部分，亞洲各國只有澳洲曾經接納難民，日本僅有同意一家人入境的紀錄，故我國不宜採取接運難民到台灣的做法，但爲使援助案能夠落實有效，可以採取接待難民到台灣接受職業訓練。

在討論過程中，針對難民來台職訓的安置，有人建議送到澎湖，殷宗文反對，主張應在台灣設置新社區才有作用，由於兩國相隔遙遠、文化背景不同，預計有意前來的人數並不會多，而我方也會就難民的職業、教育等條件進行篩選。

依據幕僚估算，整個援助計劃估計需要九十八億台幣，主要分三部份支出，首先是難民們的食、住、醫療所需，這方面牽涉物資的補給。其次是難民職訓的費用，包含難民來台的機票與居留支出。最後則是和平協議牽署後的重建計劃，這部分需要與其他國家共同辦理，因此如何執行，尚言之過早。爲防範中國的打壓，金錢援助的管道將透過非政府組織(NGO)進行。

主計長韋端主張，這些經費應視未來的實際需要，在各部會的有關預算項目下以三至五年逐年編列，相當程度是業務調整與分配問題，並非由外交部單獨負擔，內政部、勞委會都需分工。

五月二十四日，李登輝根據國安會先期討論的基礎，親自在總統府召開高層會議，與會者包括副總統連戰、行政院長蕭萬長、總統府秘書長黃昆輝、國安會秘書長殷宗文、黨秘書長章孝嚴、外交部長胡志強、府副秘書長林碧炤、國安會副秘書長胡爲眞等人，會中確立了三億美元的援助計劃，李登輝也指示相關單位必須加強協調，使計劃順利推展。針對三億美元的擬定，李登輝認爲，以往我們受美國援助長達十三年，現在我們有能力幫助他人，就應該盡一己之力，促進國際社會的發展。更何況與亞洲其他國家，如日本以國民所得百分之二至三來援助外國，亞洲國家平均也有百分之一的援外經費相比，我國只有百分之0.07，確實還有相當空間。

高層會後，李登輝旋即指示胡志強赴美，向始終關切本案的美方進行簡報，胡志強因此藉陪同蕭萬長出訪薩爾瓦多途經美國時，在美國時間五月二十八日於紐約與在台協會理事主席卜睿哲會面，親自說明台灣將以三億美元援助科索沃，並在和平協議之下配合各國協助科索沃地區戰後重建之用。

卜睿哲詳細了解援助細節後，曾詢問：爲何技職訓練不就近在馬其頓進行，要把難民接到台灣受訓？胡志強特別解釋，以過去我國與南非合作的經驗，如果要在馬其頓成立職訓中心，至少需要一年半的時間，台灣現在就有四個職訓中心，因此能收立竿見影之效。胡志強與卜睿哲的詳細對話內容紀錄，當時由陪同的駐美代表處官員傳回國內，呈報李登輝知曉。

由於我國處境特殊，有關援外問題，並非想怎麼做就能怎麼做，需要看國際是否接受，過去台灣有不少提議，在國際現勢下並無法順利推展，援科案能獲得美方的默契，實屬難得的突破。

六月六日，是個星期天，外交部長胡志強清晨六點從中美洲返國，剛下飛機，李登輝即在官邸召見，李登輝告訴胡志強，他已經想了好幾天，決定同意援助科索沃難民的方案，「我們在這件事情上應該要儘早主動有所表示。」

李登輝並明確告訴胡志強，他將在第二天週一由總統府召開記者會公開宣佈，希望胡志強共同主持。但胡志強有所遲疑，他建議是否等科索沃和平協議簽定之後再宣佈比較周延。李登輝則認爲，如果等到北約與南斯拉夫簽了和平協定，到時候我們的宣佈比較不會引起注意，應該先表示積極態度，以展示我們的誠意。

七日下午兩點，胡志強緊急邀集立法院外交委員會成員至外交部開會，包括副院長饒穎奇、國民黨立委李先仁、陳學聖、楊作洲、洪昭男、民進黨王雪峰及新黨營志宏。

胡志強向立委說明他前日獲李登輝召見的過程，希望立委們支持援外案，在場委員一致無異議同意。不過，針對援助的金額，胡志強向與會朝野立委強調，「初期不會超過一千萬美元」。

胡志強此一「口誤」，對之後援科案在爭取民意認同時產生極大的負面效應，國安會與外交部也在政策主導權上種下影響深遠的裂痕。

結束與立委的溝通，胡志強在下午三點趕往總統府參加李登輝召集的黨政高層會議，蕭萬長、黃昆輝、殷宗文、章孝嚴、林碧炤、胡爲眞全員到齊，立法院長王金平特別以民意機關的身分受邀與會，連戰則因前往高屏巡視災區未能出席。

這次會中，李登輝完整的說明了他對科索沃援助案的決策背景與考量，並舉我國援助中南美洲、加勒比海地區的經驗指出，由於台灣對這些遭逢喬治、密契爾颱風牽襲的友邦及時伸出援手，這次蕭院長訪問當地，所到之處，無不受到感謝。

蕭萬長也報告，他在出訪中美洲而過境紐約時，與美國高層官員有所晤談，美方對我國決定提出相當三億美元的援助計劃，非常支持，同時感謝我國能對科索沃難民伸出援手。美方也對蕭萬長明示，台灣政府願意宣佈援助方案，應該是出於台灣的主動表示，不是透過美國，也不是配合美國的要求才做的。

王金平則申明，站在民意機關的立場，他贊同這項回饋國際社會、善盡義務的援助計劃，未來將在立法院全力配合。對於稍後的記者會，爲了擴大其國際效果，國安會建議應該由李登輝以國家元首身分親自宣佈，並具體公佈三億美元的數額，以彰顯台灣的意願與決心，詳細的細節而後再由黃昆輝與胡志強說明。

稍早對立委指稱「不超過一千萬美元」的胡志強，一度起身發言詢問，是否可以暫不公佈數字，或先宣佈援助馬其頓一千萬美元的部分，殷宗文則認爲「不提數字，我想沒有報紙會登吧」，李登輝最後裁示具體講明三億美元，才能收國際注目的效果，胡志強應另行向立委說明。

下午四點，所有接獲通知的媒體都趕到總統府靜待結果，李登輝果然親自出面對外宣佈政府將對科索沃地區難民援助三億美元的重大計劃，刻在台灣訪問的喬傑夫斯基當時聞訊立即給予高度肯定。

李登輝當天刻意強調經援科索沃的定位是「人道援助」，這是回應美國的希望，目的在避免中國借題發揮，橫生枝節，從而引起美、中、台三方的無謂困擾。

殷宗文回憶，事實上，針對中共就援科案可能的反應，政府部門早有評估，中國由一般階層官員以發表聲明或談話的方式對台灣提出批評，應在預期之中；中國倘若對一項救濟難民的行爲反應過度，甚至以實際行動加以阻止干擾，勢必讓國際社會反彈與質疑，在中、台兩國的形象上將產生對比。

李登輝宣佈三億美元援助科索沃難民後，隨即在國際間獲得高度的正面評價，歐洲議會、美國國務院、科索沃流亡政府、聯合國難民委員會、教廷，以及美國參、衆議員，先後發言對台灣表示讚許，國際間更希望他國以此爲典範，投入巴爾幹半島的重建行列。

惟獨中國外交部在記者會批評，李登輝宣佈三億美元援助科索沃難民具有政治動機，目的在藉機製造「兩個中國」、「一中一台」。

援科原爲戰略制高點

以人道主義出發，這項計劃的本身毫無置喙餘地，但是在金額上，三億美元與一千萬美元的數字差距，卻引發國內正反不一的討論，外交委員會成員對「暴增三十倍」的金援大爲意外，民進黨、新黨立委因此在國會發出強烈批判，抨擊李登輝爲「散財童子」、「意在諾貝爾和平獎」。

當時，聯合國要求各國共同捐助的目標是四億七千三百四十萬美元，台灣一個國家就提出高達三億美元的願望，在乍聽之下確實令人震撼。但很少人細究，聯合國的四億美元只是因應當年七月到年底共半年的需要，台灣的三億美元則是以三年或五年逐年編列預算的方式，視情況分階段進行，並非一次給足。

攻擊聲浪連續數日在國會延燒，有人點名外長說謊下台，胡志強遭到極大的政治壓力。九日下午，胡志強再度在外交部向朝野立委解釋三億美元的由來。胡志強說，三億美元對他來講也是一個大數字，政府遷台以來從未有這麼大的援外數字，這筆錢三年內花不完，要七年也說不定。

爲化解立委不滿的情緒，胡志強指出，他七日向立委說明時，並不知道隨後的高層會議會提出三億美元這個數字；他曾經多次參與會議，確實有人提出三億美元，「但沒有成案」，他一直不知道已經決定是這個數額。胡志強又說，總統六日找他到官邸，也沒有提到三億美元。

胡志強的解釋愈說愈含糊，由於言詞矛盾，更引發胡志強是否被「架空」的揣測，政壇有人誤以爲胡志強是「狀況外」而心生同情，調過頭質疑李登輝「一人專斷」。

事情發展至此，李登輝十日在辦公室終於忍不住說出「這個部長怎麼這個樣子」的重話，胡志強的政治前途面臨空前危機。在察知李登輝的情緒後，爲了讓整件事有所轉圜，府內幕僚明白提示胡志強：「現在只有殷宗文一個人可以救你」，隨後有關人士與殷宗文聯繫，說明胡志強希望來看他，請同意會面。

十日傍晚六點，胡志強主動到國安會拜訪殷宗文，殷宗文並不願單獨爲胡志強背書，另外請來黃昆輝與林碧炤在旁作陪，黃、林二人曾經全程參與科索沃決策，林碧炤並是胡志強在政大的同學，殷宗文要他們見證。

胡志強當場向殷宗文解釋，三億美元過於龐大，外交部並沒有這麼多錢。殷宗文不以爲然的說，主計長已經講的很清楚，這不是外交部一個部的事情。

殷宗文並且「提醒」胡志強，高層會議作成三億美元結論，胡志強曾經出席簽字，胡志強自己到美國的簡報也是三億美元，「這些都有紀錄可查」，爲什麼在回到國內時又將科索沃與馬其頓混爲一談？

殷宗文當時心中打算，如果胡志強繼續自說自話，必要時爲了這個案子決策過程的完整性，他只好被迫將相關文件紀錄公開於國人，才能止息爭議。

胡志強似乎知道理虧，低聲詢問，「現在應該如何解決問題？」

殷宗文表示，「這幾天外界風風雨雨，只有你公開道歉澄清才行。」胡志強聞言面有難色，他試問，是不是說明一下就可以了。但不爲殷宗文接受。

殷宗文認爲，這不是兩個單位或兩個人之間的問題，援科案攸關國家的國際地位與形象，政務官應該將執行放在第一位，不應讓一些不符事實的傳言使國人對決策過程產生誤解，進而模糊了焦點。

胡志強見殷宗文態度堅決，只好同意與林碧炤共同研擬三點共識文字，經殷宗文同意後，當晚八點多透過外交部發出新聞稿向外界道歉，以止息紛爭。

胡志強的這三點共識爲：

一、如何具體落實科索沃援外案，將由外交部協調有關部會完成規劃後，提報行政院通過辦理。

二、有關以「三億美元」援助科索沃難民的決策過程，外交部胡志強部長及相關官員都全程參與。

三、外交部長胡志強六月七日對立委簡報時提出的一千萬美元，是整個援外案中的前一部份，胡志強爲其在數字處理上造成疏失，並引起外界爭議，表示歉意。

胡志強公開道歉後，事實眞相雖然在圈內已經衆所皆知，但不明情況的國會與媒體仍是衆說紛紜，「胡志強被迫道歉」的說法繼續流傳，傷害並未就此打住。

對於當時的部會爭執，李登輝舉美國爲例，美國的一些政策，通常國務院、國防部、國會都有不同意見，討論時並不是一致的，我們也是如此，作爲總統，他必須加以統合。而援科案是政府花了一個多月時間集體反覆討論的結果，不是他一個人想出來的，「外交部說不知道三億美元，不能講這種話」。

李登輝十分贊同殷宗文的看法，三億美元援科案是以人道援助追求國家戰略利益，這是戰略問題，並不只是外交工作。所謂戰略，是從高處看遠，眼前是看不到的。作爲政府官員應該兼具兩項要件，一是專業素養，一是國家安全，而後者就是戰略問題；但「當前政府中的官員不乏專業優秀人才，卻多半看不到戰略層次的全貌。」

援科案後來在外交部成立專案小組，由胡志強親自擔任小組召集人，在後續的執行上，由於中共的打壓，包括歐盟、世界銀行等國際社會不願接受我以中華民國名義捐款，以致遭遇困難，最後只剩下我對馬其頓的援助得以推行。

在交涉過程中，政府曾經一度透過外交部的外圍單位經合會羅平章，親自赴歐盟與世界銀行溝通，表明爲非政府機構，殷宗文也介紹羅平章與世界難民組織接頭，世界難民組織曾提出三十萬美元的需求，並已經願意受款，但我外交部希望以外交部名義捐助，不願由羅平章代表，世界難民組織最後婉拒捐款。

援科案就在外交部認爲「這不是國安會的業務」、國安會認爲「若非是戰略問題，國安會也不會插手」的不同立場拉距下，推動效果大打折扣。

站在李登輝的角度，援助科索沃是一件「一千年只有一次的大好機會」，也是開展國家大格局的必須作爲。既是是我國史無前例的第一次，勇氣就很重要，「走第一步的領導人必須下定決心，這也將成爲歷史！未來的人就不需要那麼辛苦了，因爲已經有前例可循。」

可惜的是，這件原本可以作爲提昇國人眼界與素養的國際回饋行動，就在官僚體系的牽制下，未能在國內做好向國會、民衆全面溝通與說服的工作，以致美意未明，與當時國際喧騰的如潮佳評形成強烈對比。

援科案在李登輝距離卸任不到一年的時間提出，有人認爲是李登輝對抗跛腳的賣力演出，有人認為是出於完成最後使命的急迫，不論眞正的答案為何，一個月後，李登輝接著就拋出了更為勁爆的兩國論。

和李光耀分道揚鑣

「李光耀如果生在台灣，一定不會這樣」，這是李登輝對李光耀的評語。

李登輝與李光耀同是華人國家卓越的領袖，這兩位分別在台灣、新加坡各有建樹成就的國際級人物，曾經交往密切，最後卻分道而殊途，其間的過程令人充滿好奇。

李光耀與李登輝之間曾經有著頻繁的書信往來，這些書信忠實敘述著李光耀與台灣這些年的第一手紀錄，李登輝至今仍然善加保存，透過信中勾勒出的事件點滴，不難追尋出李登輝與李光耀之間，究竟發生了什麼事。

李光耀與台灣領導人有著長達三十餘年的深淺交誼，他與蔣經國從行政院長時期，就因新加坡的軍事代訓需要，建立不斐的關係。當時，李光耀幾乎每年都會到台灣來渡假，與蔣經國敘舊，李登輝在一九八四年擔任副總統之後，還曾經多次陪同李光耀到中南部參觀建設，介紹台灣的農村情況。

八八年蔣經國逝世，李登輝繼任總統，循著與蔣經國交往的模式，李光耀立刻便與新總統取得聯繫，主動投遞善意。曾任駐星代表的邱進益回憶，當年十一月一日，他受命到總統府擔任副秘書長，剛到差未久，李登輝就告訴他，「李光耀來了一封信，有意邀請我到新加坡訪問，有關細節你與新加坡方面聯繫一下。」

李光耀甚受蔣經國敬重，對蔣經國有感懷知遇之恩的李登輝，非常願意與李光耀加強互動；而李光耀在李登輝擔任總統後立刻提出邀訪，其希望台星關係持續發展的目的，也不待贅言。不過，對於李光耀之邀，總統府秘書長沈昌煥等外交大老表示反對。

在「漢賊不兩立」政策的特殊顧慮下，兩位蔣總統從不出國訪問，而過去所謂的元首外交皆是到邦交國訪問，從未到訪過無邦交國，保守人士擔心此行將有降格之虞。李登輝則告訴邱進益，「我現在要走出去，即使是無邦交國也應該要去」，邱進益因此在李登輝指示下密往新加坡，與該國外交部次長磋商訪問方式與相關接待，完成出訪計劃的確認。

八九年三月，李登輝就任後首次出訪即到達新加坡，當地媒體爲避免引起中共的反應，以「來自台灣的總統」稱呼，李登輝則說出「雖不滿意，但可以接受」的名言。邱進益回憶，其實李光耀當年在正式邀請函上寫的是「中華民國總統」，到訪星國時國宴上的菜單也是明白的「歡迎中華民國總統」，給予極爲體貼的安排，當時國內出現有關「中華民國」與「台灣」的論爭，並無實質意義。

李登輝以新加坡爲起點，踏出「務實外交」的第一步，之後便有如康寧祥所形容「外交上的政治過動兒」般，再赴菲律賓、印尼、泰國、阿聯、約旦等中共的建交國訪問，使台灣在國際間的能見度大增，國際知名度與兩蔣時期不可同日而語。

「加入是最重要的問題，其他等加入以後，再一步步爭取，如果名稱擺在首要，就很難辦成功。」李登輝說明務實外交的精神。

基於與李光耀的交誼，九〇年，李登輝當選總統後，他決定在兩岸關係的推展上，也給予新加坡若干地位，來進一步促成兩國的互利雙贏。當時，李登輝派遣的「密使」蘇志誠已經多次進出香港與對岸代表會面，表達台灣在終止動員戡亂時期後，兩岸應該放棄敵對，不拘形式進行對話的意願。

經過中共內部研究後，不假多時，前中共國家主席楊尚昆即訪問新加坡，向李光耀提出中共有意與台灣展開高層對話的意思，楊尚昆並且對李光耀具體指出，「這次的國共談判只談經濟合作議題，不談其他政治性的爭論」。

李登輝記憶猶新，李光耀是在九二年二月十一日親自銜著楊尚昆的口信抵達台灣，轉來對岸的回應。他見中共已經動作，時機趨於成熟，隨即在總統府召開高層會議，正式宣佈了李光耀帶來的訊息，並因此在會中做成同意兩岸會談的官方內部共識。

在之後的多次政府高層會議中，確認由兩會的負責人舉行辜汪會晤是兩岸最佳的接觸軌道。至於會談地點的選擇，政府部門原本擬出的方案包括北京、台北、新加坡、香港、泰國、日本與夏威夷，並非以新加坡爲第一選擇；與中共早有默契的李登輝則在會議討論時刻意讓新加坡脫穎而出，對李光耀表達了相當善意。

李登輝接著在八月中旬密派邱進益到新加坡與李光耀會面，正式提出希望借新加坡爲兩岸接觸地的願望，獲得李光耀欣然同意。後來由於當年年底有立法委員全面改選，國內事務繁忙，原訂的辜汪會需要延期至次年舉行，邱進益又在十一月二度前往新加坡，向李光耀說明展期原因，也尋求星國的配合。

對岸的汪道涵則在同年八月六日正式來函邀約辜振甫見面，辜振甫也照章演出，在八月二十二日去函海協會，正式建議辜汪在新加坡會晤。九三年四月，這場兩岸分隔四十年後的首次高層會晤於新加坡順利召開，在國際鎂光燈的照耀下，李光耀極爲風光，從此被外界認爲是「兩岸調人」，李登輝當然也樂於做這個順水人情。

不過，李光耀在與李登輝「交惡」後，以爲辜汪會談係由其促成的片面認知，對李登輝以分裂主義「壞事」大加指責，李登輝則頗不以爲然，「當年我沒有把詳細的過程讓李光耀知道，他說的不是事實，辜汪會談是我們早就安排好的！」

辜汪會談之後，李光耀與台灣又發生了另一段重要事件。九四年五月十六日，李登輝藉出訪南非的機會，在回程時過境新加坡，在樟宜機場的貴賓室中，與新加坡總理吳作棟會晤。當天，台方人士另有外交部長錢復與經建會主委蕭萬長在場，星方則是部長柯新治作陪，而中共對這次的見面也事先知情。

李登輝主動對吳作棟表示，台灣有高度的誠意希望對兩岸三通問題尋求解決。蕭萬長接著受命說明，台灣有一個構想，希望由兩岸與新加坡合資成立船務公司，兩岸各佔百分之四十五的股份，新加坡佔百分之十，專門來經營兩岸之間的海線運輸。台灣希望這個公司在新加坡註冊，由董事會決定營運方針，以解決兩岸直航的需要，也可藉以避免兩岸在主權管轄上的政治爭議。

李登輝期望星方能代爲向中共提出。吳作棟則詢問，中共總理李嵐清一週後將前來新加坡，屆時他是否可請李嵐清將台灣的提議帶回去？李登輝表示同意。

九四年六月二十日，中共國家主席江澤民就此事寫了一封信給吳作棟，江澤民在信中感謝星方傳達的訊息，他也強調，「現在兩岸溝通的渠道是暢通的，只要台灣有誠意，透過兩岸直接商談，可以逕行合作，不會有什麼困難。」

七月十九日，星方將江澤民這封信轉來台灣給李登輝，根據信中的記載，江澤民對這個方案並未明言同意或不同意，但星方當時對李登輝表示，「此案應大有可爲」，星方對於能夠參與股份顯示了高度的興趣。

不過，後來吳作棟又來了一封信，表示新加坡希望另外提出一個新的方案，即由星方籌組一個專屬兩岸海空運的公司，初期由新加坡出資百分之三十四，其餘百分之六十六由兩岸均分，即大陸與台灣各佔百分之三十三，三年後新加坡願意讓出股權減爲百分之十。這個方案與台灣先前方案最大不同處是，新加坡希望主導公司的運轉，保有成立後前三年三分之一以上的兩岸通航利潤。

吳作棟這封信是在八月六日寫來的，不僅如此，李光耀也於九月二十一日親自來到台灣向李登輝進行遊說。爲迎接李光耀到訪，二十一日晚間，李登輝特地在鴻禧山莊設宴招待，作陪的有行政院長連戰，總統府秘書長蔣彥士、錢復、蕭萬長。次日二十二日上午，李總統、李光耀、錢復三人又進行第二次會晤，前後長達四小時。

會談中，針對李光耀想新加坡自己當老闆的提案，李登輝不置可否，認為宜由新加坡自行向中國提出較好，李登輝也向李光耀強調，「所謂通航不是漫無限制，而是定點航行。」

這次晤面中，李光耀特地向李登輝鼓吹，「如果要取得中共的信任，促成這個公司的組成，只有一個辦法，就是讓中國相信台灣承認自己是中國的一部份，未來一定會邁向統一，不論是二十年、三十年或五十年。」李光耀也說，「美國人不可靠，將來有一天會拋棄台灣，台灣不應該相信美國的保護，只要中國內部不動亂，三十年後中國將會非常強大。」

對於李光耀要台灣臣服民族主義的建議，李登輝沒有同意，他告訴李光耀，「台灣現在最重要的是進行民主化，充分自由民主後，台灣前途應由全體人民作決定。」李登輝回想，當天兩人確實話不投機，彼此的觀點差異極大，但是也並未破壞談話氣氛。

這是李光耀在李登輝任內最後一次來台灣，九七年他在接受英國《金融時報》專訪時，回憶起這段過程，李光耀斥責，李登輝只想盡可能讓台灣自中國大陸分離，他已被李登輝潑了冷水，因此決定鞠躬退出，不再充當調人。

但是事實上，李光耀九四年那次結束台灣行程，兩週後就轉往中國訪問，並於十月六日與江澤民見面，當面推銷由新加坡籌組海空運公司的提議。

十月三十一日，李光耀寫了一封信給李登輝，轉述他與江澤民商談的經過，這封信現在也保留著。李光耀形容他與江澤民見面時，他講了十五分鐘，江澤民講了三十分鐘，對於新加坡提出的方案，李光耀在信中說「我感覺江澤民似乎無法自己作決定。」

李光耀在信中並稱，由於李登輝接受司馬遼太郎訪問的內容觸怒了中共，使得江澤民認爲李登輝是在聲東擊西，毫無信義，因此決定將與台灣斷絕關係。

但是這其間出現了矛盾之處，李登輝接受司馬遼太郎的訪問內容，中文版是在九四年五月二十七日發行，江澤民在同年六月二十日回給吳作棟的信，仍樂觀的表示「兩岸溝通的渠道是暢通的」，兩者間出現不搭調的情況。

因此李登輝認爲，李光耀對於兩岸問題的處理有了片面的看法，當年江澤民權力基礎脆弱，無法當家做主，才應是兩岸關係難以進一步推展的重要因素，李光耀在給他的信中不也自承此點：「江澤民無法自己作決定」，爲何要扯到其他不相干的事。

但九四年以後，李光耀便開始言論轉向，將新加坡生意作不成的原因完全怪罪台灣，並且不斷發表言論，指責李登輝在兩岸問題統一上不具誠意是最大禍首。李登輝非常納悶，完全不解李光耀爲何會態度不變？他懷疑，「到底李光耀與江澤民會面時，江澤民說了什麼，才導致李光耀變成這樣！」

李光耀穿梭兩岸的角色也經常被賦予太多不確實的聯想，由新加坡海空運公司的事件即知，通常，李光耀思考的是如何在兩岸之間找尋新加坡自身的利益。

李光耀與李登輝之間還有另一段插曲。九六年台海爆發危機，當時他已經兩年未來台灣，但是他主動向台灣方面自稱，美國希望他出面當調人，化解兩岸危機，如果台灣有此需要，他願意跑一趟北京見江澤民。

李光耀不知道，針對中共打飛彈武嚇的行動，當時台灣與美國早就已經連上了線，國安會秘書長丁懋時與美國國家安全顧問建立了聯繫管道。

針對李光耀所謂調人的說法，李登輝覺得很奇怪，爲什麼美國未曾對台灣提起，因此他立即要所屬與美國方面進行查證，結果證實並無此事，而且美方明確表示無意要李光耀插手，李登輝因此未給李光耀回覆。李光耀好於兩岸穿梭的性格，更加令人印象深刻。

兩千年九月，李光耀在睽違六年後，受陳水扁總統之邀訪問台灣，也兼爲新著《李光耀回憶錄》促銷。

來台之前，李光耀在六月中曾先赴中國進行爲期四天的訪問，期間與中共總書記江澤民進行了一個多小時的會談；李光耀在離開北京前公開表示，他有意到台灣進行訪問，晤見陳總統，以便直接了解台灣的最新情勢，明確表露來台的意願。對於已經卸任的李登輝，他則不假辭色的說，李登輝曾經「傷了他的耳朵」，並「寄語」陳水扁應「實事求是」，千萬不要走李登輝的老路。

李光耀在返回新加坡後，再度連續發表一系列談話，抨擊李登輝在總統任內的分離行爲，他並「提醒」台灣新政府，沒有「一個中國」，什麼談判都不可能，如果否定「一個中國」，那就是即刻宣佈開戰。李光耀選擇這個時間點對李登輝與李登輝的路線發出抨擊，動機耐人尋味。

在李光耀到訪之前，一位美國共和黨重要人士在六月底到達台灣，私下會見了李登輝、陳水扁等人，曾經非常技巧的向台灣當局暗示，「千萬不要透過李光耀當調人！」這名人士甚至直陳：

「與其找李光耀，還不如找南韓的金大中」。對於李光耀在台海、乃至亞太區域的功能，美國的觀點相當清楚。

在李光耀九月到訪時，台灣民間其實是以極爲爭議的角度看待這位鄰國領袖的在台言行。行政院長唐飛以降的台灣官員絡繹於途前往李光耀的旅館拜會，海陸兩會並專程就兩岸政策前往簡報，就在立法院引起立委不滿質詢。

陳水扁在台北市長任內與任後，曾經多次前往新加坡訪問，受到李光耀的盛意接待，兩人關係良善；陳總統當選後，李光耀重新到達台灣，原應是兩國關係的重大突破，卻因李光耀在台期間的姿態，以及台灣接待單位在外交儀節上的疏忽，造成不少國人有尊嚴受損之憾，民進黨中央並公開呼籲李光耀多看少說，以免增生無謂困擾。

而李光耀指名道姓的批評言論，李登輝當然聽到了。因此當李光耀決定下榻在自己家門口的鴻禧別館時，不論李光耀是有意抑或無意，李登輝這段期間特地接受金車董事長的邀請到宜蘭去參訪農場，並未居住在鴻禧家中，遠離「是非地」的態度自是不言可喻，而這兩位老人家的交手過招，知者更感趣味。

想起這位老朋友，李登輝直率的描述，「李光耀的經歷，大家恐怕不清楚，在日本佔領新加坡時，他替日本人做事，連俘虜的收容所都做過，他的思潮很『妙』，個人成份較強，例如他希望他的兒子來接他，我從來都沒有這樣的觀念，我也最討厭這種想法，爲什麼自己做總統，兒子就要做總統？這樣不是太好。」

李登輝認為，「李光耀如果生在台灣會不一樣，他是在新加坡。這是一個多族國家，多族國家要生存，各方面必須特別的下工夫。新加坡的觀光發達、街道乾淨，藉以吸引大家前來，同時致力金融、交通，以作為東協各國利用的中心與港口，才得以發展。新加坡也運用中央銀行外匯的錢成立許多公司，由自己當董事長到處去投資，但也因為到處投資，所以亞洲金融風暴時經濟受到影響。新加坡基本上也是悲哀的問題，太小。如果和大陸關係關係處理好，也許可以獲得利益，在此觀念下，李光耀提出了『亞洲價值』。」

但是他不表同意，「亞洲確實有價值，但這個價值應該放在人的上面，其中沒有白人、黃人、黑人的區別，只要是人，都需要自由民主。中國人受到封建的影響，容易用民族主義、國家主義來push一個觀念，李光耀的亞洲價值多少與此有關。他叫了很多中國人、儒教專家到新加坡製作教科書，在我看來那是害死孩子，走出了新加坡，他的亞洲價值被接受的程度不高，在亞洲其他的地區，人民的要求不是這樣的。」

在李登輝看來，與其去探究李登輝與李光耀之間究竟是怎麼回事？不如說是李光耀的「亞洲價值」與普世的「民主價值」如何接軌？新加坡的利益又豈可凌駕於台灣利益之上。

帶領者不計毀譽

李登輝主政期間，台灣與日本的非官方關係蓬勃發展，開創了前所未有的高峰，來自東瀛的政界與企業界人士密集來到台灣，重新認識這塊獨立且繁榮的土地。

李登輝能說一口古典的日語，熟悉日本文史哲的淵博背景，在許多日本訪賓心中，確實有著知識的魅力，因而也帶動了日本菁英對台灣的興趣。近年在日本出現的「李登輝熱」並非虛構，相當程度也反映了日本民間對台灣重視的增加。

李登輝致力與日本發展密切的交往，背後有非常重要的時空背景。一九九三年，日本新黨推翻了五五體制，自民黨下台，是一個關鍵性的轉折。細川新人新政，改變了過去自民黨唯美命是從的政策路線，當時到華盛頓與柯林頓見面時，在兩國利益上出現了爭執。影響所及，日本國內的反美派聲勢為之增強。自民黨與社會黨雖然在九四年奪回政權，但由於以社會黨的村山為首相，因此政策反對自衛隊成立。

在這段日本變化的關鍵時刻，李登輝認為在安全保障的角度對台灣相當不利，恰巧這時有一群日本人來到台灣，希望了解台灣未來的走向，司馬遼太郎即是其中之一，因此觸發了李登輝積極強化對日工作的想法。「日本對中華民國的了解不夠，NHK新聞曾經幾乎不提台灣，氣象報告也有意略去台灣，對來台觀光的日本人不公平，也沒有必要，日本政府眼裡只看北京，太注意北京的臉色，對日本不見得有好處。」

李登輝認爲，「基本上這是自由化與民主化的問題，唯有台灣、美國、日本、澳洲等民主國家連接起來，才能有效解決中國不民主的問題。」九六年台海危機過後一個月，橋本首相訂定美日安保的再定義，以「周邊事態」將台灣列入，就是台、日兩國的利益交集處，需要台灣人以健康的心態來經營。

「很多人故意把我醜化，指我崇拜日本人，說我對日本如何，事實上沒有這回事，我從來沒有這種觀念。」二十二歲之前，李登輝以爲自己是日本人，與同時代大多數的台灣人相同，這是歷史的安排，不是李登輝的選擇。

李登輝自認，「我從不否認自己也是中國人，但是中國人長期以來非常可憐，不是被人管，就是被人欺負，不然就是被上面的壓制，中國共產黨成立後，原本應該照顧最基層的人民大衆，但卻同樣玩著少數權力的統治」。「我不曾批評國父孫中山先生，也不曾批評過左派的優秀中國思想家，但是中國的文化、生活、歷史觀應該徹底要改變。」李登輝不解，是否是這個想法與若干人不同，因此不斷受到批評？

李登輝在高中時代，就透過魯迅的《阿Q正傳》及《狂人日記》，幫助他了解中國，由於未受過中文教育，因此讀的是日文翻譯本，而郭沫若與後來的柏楊，也是他心儀的作家，李登輝坦承受到這些書的影響不小。大學選科時，原本打算攻讀西洋史，但是受到中國史老師鹽見的潛移默化，李登輝毅然改學農業經濟，嚮往有一天能夠到中國東北去協助解決中國問題，因為中國問題最大的關鍵就是農業問題，如何讓所有中國人都吃得飽。

他因此不諱言的表露，「我從不分本省或外省，只有對那些高高在上統治支配的人我有意見，當年統治台灣的外省人有部份很不好，在大陸時就不好，來台灣時一樣不好，以統治階級自居。台灣有些不一樣的觀念，那都是既得利益、路線問題、優越感使然，對這些人，我不願議論，卻免不了感到孤獨。」

李登輝認為，台灣沒有再宣佈獨立的問題，因為中華民國早就已經獨立了。但是台灣應該要有「認同」的反省，這是文化的建立，也是新的政治前途的確立，所以他提出「新台灣人」的概念。「台灣如果自己站不住，中國的民主化、自由化與合理化都不會存在。」

對於「認同」的薄弱，尤其在其卸任後似乎更為突顯，李登輝直言，「問題可能出在台灣人有問題，因為長期被人統治，管成了習慣，台灣人的利己主義、個人主義強烈。特別是有些人只活在現實，為了眼前的目的，不會追求永遠、或較絕對的是什麼？連有些知識份子亦是如此，對於台灣這個地方，我一直覺得非常悲哀。」

李登輝形容，這就如同摩西當年帶著族人出埃及到西奈半島的過程，來來回回走了五十年，始終走不進迦南地，有人寧願回去當奴隸，可以有飯吃，不需要承受苦難，自尊心不夠的情況非常普遍。「不只以色列如此，台灣亦然」。台灣長期的移民社會型態，人心浮動，也一直缺乏進入迦南地建立國家的決心。甚至現在有人看到台灣似乎不穩定就動搖，此時，「領導人本身一定要夠堅強，否則無法平靜人云亦云的亂象。」

李登輝說，這也是爲什麼他當年在政治改革告一段落後，必須緊接進行司法改革，教育改革、心靈改革的原因。「人如果不能從心開始改變起，就像只換了新衣服，裡面全是舊皮囊，那是沒有用的」。

早在十年前的國民黨政爭時代，就有人流傳李登輝的父親是日本人，不是李金龍，相關的「故事」繪聲繪影，並且歷久不衰，讓不少人以爲是事實。李登輝與李金龍確實體型相差懸殊，他的遺傳主要來自母系，由於母親的身材十分壯碩，因此他也人高馬大，連這點也可以成爲政治鬥爭的題材，如果要計較實在計較不完。

但是，批判李登輝媚日、親日的行列中，長達三十多年的朋友王作榮最近竟也加入其中，則讓李登輝備感唏噓。當年他把王作榮由考試委員擢昇爲考選部長時，王作榮已經七十一歲，曾經引起了不少人的閒話，「有人問我爲什麼這樣安排？十分不解」李登輝顧念彼此的情分，自己的位子尙未坐穩，也沒有理會蜚言流長，堅持用了自己朋友。九六年，李登輝當選民選總統，才剛覺得自己像在當總統時，他立刻提名七十八歲的王作榮爲監察院長，絲毫未考慮當時用人已經年輕化的潮流。

在李登輝認爲，他對王作榮並無虧欠，只因後來他希望安排錢復接掌監察院，才造成了王作榮的不諒解。九八年的院長保衛戰，王作榮多次請見李登輝，李登輝不敢同意，原因無他，王作榮希望政府能夠提供他房子、車子、司機各方面的退休待遇，李登輝認爲國家有一定的制度，同時也已安排了資政的職務，他沒有辦法答應給與特殊的處置。那段期間，王作榮的女兒由於與李登輝的媳婦熟識，也不斷來關說，讓李登輝十分苦惱。

王作榮後來也曾鬧出拒繳三千多元水費，要求公家付賬的新聞，弄得滿城風雨，舉國側目。對於王作榮，李登輝遺憾的說，「他的太太范馨香大法官是個非常聰明能幹的女性，如果她還在世，王作榮應該不會變成這樣。」

「戴國煇是半個共產黨，他原是學農業經濟的，但在日本主要跟著左派的歷史家大塚在搞歷史，早期我爲了農業基本法的問題到日本去，戴國煇在他家裡找了一些與他同時代的左派學生運動者一起吃飯聊天」。李登輝描述這位日本通。

「後來戴國煇剛從立教大學退休，原本要到中研院近代史研究所去」，爲了強化對日工作，李登輝基於舊識，因此找了戴國煇到國安會擔任諮詢委員，希望戴國煇多在東北亞情勢特別是日本問題上提供意見。

「我萬萬沒想到，戴國煇來了之後，根本沒有具體的建議，反而耽誤了很多事情的推動，我認爲反日不是這樣的做法，由於日本人一再反應，我只好把他找來說聲『謝謝你』，下期不再續聘。」李登輝敘述。

日本人當時究竟作了什麼反應？多位熟悉內情的人都證實，戴國煇經常以李登輝代表的身分自居，與日本交涉時傳達台灣的對日「政策」，由於內容多數並不友善，日本官方事後都會派員親自向李登輝查證，讓李登輝相當震驚，一方面要有所澄清，一方面又必須顧及戴國煇的顏面，因此十分爲難。

戴國煇已經過世，儘管臨終前對他語多批評，但李登輝不願再深談兩人的關係，不過戴國煇的夫人認爲是金美齡對李登輝說了戴國煇的不是，才造成戴國煇離開政府工作，則是極大的誤解，「金美齡沒有對我提過戴國煇什麼事」李登輝說。

李登輝與金美齡相識是許文龍介紹而來，對於金美齡，雖然在台日應該形成戰略結盟的大前提上能夠找到不少謀合點，但是李登輝認爲金美齡過於激進，受制於歷史的創傷太大，諸多觀點他能夠充分理解，卻未必完全認同，因此多年來維持著禮貌上的距離，有次金美齡希望善意的安排他在日本NHK節目上對談，李登輝雖然知道這是一次國際宣傳的機會，但最後仍表示婉拒，爲的就是要避免可以想見的必然政治後遺症。

王作榮與戴國煇在李登輝步下舞台後大談愛憎李登輝，李登輝尊重他們的品評與看法，但是對於不少事實失眞的部分則不免心中有所波動，「我不知道他們愛我什麼？又憎我什麼，我不清楚。這些人說話很有問題，別人不用的人，只有我用了他們，就算一些要求，顧及原則不能滿足他們，他們也不必要如此吧！」

與李登輝深有同感者不少，師大教授曾道雄就敘述，李登輝任台北市長時，首創台北市藝術季，當時與市立交響樂團商談要演「卡門」或是「浮士德」，曾經徵詢李登輝的意見，由於曾道雄傾向浮士德，李登輝也說他對哥德情有獨鍾，因此很快就決定了劇目。

擔任浮士德導演的曾道雄回憶，當時李登輝主動希望翻譯，也按時交了稿，該劇乃於八一年九月在國父紀念館連演了四晚。李登輝所翻譯的是歌劇「浮士德」，並非戴國煇以爲的德文原著詩劇，他是哥德原著沒錯，但已由法國兩位劇作家Michel Carre和Jules Barbier共同改編爲法文歌劇的劇本，李登輝則是由日文譯本翻成中文，並經台北市交專人審視文句後而成。

曾道雄轉述，當時李登輝曾經告訴他，希望能以其翻譯的中文演唱，但他回答，以中文演唱還要顧及音符的結合，涉及句子的長短及聲韻問題，因此建議仍以法文演唱，李登輝從善如流。不過市立交響樂團仍將李登輝所譯的中文版隨節目單附送給現場觀眾。

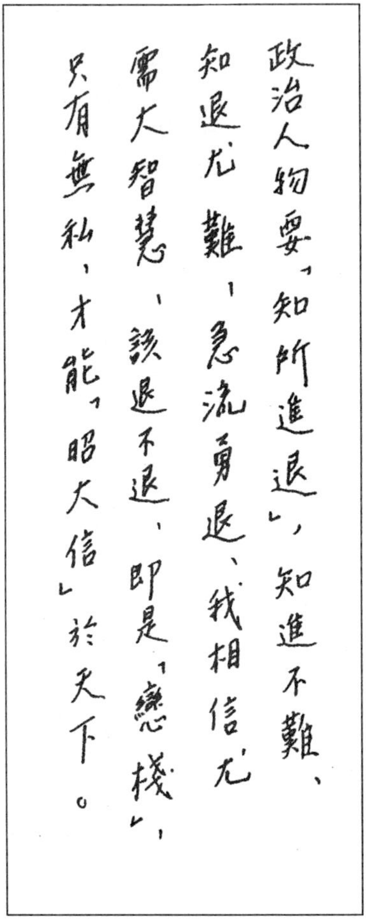
政治人物要「知所進退」，知進不難、知退尤難，「急流勇退」、我相信尤需大智慧，「該退不退」，即是「戀棧」，只有無私，才能「昭大信」於天下。

政治人物的進退問題，李登輝時有反省，信筆寫下的眞感受，最爲傳實，或可爲兩千年三月二十四日提前辭卸國民黨主席作爲見證。

曾道雄強調，這個中文版是李登輝所翻，並非假手他人而由自己掛名，因爲李登輝曾經問過他，他所研讀作曲家古諾的譜作的劇本，何以歌劇只用第一部瑪格麗特，第二部海倫沒有在歌劇中？同時，李登輝的翻譯仍有些日文的語法，但已經過中文的修飾。

曾道雄因此對王作榮與戴國煇有關李登輝翻譯浮士德的對話極爲感嘆，一位自稱治學嚴謹的史學家居然可以不明究理的「八卦」起來，「曾爲至友，即使絕交，有必要愛之欲其生、惡之欲其死至如此程度嗎？」

「我不知道王與戴的書中還有哪些與事實不符之處，但至少我是當時浮士德的導演，與李登輝合作之人，從該書敘及浮士德之處，可以了解戴國煇對情況完全不知，但仍能肆意加以譏諷批判，政治的恩怨情仇令人心寒。」曾道雄表示。

在卸任後，李登輝分別去了英國、捷克與日本訪問，但是李登輝心中卻有三個最想去的地方，遲遲未能如願成行。一個是日本俳劇中描述優美宜人的「奧之細道」；第二是孔子當年周遊列國走過的路線；第三則是摩西離開埃及後來到西奈半島的路程。李登輝一直希望有生之年能夠親自去走一遍，體會當年人物的壯闊情懷。他說：「這三個地方，正好反映我最眞實的思想全貌。」刻意放大或扭曲其中的日本觀，不僅錯誤，也是誤解，並非眞正的李登輝，文化中國的、宗教人文的，同樣是李登輝不可分割的重要部分。

附錄／採訪後記

李登輝到底還有什麼影響力？卸任一年之際，不少人提出這樣的疑問。有人驚訝，曾經大權在握的李登輝為什麼力量消退的這麼快速？有人則懷念，李登輝如果還在位，台灣肯定會比現在更好！

什麼樣的看法才是對的？也許都對，也許都不對。前總統李登輝在意的不是個人影響力仍有多少？而是十二年來所有努力下的痕跡，是不是一點一滴存留在人民的心中，自覺也好，不自覺也好，都能慢慢引領台灣向前推進的腳步。

這個答案，沒有人能夠立即給答覆，它是一個現在進行式，尚未經過足夠時間的萃練，表象經常未必是事實。

卸下國家元首職務後，李前總統刻意在媒體版面與鏡頭下消失，選擇了最徹底的退休方式，這麼做，是想再做一次眞正的民主實踐，他想讓大家了解，位子永遠比人重要，位子才是一切能量的源頭，人只是執行能量的工具罷了，唯有讓民衆習慣了這樣的概念，不再對個人做崇拜，就是台灣確實擺脫權威的開始。

因此，現在的總統是陳水扁，不是李登輝，陳水扁才是政治的重心，也才是新聞的焦點，李登輝要讓自己走向老子的無形與無名境界。

政治人物的上台靠運氣，下台則要用智慧，這句話喊口號容易，要實際執行，卻是不輕鬆考驗，尤其是一位掌權十二年、曾經一言九鼎、多少人物盡在眼前折腰的領導人，要二話不說離開舞台與掌聲，必然經過心理調適的過程。

在回歸民間後，李前總統曾經拿起垃圾夾清掃桃園的大街，作爲他融入鄉里的重要儀式，一方面告訴大家他已經有了最新的身分，一方面也在提醒自己——今後的李登輝應該留下什麼樣的背影。

退休生活，十分怡然。李前總統注意運動與養身，過去最愛吃的肥豬肉，現在不待夫人叮嚀，他自動減量，每餐的飲食都經過營養分析與卡路里計算後，再上桌食用，菜色十分簡樸家常，一派是退隱山林的瀟灑。

不過，保持沉默的李登輝，並不表示對世事漠不關心，他每天仍然透過報紙與網路了解國內外的大事，用餐時一定打開餐廳的電視收看新聞，則是他的習慣。雖然不再操持國政，但是造訪他的賓客都會發現，李登輝侃侃而談的爽朗性格背後，有著與時事脈動緊密連結的豐富素材，不僅未有一絲脫節，他對土地的關懷與熱愛依舊躍然於眉目神采。

卸任一年，政局發生極大的變化，台灣首次的政黨輪替，在朝在野都是新手，新政府固然正在摸索執政之道，掌握國會過半席位的在野黨，同樣演出失常，成爲政壇的亂源之一，彷佛李登輝不在的國民黨已經不是國民黨，不僅失去了座標，也不再是國家穩定的代名詞。

李登輝能繼續再當個隱形人嗎？李登輝應該再置身事外嗎？李登輝滿意現在的政治走向嗎？衆多關切台灣發展的人對李登輝有著無比的期待。

先後擔任過李登輝與陳水扁幕僚的林佳龍就認爲，李登輝領導台灣的階段性任務雖然已經告一段落，但是李登輝仍可以選擇在下一個歷史階段扮演他人無法替代的角色，這包括在發生重大衝突時，扮演國家的整合者和仲裁者；以及在兩千零四年總統大選時，發揮左右選舉結果的作用。以卸任元首的身分，適時向陳總統提供建言，李登輝已經做到了，但是不少人覺得這並不夠，李登輝是否有可能號召有志之士與陳水扁結合，讓陳水扁獲得更大的力量後盾？被視爲當前台灣政治重歸正常軌道的關鍵議題。

李前總統親口說，年底立委選舉完成後，有必要進行政治的重組，認同台灣主流價値的人應該結合起來，陳總統若能掌握主導權，就能建構出新的政治合作架構，台灣主流也一定會支持陳水扁。

李前總統的盤算與思考，明顯朝著符合大是與大利的方向趨近，李登輝決定投出這項重要訊號的同時，似乎已經說明他本人已經成竹在胸，正在等待最佳時機，而一個新的政治風潮儼然逐步集結成型、蓄勢待發，終將成爲兩千零一年最大的政壇要事。

李登輝還有影響力嗎？這是一個膚淺問題，或許大家可以拭目以待。

李登輝執政大事記

一九八八年（民國七十七年）

一月一日，開放報禁，准許新報紙登記。
一月十三日，蔣經國病逝，李登輝宣示就任總統。
一月二十七日，國民黨中常會通過李登輝接任代理主席。
二月二十二日，李登輝召開接任後首次中外記者會。
三月二日，李登輝主持國家安全會議，通過訂定第一屆資深中央民代自願退職辦法。
五月二十日，農民請願遊行爆發流血衝突。
五月二十四日，郭汝霖出任參軍長，黃幸強接陸軍總司令，葉昌桐為海軍總司令兼中山科學院院長。
七月八日，國民黨十三全大會選舉李登輝為國民黨主席。
八月十七日，李登輝在中常會指示應積極調整對美國、日本的經貿關係。
十月十七日，李元簇出任總統府秘書長。
十一月一日，參謀總長郝柏村獲留任一年。
十一月十二日，黃信介接任民進黨黨主席。

十二月十日，國人研發戰鬥機IDF出廠，李登輝主持命名典禮。

一九八九年（民國七十八年）

一月二十日，立法院三讀通過人民團體法，民進黨取得合法地位。

一月二十七日，立法院通過第一屆資深中央民代退職條例。

二月二十日，新加坡總理李光耀訪台。

三月六日，李登輝訪問新加坡。

五月一日，財政部長郭婉容前往北京參加亞銀年會。

五月二十二日，李登輝接受俞國華辭職，提名李煥繼任行政院長，宋楚瑜為國民黨代秘書長。

六月四日，大陸發生天安門事件。

七月一日，農民健保實施。

十一月二十二日，國民黨中常會通過參謀總長郝柏村出任國防部長。

十一月二十五日，李登輝發布陳燊齡為參謀總長，蔣仲苓為參軍長。

一九九〇年（民國七十九年）

二月十一日，國民黨臨中全會推舉李登輝、李元簇為總統副總統提名人。

三月十六日，台大學生進駐中正紀念堂靜坐發起學生運動。

五月二十日，李登輝就任第八任總統，頒布特赦令。
國民黨臨時中常會通過提名郝柏村爲行政院長。
五月二十二日，李登輝舉行上任記者會，表示六年將與李元簇一起退休。
五月二十六日，李登輝批准郝柏村除役申請。
六月二十八日，國是會議召開會期六天，會中達成總統應由人民直接選舉的朝野共識。
九月十九日，兩岸紅十字會同時宣佈大陸偷渡客潛返協商結果。
十月七日，國統會正式召開。
十一月二十一日，海基會成立。
十一月二十二日，陸委會掛牌運作。

一九九一年（民國八十年）

二月二十三日，國統會通過國家統一綱領。
四月二十二日，國民大會第二次臨時會三讀通過中華民國憲法增修條文，並廢止動員戡亂時期臨時條款，完成第一階段修憲任務。
四月三十日，李登輝召開中外記者會宣佈動員戡亂時期於五月一日零時終止。
十月十日，李登輝就任總統後首次主持華統演習國慶閱兵大典。
十一月二十日，李登輝特任劉和謙爲參謀總長。

十二月十六日資深中央民代全數退職。

一九九二年（民國八十一年）

二月二十三日，我國第一本官方二二八事件調查報告出爐，共四十萬字。

三月九日，李登輝在國民黨臨時中常會裁示，公民直選與委任直選並案送十三屆三中全會討論。

三月十六日，三中全會閉幕總統選舉方式未定。

五月十五日，立法院三讀通過刑法一百條修正案，排除思想叛亂入罪。

五月二十七日，第二屆國大第一次臨時會三讀通過八條增修條文，完成第二階段實質修憲。

七月十六日，立法院三讀通過兩岸人民關係條例。

八月一日，李登輝主持國統會，宣佈兩岸現階段關係為一個中國、兩個地區、兩個政治實體分治。

九月二日，美國總統布希宣佈出售一百五十架F-16給台灣。

九月二十九日，GATT理事會通過接受中華民國以台澎金馬關稅領域名稱申請入會。

十一月六日，金馬廢止戰地政務實施地方自治。

十一月十八日，台法簽約購買六十架幻象二千戰機。

十二月十九日，第二屆立法委員選舉揭曉，一六一席次，中國民黨取得九十六席、民進黨五十席。

一九九三年（民國八十二年）

二月三日，國民黨中常會通過郝柏村請辭案。

二月十日，國民黨中常會通過連戰爲行政院長。

二月二十六日，國民黨中常會通過宋楚瑜爲台灣省省主席。

三月十日，國民黨中常會許水德出任黨秘書長。

三月十二日，邱進益接任海基會副董事長。

四月二十七日，兩岸首次辜汪會談在新加坡一連舉行四天，完成四項協議簽署。

五月二十日，李登輝就職三週年記者會提出生命共同體觀念。五二〇農民大遊行和平落幕。

七月二十九日，日本在野七黨組成聯合政府推舉新黨的細川護熙爲首相。

八月十日，新國民黨連線宣佈退出國民黨另外成立新黨。

八月十八日，李登輝於國民黨十四全會連任黨主席，並通過李元簇、郝柏村、林洋港、連戰四人爲副主席。

九月二十一日，李登輝決定指派經建會主委蕭萬長代表出席十一月APEC會議。

十一月十九日，李登輝公佈劉和謙留任一年。

十一月二十七日，縣市長選舉揭曉，國民黨十三席，民進黨由七席減爲六席，無黨籍兩席。

十二月二日，焦仁和接替邱進益出任海基會副董事長。

十二月十七日，李登輝遴選李遠哲為中央研究院院長。
十二月三十日，立法院三讀通過國安會、國安局組織法，總統擁有國防、外交、大陸政策決策權。

一九九四年（民國八十三年）

二月九日，李登輝利用農曆春節假期前往菲律賓、印尼與泰國進行為期八天的度假訪問。
二月二十日，台菲合作開發的「蘇比克灣工業區」破土，南向政策跨出第一步。
三月三十一日，中國浙江省發生千島湖事件，引發兩岸關係緊張。
四月十五日，李登輝特任顧崇廉為海軍總司令，莊銘耀調戰略顧問，為尹清楓命案引發的軍購弊案負起政治責任。
四月三十日，李登輝與司馬遼太郎的對談「場所的悲哀」於台灣發表。
五月四日，李登輝前往尼加拉瓜、哥斯大黎加、南非、史瓦濟蘭四國訪問，展開為期十三天的跨洲之旅。
七月二十九日，第二屆國大第四次臨時會三讀通過第九任總統由公民直選的修憲案。
七月三十日，李登輝批准林洋港請辭司法院長，提名施啓揚繼任。
九月七日，美方同意將台灣駐美機構更名為「台北駐美經濟文化代表處」。
十二月三日，行憲以來第一次省長與直轄市長選舉，宋楚瑜當選省長，陳水扁台北市長，吳敦義高雄市長。

十二月十二日，李登輝決定由蔣仲苓出任國防部長。

一九九五年（民國八十四年）

一月一日，李登輝與十七家媒體總編輯進行「西濱之旅」，從淡水直到屏東，訪問農漁民。

一月五日，行政院會通過「亞太營運中心計劃」。

一月三十日，中共總書記江澤民發表對台八點看法。

二月二日，世界貿易組織（WTO）通過台灣爲觀察員。

二月二十八日，「二二八紀念碑」落成，李登輝代表政府公開道歉。

四月一日，李登輝前往阿聯與約旦訪問。

四月八日，李登輝兪國統會發表「李六條」回應「江八點」。

六月七日，李登輝啓程前往美國進行爲期六天的私人訪問，在母校康乃爾大學發表「民知所欲長在我心」演說，這是中華民國建國以來第一位訪問美國的元首。

六月十六日，中國海協會片面宣佈第二次辜汪會談延後，以抗議美國政府同意李登輝訪美。

六月二十六日，李登輝發布羅本立接替劉和謙出任參謀總長。

七月十八日，中共宣佈在台海試射導彈。

八月二十三日，國民黨十四全二次大會閉幕，李登輝正式宣佈參選第九任總統。

一九九六年（民國八十五年）

一月十一日，日本參衆兩院推舉自民黨總裁橋本龍太郎繼任首相。

二月二十七日，李登輝在競選時表示，因應中共武力犯台，他有「十八套劇本」。

三月五日，中共宣佈將在台灣鄰近的東海和南海海域進行導彈試射。

三月十一日，丁懋時在紐約與美國國安會副顧問柏格會談。

三月二十三日，總統大選揭曉，李登輝與連戰當選第九任總統，獲五百八十一萬票，得票率五十四%。

六月五日，李登輝在國民黨中常會宣佈由副總統連戰繼續兼任閣揆。

六月十六日，許信良當選第七屆民進黨主席。

九月十四日，李登輝表示我們應秉持「戒急用忍」原則因應兩岸當前關係。

十二月二十三日，國家發展會議召開，五天會期作成凍結省級選舉、總統提名閣揆無須同意共識等共識。

十二月三十一日，省長宋楚瑜宣佈辭職。

一九九七年（民國八十六年）

一月柯林頓當選連任宣誓就職。

一月二十一日，宋楚瑜「請辭待命」銷假上班。
二月十九日，鄧小平病逝。
二月二十三日，立法院三讀通過二二八補償條例，明定二月二十八日爲「和平紀念日」。
三月十五日，桃園縣長補選，呂秀蓮獲壓倒性勝利。
三月二十七日，李登輝接見來訪的西藏精神領袖達賴喇嘛。
四月九日，日本首相橋本龍太郎表示，美日防衛指導方針範圍將擴及台灣與南沙群島。
四月十四日，藝人白冰冰之女白曉燕遭歹徒綁架。
五月二日，李登輝召開高層治安會議，爲白曉燕案向國人致歉。
五月四日，十萬人上街頭，要求撤換內閣。
五月十二日，副總統兼行政院長連戰表示修憲完成後即辭兼閣揆。
七月一日，香港移交中國。
七月十八日，第三屆國民大會第二次會議三讀通過取消立法院閣揆同意權、增加倒閣權，總統可解散立法院，取消教科文預算下限。
七月底，李登輝公佈大赦二二八事件受難者，此爲我國行憲後首次行使大赦。
八月二十八日，國民黨十五全閉幕，李登輝認命蕭萬長組閣。
九月四日，李登輝訪問巴拿馬、宏都拉斯、薩爾瓦多、巴拉圭，過境美國夏威夷。
十月二十六日，江澤民訪問美國八天，二十九日與柯林頓舉行高峰會。

十一月二十九日縣市長選舉，國民黨只取得六席，民進黨大幅成長至十二席。

一九九八年（民國八十七年）

六月，柯林頓訪問中國，在上海說出對台「三不」，不支持台灣獨立；不支持一中一台、兩個中國；不支持台灣加入以國家為單位的國際組織。

十月十四日，辜振甫啓程訪問中國，舉行兩岸第二次辜汪會晤，並與江澤民見面，台灣打出民主牌，強調對等主權。

北高兩市市長選舉，李登輝提出「新台灣人」觀念，國民黨馬英九擊敗民進黨陳水扁當選台北市長，民進黨謝長廷取勝國民黨吳敦義入主高雄市。

十二月十日，亞洲首座人權紀念碑在綠島動土，李登輝接見「台灣政治犯」柏楊，接著接見「中國政治犯」魏京生。

十二月，宋楚瑜省長任期屆滿，李登輝贈「諸法皆空」相勉。

一九九九年（民國八十八年）

四月七日，中國總理朱鎔基訪美，就中國加入WTO與美交涉。

六月七日，李登輝召開中外記者會宣佈對科索沃地區難民提供三億美元援助。

七月九日，李登輝接受德國之聲專訪，首度提出兩岸至少為特殊國與國關係。

七月十日，民進黨全代會通過提名陳水扁為總統候選人。
七月十六日，宋楚瑜表態參選總統。
八月二十九日，國民黨十五大二次會通過連戰、蕭萬長為總統、副總統參選人。
九月四日，國大三讀通過國代延任案。
九月八日，國民黨中常會通過開除國大議長蘇南成黨籍。
九月十一日，紐西蘭APEC召開期間，柯林頓與江澤民會晤重申對台軍售政策依據台灣關係法不會改變。
九月二十一日，台灣發生規模七點三的全台大地震，造成重大傷亡，李登輝之後頒布緊急命令，全力救災。
十月六日，白曉燕命案主嫌陳進興槍決。
十一月十一日，宋楚瑜公佈副手人選為長庚大學校長張昭雄。
十一月十七日，國民黨中常會通過開除宋楚瑜黨籍。
十一月三十日，黃信介病逝。
十二月九日，興票案在立法院因立委楊吉雄揭露而爆發，宋楚瑜民調明顯下滑。
十二月十日，陳水扁在美麗島二十週年宣佈呂秀蓮為競選搭檔。綠島「人權紀念碑」完工揭幕，李登輝親臨致詞。

二〇〇〇年（民國八十九年）

一月，中國發表一個中國白皮書。

二月十日，監察院公佈興票案調查報告，認定宋楚瑜未依法辦理財產申報，競選省長時的財產申報不實。

三月十八日，民進黨陳水扁當選第十任總統，國民黨失去執政權，台灣首度政黨輪替。

三月二十四日，李登輝提前辭去國民黨主席職務。

四月二十五日凌晨，國大三讀通過廢除國大修憲案。

五月二十日，李登輝卸任，陳水扁繼任中華民總統，完成政權和平轉移。

請沿虛線折疊裝訂，謝謝！

讀者服務卡

IN0001　李登輝執政告白實錄	
姓名：	性別：_______1.男　2.女
出生日期：　年　月　日	身份証字號：

_______ 學歷：1.國中　2.高中　3.大專　4.研究所（含以上）

_______ 職業：1.軍　2.公　3.教育　4.商　5.農　6.服務業
7.自由業　8.學生　9.家管
A1.製造業　A2.銷售業　A3.資訊業　A4.大眾傳播
A5.醫藥業　A6.交通業　A7.貿易　A8.其它

郵遞區號_______

地址：_______ 縣（市）_______ 鄉鎮區 _______ 村 _______ 里

___ 鄰 _____ 路（街）___ 段 ___ 巷 ___ 弄 ___ 號 ___ 樓

電話：____________

傳眞：____________

E-mail：____________________

____ 購書地點／
1.書店 2.書展 3.書報攤 4.郵購 5.直銷 6.贈閱 7.其他 ______

____ 您從哪裡得知本書／
1.書店 2.報紙廣告 3.報紙專欄 4.雜誌廣告 5.親友介紹
6.DM廣告傳單 7.廣播 8.其他 ______

您對本書的建議／

____

____

____

請沿虛線割下後直接傳真或對折裝訂寄回，謝謝！

廣	告	回	信
北區郵政管理局登記證			
北	臺	字 10441	號
免	貼	郵	資

236
台北縣土城市永豐路195巷9號

成陽出版股份有限公司　收
INK印刻出版讀者服務部

折疊線

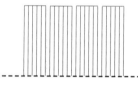

感謝您的愛顧！爲了提供更好的服務，請將本卡沿切割虛線剪下，填妥各欄資料摺疊裝訂後免貼郵票直接寄回，或傳眞02-26688743，我們將隨時提供您最新的出版、活動等相關訊息，並可享受相關的特別優待。

讀者服務專線：（02）26688242
讀者傳眞專線：（02）26688743

國家圖書館出版品預行編目資料

李登輝執政告白實錄／李登輝受訪：鄒景雯採訪記錄. -- 初版. -- 臺北縣樹林市：成陽, 2001〔民90〕
面； 公分

ISBN 957-2044-30-3(精裝)

1.中國—歷史 民國(1912-)李登輝時期(1988-2000)

628.634 90007150